Jenny Erpenbeck

GEHEN, GING, GEGANGEN

时 世 逝

[德] 燕妮·埃彭贝克 著 李佳川 译

云南人民出版社

GEHEN, GING, GEGANGEN by Jenny Erpenbeck
Copyright © 2015, Albrecht Knaus Verlag,
a division of Verlagsgruppe Random House GmbH, Munich, Germany
All rights reserved

著作权合同登记图字：23-2023-094 号

图书在版编目（CIP）数据

时世逝 /（德）燕妮·埃彭贝克著；李佳川译. --
昆明：云南人民出版社，2024.2
ISBN 978-7-222-22594-7

Ⅰ.①时… Ⅱ.①燕… ②李… Ⅲ.①长篇小说-德国-现代 Ⅳ.①I516.45

中国国家版本馆CIP数据核字(2023)第238623号

特约策划：雷　韵
责任编辑：金学丽
特约编辑：雷　韵　龚　琦
装帧设计：LitShop
内文制作：马志方
责任校对：柳云龙
责任印制：窦雪松

时世逝

[德] 燕妮·埃彭贝克 著　李佳川 译

出　版	云南人民出版社
发　行	云南人民出版社
社　址	昆明市环城西路609号
邮　编	650034
网　址	www.ynpph.com.cn
E-mail	ynrms@sina.com
开　本	787mm×1092mm　1/32
印　张	12.25
字　数	216千
版　次	2024年2月第1版第1次印刷
印　刷	山东韵杰文化科技有限公司
书　号	ISBN 978-7-222-22594-7
定　价	68.00元

献给

沃尔夫冈

弗朗茨

和我的朋友们

上帝创造内容,魔鬼创造外表。

——沃尔夫冈·泡利

即使我很讨厌虫子,当我要杀死它时,还是需要克服心理障碍。我不知道这是不是共情。不,应该不是。可能我只是已经习惯于各种联结。一种将自己嵌入一切存在的联结的尝试,一种默许。

——海纳·穆勒

最后,让我们铭记的不是敌人的话语,而是朋友的沉默。

——马丁·路德·金

1

他的余生,或许还有很多年,或许只有三五年。唯一能确定的是,从今以后理查德不用每天早上准时起床,出现在学院了。时间,他现在只拥有时间。有时间去旅行,有人会说。有时间看看书。普鲁斯特,陀思妥耶夫斯基。有时间听音乐。他不知道自己需要多久才能适应——时间。不管怎样,他的头脑还在工作,和从前一样。现在他该拿这头脑做什么?还有那里面一直存在的想法?他曾获得过成功。可现在呢?那些所谓的成功。他出过书,应邀参加会议,他的课直到最后都很受欢迎,他的学生们要读他写的书,画出里边的重点,背下来参加考试。学生们现在在哪儿?有一些在大学里做助教,其中两三个后来也成了教授。别的学生很久没有音讯了。有个学生一直和他保持着友好的联系,还有几个偶尔联络。

就这样。

坐在书桌前,他看到了那一汪湖。

理查德给自己煮了咖啡。

他拿着杯子走到花园,去看看鼹鼠是不是又刨土堆了。

湖面很平静,和这个夏天的其他日子一样。

理查德在等待,虽然他也不知道自己在等什么。时间的概念变得完全不同了。一下就变了,他想。他又想,很明显,他无法停止思考。思考与他不分彼此,同时却也是统治他的机器。一个人独处时,他也无法停止思考。即使已经没人在意了*,他还在思考。

有那么一瞬间,他想象一只公鸡正用尖喙翻动他的论文:《论卢克莱修作品中的世界概念》。

他又回到房间。

他想,穿西装会不会太热了。不过,一个人在自己的房子里转悠,还需要穿西装吗?

几年前,理查德偶然发现情人对他不忠,除了将失望转化为工作以外,他没找到别的办法从中走出来。后来的几个月里,情人的行为成了他的研究对象。他

---

* 原文为德语谚语,直译为"连公鸡见了都不打鸣",常用来指对某人某物失去了兴趣,或某人某物不再有价值。——译者注(本书脚注皆为译者注)

写了将近一百页的论文，研究所有导致不忠的原因，以及这名年轻女子将之付诸实践的做法。论文并没有为这段关系带来特别的结果，因为不久之后她终于还是离开了他。可他至少用这种方式熬过了事发后最初那几个月，极度痛苦的几个月。奥维德好多个世纪之前就知道，治愈情伤的良药是工作。

而现在，折磨他的不是被徒劳之爱所填满的时间，而是时间本身。时间应该在流逝，却也没在流逝。在某个短暂的瞬间，他仿佛看到一只愤怒的彩色公鸡，用尖喙和利爪撕碎了一本书，书名是《关于等待》。

或许羊毛衫比西装更符合他现在的处境。至少会更舒适。既然不用每天出门见人，早晨刮胡子也没有必要了。让想生长的东西尽情地生长吧。不再反抗，或许这就是死亡的开端？死亡会始于这种生长吗？不，他想，不可能是这样的。

那个躺在湖底的人还没有被找到。不是自杀，是游泳时溺水了。六月的那一天之后，湖面一直很平静。日复一日都静静的。六月很静。七月很静。现在就快到秋天了，还是静静的。湖里没有一艘小艇，没有尖叫的孩子，没有钓鱼的人。过去这个夏天，从公共水域的栈桥上一头扎进湖里的人，肯定是个对此事一无所知的外地人。他上岸晾干身体时，一个正牵着狗的本地人，或从自行车上下来的路人会问他：您还不知道吧？理查德从未对不知情的人讲过那件事，何必呢，为什么要毁掉这个人的一天呢？一个只想开心地度过一天的人。出游的人会从他花园的栅栏外经过，愉快地踏上归途，就像他们来的时候一样。

而他只要坐在书桌前，就没法不看到那汪湖。

出事的那天是个周日，但他在城里，在学院。之后必须上交学院的总钥匙还在他这里。和此前几个周末一样，他在慢慢清空自己的办公室。抽屉，柜子。下午一点四十五分左右。他正把堆在书架、地板、沙发、椅子和小桌上的书收走，装进纸箱。每个纸箱箱底都有二十、二十五本书，上面放着分量比较轻的东西：手稿、信件、曲别针、文件夹和旧剪报。铅笔、圆珠笔、橡皮和信件秤。那附近应该有两艘划艇，可船上的人都没觉察到什么异样。他们看到那个人在挥手，以为他在闹着玩，于是将船划走了，听说是这样。没有人知道船上的人是谁。据说是几个年轻的男人，还很强壮，他们本来可以帮他的。可没人知道他们到底是谁。可能当时他们害怕被那个人拉下水吧，谁知道呢。

秘书说可以帮他一起打包。非常感谢，但是……

他觉得似乎所有人,包括(或者说尤其是)那些喜欢他的人,都急切地要把他尽快赶出他们的圈子。因此他宁愿自己一个人打包,在周六和周日,那时学院非常安静。他发现自己需要很长时间才能把所有东西都拿出来(其中有些已经在书架和抽屉里放了很多年),然后决定它们是去蓝色的大垃圾袋,还是去纸箱,之后再带回家。有时候他会不知不觉开始翻看起之前的手稿,站在办公室中间读上一刻钟或半小时。某个学生的学期论文,关于《奥德赛》第十一章——当时他对那个女学生颇有好感——《奥维德〈变形记〉的语义层次》。

八月初的一天,在他的荣休欢送会上,人们敬了几轮酒,讲了一些话,他的秘书,一些同事,甚至他自己都热泪盈眶,可没有人,甚至他自己,是真的哭了。所有人都会在某一刻开始衰老。所有人都会变成老人。前几年,致告别辞经常由他负责,往往也是他和秘书交代要多少开胃菜,准备葡萄酒还是香槟,橙汁还是矿泉水。现在这些事已经有人安排好了。一切在没有他的情况下照常运转。这也算是他的功劳。过去这几个月,他不得不经常听别人说,他的继任者是多么优秀,他自己也参与挑选的这个人真是不二人选,每次碰到这个话题,他都会附和着夸赞那个年轻人,似乎也在期待着他的到来,他毫不迟疑地说出他的名字,这个名字不久之后就会顶替他的名字,出现在学院信件的抬头上。从秋天起,这位继任者也会接手他的课,沿用他(此刻已是*荣誉退休教授**)在退休前几周为他离开后的日子所制订的教学计划。

要走的人必须安排自己的离开,这早已司空见惯,可如今他才意识到自己从未完全理解这句话的含义。现在他也不太理解。他甚至无法理解,这场道别对别人来说只是日常生活的一部分,只有对他一个人来说是真正的结束。过去几个月里,每当有人对他说,他即将离开是多么令人难过,多么令人遗憾,多么难以置信,他都很难表现出别人所期待的那种感动。对方的确是一副备受打击的模样,但其哀叹恰恰说明:他要走了,这个令人伤感的、难以想象的事实(太糟糕了!),早已因其无可转圜而被对方所接受。

学院为欢送会准备的冷餐盘只剩下欧芹和一些三文鱼卷,天气炎热,有的人可能对鱼肉不放心。他眼前这片波光粼粼的湖泊,在他看来始终比他自己知晓得更多,哪怕思考是或曾经是他的职业。无论在湖中腐烂的是鱼还是人类,这片湖都一视同仁。

---

* 德语原文中采用斜体字的内容,中文版皆用仿宋体字加以强调。

欢送会的第二天，暑假开始了，每个人都有计划，去往四方，只有他没安排任何旅行。清理办公室里生长多年的内脏，这项工作已经进入尾声。

两周后，办公室的墙边靠着用绳子捆扎好的书柜隔板，门后堆着打包好的纸箱，几件他要运回家的家具在房间正中央堆成一小堆，挡住了路，鬃毛扫把斜靠在一旁。窗台上落满灰的信封边放着一把剪刀，四个大垃圾袋立在房间一角，其中一个只装了半袋，一卷胶带躺在地板上，墙上有几颗钉子，之前上边都挂着画。最后，他将钥匙上交给了学院。

现在他要在家里为每件家具找到合适的地方，拆开纸箱，让里面的东西与他的私人住宅合为一体。骨对骨，血对血，这就连在一起了。对，梅塞堡咒语*。还有那些所谓的学问，他所知道和学到的一切，如今都只是他的私人财产。从昨天起纸箱就在地下室里等候了。可什么样的日子适合拆箱呢？今天肯定不行。明天呢？或者再过几天。总之得是无事可做的一天。事实上，问题在于到底还要不要打开它们。如果有孩子的话，这还有点意义。哪怕侄子侄女也可以。那里边其实都是他妻子称为小玩意儿的东西，仅供他自己

---

* Die Merseburger Zaubersprüche，用古高地德语写于九世纪的两个咒语，分别为"释放囚徒"和"治疗脚扭伤"。

消遣。如果有一天他不在了，便不会再有人享受它们的乐趣。当然了，古董商会拿走那些书，其中的初版书和签名本可能会找到另一个感兴趣的人。某个像他一样能在有生之年收集小玩意儿的人。如此继续循环下去。剩下的东西呢？那些在他周围建立起一个系统的物品，那些只有当他从它们之间走过、用手触碰、通过它们唤起一些记忆时才具有意义的东西——这一切在他离世后就会分崩离析，不知去向。关于这些，他倒可以写点什么，关于引力，一种把生命体与无生命的事物连接起来、构成一个世界的引力。他是一个太阳吗？真得当心了，如果整天一个人，不和任何人讲话，他会疯掉的。

即便如此。

在他死后，那个顶上缺了一条装饰边的木立柜，想必不会和他每天用来泡土耳其咖啡的咖啡壶出现在同一个家庭；把他坐着看电视的那把扶手椅推来推去的手，和拉开他书桌抽屉的手，也不会是同一双；电话机的新主人，他用来切洋葱的利刀的新主人，剃须刀的新主人，一定不是同一个。很多他珍惜的、功能完好的，或者仅仅只是觉得有趣的东西都会被扔掉。某堆破烂儿，比方说他的旧闹钟落脚的那一堆，和某个能买下他的蓝色洋葱纹瓷器的人的住处，也能建立起一种隐形的联系：它们都曾属于他。当然，如果他已不在人世，就没有人知道这种联系了。但或许这样的联系客观上还能一直存续？如果真是这样，可以拿什么单位度量它们？如果意义真的因他而生，将他的家——从牙刷到挂在墙上的哥特式十字架苦像——变成一个宇宙，那么接下来的根本问题是：意义有物理质量吗？

他真得当心不要疯掉了。也许等那个死者被找到了，他会好一些。据说那个不幸的人是戴着潜水镜的。这件事或许很可笑，可他还没看到有谁真的为此发笑。前不久村里的节庆如期举行，不过取消了跳舞环节，他听到钓鱼协会的主席反复说了好几遍：他戴着潜水镜！戴着潜水镜！似乎这是关于游泳者之死最沉重的细节，而所有拿着啤酒杯站在那里的男人，很长时间一言不发，只沉默地望着杯中的泡沫，点了点头。

他会继续做他喜欢的事情，直到最后一刻。直到一头扎进土里。思考。阅读。若哪天他的大脑停止工作，他就不会有头脑去思考问题出在哪儿。有人说，等尸体浮上来还要一段时间。已经快过去三个月了。他们又说，他要永远消失了。被水藻缠住了，或者永远陷入湖底的淤泥了，据说淤泥有一米深。这湖是很深的，有十八米。上边看着景色很美，其实下边是条深沟。出事之后,所有附近的居民,包括他自己望向那片芦苇时都会带着某种犹疑,在没有一丝风的日子里望向如镜般平静的湖面时,也会如此。他坐在书桌前就能看到这汪湖。湖很美,一如往昔的夏日,但今年夏天不止于此。只要死者还没被找到并带走,整片湖都属于他。一整个夏天过去了,眼看秋日将至,这汪湖一直属于一位死者。

2

八月底的一个周四,十个男人聚集在柏林红色市政厅*前面。他们决定不再进食。三天后,连水也不喝了。他们的皮肤是黑色的。他们讲英语、法语、意大利语。还有一些这里没人懂的语言。这些人要干什么?他们要工作,想要靠工作谋生。他们想留在德国。你们是谁,出现场的警察和市政府公务员问道,我们不会说的,男人们回答。你们必须得说,对方说,不然我们怎么知道你们可以合法地在这里居留和工作。我们不会说的,男人们回答。换作你们,会收留自己不认识的访客吗,对方说。男人们沉默着。我们得确认你们是不是真的需要帮助,对方说。男人们沉默着。

---

* Rotes Rathaus,德国柏林的市政厅,位于亚历山大广场附近的市政厅大街。始建于1861年到1869年之间,意大利北部文艺复兴风格。"二战"中被盟军轰炸,毁损严重,战后重新修复,并充当东柏林市政厅。1991年两德统一以后,统一的柏林市政府正式迁入。

你们也可能是罪犯啊,我们得查清楚。男人们沉默着。要么就是想吃白食。男人们沉默着。我们自己还不够呢,对方说。我们这里有规则,他们说,如果你们想留下来,就必须遵守。最后又说:你们不能这样跟我们勒索。可黑色皮肤的男人们不说自己是谁。他们不吃饭,不喝水,也不说自己是谁。他们就待在那里。这些宁死也不肯说出自己是谁的男人们,那些等着他们对所有问题给出答案的旁人,他们的沉默,和他们的等待,在柏林亚历山大广场中间交织成一片巨大的静默。由于交通噪声和附近地铁站工地挖掘的声响,广场上总是非常喧闹,但这片静默依然存在。

那天下午,当理查德路过这些黑皮肤的、白皮肤的、坐着的、站着的人时,怎么就没听到这片静默之声?

他在想热舒夫*。

他的一个朋友,一位考古学家,跟他讲过亚历山大广场挖掘过程中的发现,还请他去参观开掘现场。他现在可有的是时间;而且由于那个男人,他也不能再去湖里游泳了。红色市政厅的周围曾经有一圈宽阔的地下长廊,朋友跟他讲过。中世纪的时候这个地下长廊被用作市场。人们在等待听证会、约见或裁决的

---

* Rzeszów,波兰东南部城市,著名的大学城。

间隙来这里买东西，本质上和现在没有区别。鱼、奶酪、葡萄酒，所有适合低温储存的东西，都在这些地穴里售卖。

和热舒夫一样。

六十年代的时候，还是学生的理查德有时会趁课间空当去海神喷泉边小坐，卷起裤腿，双脚浸在水里，书放在腿上。地底的洞室就在下边，离他的脚只有几米远，而他还不知道它们的存在。

几年之前他妻子还健在时，他们去了波兰小城热舒夫度假，中世纪时，这座城市的地下就已被完全打通了。如同另一个城市，不留心就看不到，迷宫在地下延展，像地面上那些可见的房屋的镜像。每户人家的地下室都有一处入口，由此可以进入那个火把照明的公共市场。上边打仗的时候，小城的居民就会躲到地下。后来在法西斯时期，犹太人曾躲在那里避难，直到纳粹想出了往地下灌烟的主意。

热舒夫。

红色市政厅下被掩埋的长廊，甚至连纳粹都没有发现。在"二战"的最后几天，他们淹了柏林地铁的隧道，或许只是为了淹死那些在盟军轰炸前去里边避难的人。宁可脖子折断，也不白送给老板。*

---

* 德语俚语，意思是宁可自己承受损失，也不愿别人提供好处。

是不是有人已经晕倒了？一个手拿话筒的年轻女人问道，她身后站着一个高个子，肩上扛着摄像机。没有，一个警察回答。他们接受人工营养*了吗？目前还没有，警察说，您都看到了。有人被送到医院吗？昨天有一个，另一个穿制服的人说，好像有。不过是在我上岗之前。能不能告诉我送到哪家医院了？不行，我们不能告诉您。那我的故事线就断了。哎，第一个警察说，可惜我们也没办法。您知道的，年轻女人说，如果没什么特别的事发生，就没有故事可写了。是，是，我理解。那就没人要我的新闻了。另一个人说：或许今天就会有什么事了，可能晚上就有。女人：我最多只有一个小时，还要剪片子，有截稿时间的。我理解，穿制服的人笑着回答。

两小时后，理查德再次经过火车站大楼时，依旧没有朝市政厅瞥一眼，他的目光落在左边的大喷泉上，台阶般排列的层层喷水池，一直通向电视塔的底部。它建于社会主义时期，一个又一个夏天都这样被水冲刷着，快乐的孩子们在那儿练胆，沿着喷泉的边缘走，试着保持平衡，围着他们的是面带笑容的骄傲的父母，大人和小孩都时不时望一眼电视塔上的银色大球，享

---

* 指医院给无法自理或拒绝主动进食的病人提供人工营养。

受着晕眩的感觉：它要倒啦！要朝我们倒下来啦！塔尖有365米高，一年里的每一天就是一米，父亲说，而且——不，它不会倒的，只是看上去要倒了，母亲对身上滴着水的孩子们说。父亲跟孩子们讲建塔工人的故事，当然，只在他们有兴趣听的时候，据说，造塔尖的时候有一个工人摔了下来，但塔太高了，他坠落的时间足够周围的居民迅速取来床垫，工人在坠落，人们把床垫垒成一堆；下落，下落，下落，下落了很久的工人最后掉在软垫堆上——就像童话里的豌豆公主！——然后毫发无伤地站起来了。孩子们听到这个救援的奇迹开心极了，现在他们想回去玩耍了。每年夏天，亚历山大广场旁围着喷泉的人们看上去如此幸福、满足，那样的场景通常只属于被许诺的未来，一个遥远而无比幸福的时代，有朝一日全人类终将通过进步的阶梯，一步一步到达那个耀眼的、不可思议的制高点，一百年，两百年，最多三百年。

然而，出乎所有人的意料，发起建造这座喷泉的人民自己的国家，在仅仅四十年后突然消失了，那个国家和属于它的未来都消失了，只有这阶梯状的喷泉还在继续喷涌，在一个又一个夏天喷向那耀眼的、不可思议的高度，而勇敢、快乐的孩子们依旧走在喷泉边缘，他们面带笑容的父母骄傲地欣赏着他们的勇气。这样一幅失去了叙事的图景传递的是什么呢？这些幸福的人们现在代表什么呢？时间停滞了吗？还有未来可期吗？

在那些宁死也不肯说出自己是谁的男人们身边，出现了一些同情者。一个年轻女孩盘腿坐在一个黑皮肤的人旁边，和他小声交谈，时不时点点头，手里卷着烟卷。一个年轻的男人在和警察交谈，他们不是这里的居民，警察说，这也不可能被允许。的确，年轻人回答。这些黑人在地上蹲着，躺着，有的身下铺着睡袋，有的铺着毯子，有的什么也没有。他们用野营桌支起一块牌子。那是一块刷成白色的大纸板，上边写着英文黑字：We become visible，在这下面，有人用绿色的记号笔写了小小一行德语译文：Wir werden sichtbar（我们要被看见）。可能是那个年轻男人或者那个女孩写的。如果这些黑皮肤的人现在朝刚刚路过这里的理查德瞥一眼，他们所能看到的只是他的背影：一位先生径直走向火车站大楼，尽管天气炎热，他还是穿着西装，他很快就消失在人群中，这人群中有人正匆忙赶路，他们知道自己要去哪里，有人则慢慢溜达，手里拿着城市地图，他们要去参观亚历山大，那是柏林一个区域的中心地带，很长一段时间被称作苏占区，如今依旧被很多人戏称为东区。如果那些沉默的男人往上看，在广场喧嚣人潮的背景处，在更高一层的地方，他们会看到健身房的窗户，就在塔底，在一个结构大胆的顶棚之下。窗后有人在骑单车，有人在奔跑，这些人几小时几小时地冲着那巨大的玻璃窗蹬车、奔跑，似乎他们要拼尽全力，从那里冲过市政厅，加入这些黑皮肤的人，或者冲向警察，表明他们和其中一方站在一边，即使这意味着他们在冲过去的路上会撞碎玻璃，纵身一飞，跃过最后一段路。但很明显，单车和跑步机都牢牢固定在原地，在那上面锻炼的人并不能向前一步。那些健身爱好者应该能看到广场上的一切，可他们要是想看清楚——比如说牌子上写的字——就还是离得太远了。

3

晚餐，理查德做了奶酪火腿三明治配沙拉。在超市，也就是以前的百货商店，快过期的奶酪在打折。他倒也用不着节省，退休金够用，但何必花无谓的钱呢？做沙拉得切洋葱，他切了一辈子洋葱，最近才从一本食谱里看到切的时候应该怎样握住才能让它不打滑。一切事物都有一个理想的形态，普通琐事是这样，工作和艺术也是。他想，人终其一生，大概都只是在努力试图达到这个形态。等他们终于在某些事情上实现了它，差不多也是时候从地球上被抹去了。他早已过了那个阶段，那个想向别人证明自己的阶段，况且现在他身边也没别人。他的妻子是看不到的。他的情人对切洋葱的艺术只会兴致寥寥。现在，当他做成了或想明白了什么事，只有自己为自己高兴。他是快乐的。而且这种快乐没有任何目的。这是独居的头一个好处：它证明了所有虚荣都是累赘。第二个好处：没有人会扰乱你的日常秩序。不新鲜的面包要炸成面包干拌沙拉；把茶包从茶壶取出后要用线缠起来，挤掉水；冬天要将玫瑰花丛的长茎弯折到地上，埋上土——诸如此类。东西都在它们理应在的地方，一切井井有条，因打理得当而不会被浪费，它们所带来的快乐，以及完成一件事而不会妨碍别人去完成另一件事的快乐，对他来说其实是日常秩序的快乐，一种他不必建立而只需去找寻的秩序，存在于他身外，因此将他与正在生长、流转和飞逝的一切连接在一起，尽管这也使得他和某些人疏远了，但他并不介意。

他无法放弃自己一向认为正确的东西，即便情人开始冷嘲热讽，并且越来越频繁地因为他那些说教而动怒。他和妻子几乎总是意见一致的，至少在这种事情上是如此。妻子的腿部中过弹，在战争快结束的时候：一个德国小女孩，在躲避俄军坦克时被德国飞机低空扫射击中。要不是哥哥把她从街上带走，她肯定活不下来。任何你无法看透的东西，都可能是致命的，这是他妻子三岁时学会的道理。他自己的家人从西里西亚逃到德国时，他还是个婴儿，在临出发的混乱中差点和母亲挤散，多亏了一个俄国士兵，越过正在撤离的人群的头顶将他递进了火车车厢。这个故事他母亲讲过很多次，差不多已经成了他自己回忆的一部分。她称之为战乱。他父亲作为士兵被派去了挪威和苏联的前线，可能也是制造这战乱的一分子。有多少孩子曾因为他父亲——父亲那时候也不过是个孩子——被迫与父母分离，或者在最后关头被送回到家人手中？直到两年后父亲退伍回来，才找到战时逃到柏林的家人，并第一次见到了他的儿子。之后的好多年，广播里都在播报红十字会的寻人启事，而那时父亲又坐到沙发上，坐在母亲身旁，他们面前是一块杏仁奶油蛋糕和一杯真正的咖啡，那个在战乱中差点失散的婴儿如今已经上了几年中学。这个孩子不能问父亲任何关于战争的问题。别说了，母亲向他摇头使眼色，别烦你爸爸。父亲只是沉默。如果那天火车早开了两分钟，这个婴儿会怎样呢？如果那个后来成为理查德的妻子的小女孩没有被哥哥从街上救回来，她会怎么样？无论如何，一个孤儿和一个死者是不可能举行婚礼的。别碰我的圆，据说，正用手在沙地上画几何图形的阿基米德对后来刺死他的罗马士兵这样说。保持理智不是一件容易的事，在这一点上，理查德和他妻子总能达成共识。或许正因为此，妻子比年轻的情人更理解他为什么凡事都想找到真正正确的东西。她也喝酒。但那是另一个故事了。

他坐下来打开了电视，上面正在播放柏林市和地区的晚间新闻：一家银行发生了抢劫案，机场员工罢工，石油价格持续攀升，亚历山大广场聚集了十个男人，显然都是难民，他们绝食抗议，其中一人晕倒了，被送往医院。亚历山大广场？他看到一个男人躺在担架上被抬进救护车。这是他今天去过的地方？一位年轻的女记者对着话筒讲话，背景中有几个人蹲着或躺着，还能看到一个立着牌子的露营桌：我们要被看见。下边的一行绿色小字是德语译文。他白天怎么没看到有人抗议？刚才他在第一片面包上放了奶酪，在第二片面包上加了火腿。有时当他看到屏幕上死于枪击、地震或坠机事故的遇难者的尸体，或者自杀式爆炸后留下的一只鞋，或者用塑料布裹着的染上瘟疫的人的尸体，一个挨一个躺在公墓里，他会为自己正在电视屏幕前享用晚餐而感到愧疚。今天他也觉得愧疚，但依然继续吃饭，和往常一样。他从小就见识过什么是困境，但这不意味着有几个走投无路的人绝食抗议，他便要自己也挨饿。至少他是这么告诉自己的。这也不会对那些绝食的人有任何帮助。若那人也过上理查德这样的日子，也会像他一样坐下来吃晚饭的。随着年龄渐长，他努力摆脱了母亲留给他的新教遗产，即生来就有原罪。但她当时也不知道集中营的事。据说是这样。那么，在路德之前，是什么占据着灵魂中如今被罪疚统治的部分？可能在《九十五条论纲》*被张

---

* 原名《关于赎罪券效能的辩论》，马丁·路德于 1517 年 10 月 31 日张贴在德国维滕贝格诸圣堂大门上的辩论提纲，被认为是新教宗教改革运动之始。

贴后，某种冷漠就变得不可或缺了，或许是一种自我防卫。他把叉子插进盛得满满的沙拉，边咀嚼边告诉自己，若哪天他真的为了声援某个贫苦或绝望的人而和他们一起绝食，那也太离谱了。他会被困在自由决定的樊笼中，被自由选择的奢侈所禁锢。对他来说，绝食和暴饮暴食一样不可理喻。沙拉里的洋葱很不错。新鲜的洋葱。男人们依旧保持沉默，拒绝说出自己的名字，年轻的女人说。她似乎非常关心那些绝食的人，她也真的能让人们相信她的关心。这种关切的语调，也是记者的考核项目吗？担架上的男人果真是从亚历山大广场抬出来的吗？中世纪有一种包罗万象的工具书叫作大全*，在那种书里，马德里的城市地图看上去和纽伦堡或巴黎的没什么不一样，地图只是为了说明冠以某个名字的地方是座城市。今天的情况或许并无太大区别。这个被担架抬走的人，在世界上不同的地方、关于各种不同灾难的新闻中，难道不是已经见过无数次了吗？这十分之一秒的画面跟这则新闻报道的事件是否在同一时间、地点发生，真的有那么要紧吗？图像可以成为证据吗？应该成为证据吗？如今人们爱用的图像背后有什么叙事呢？还是说和叙事毫无关系？仅仅在今天，大柏林地区就有六个人游泳时

---

* 原文为拉丁文：Summa，意为"总论、大全"。

溺水身亡，主持人在结束时说，他说这个是悲伤的新纪录，然后转到天气预报。六个人，和那个躺在湖底的男人一样。我们要被看见。为什么理查德没看到亚历山大广场的那些男人？

4

晚上起夜后他就睡不着了，最近几个月总是如此。他躺在黑暗中，意识到自己的思绪在四处游荡。他想到那个躺在湖底的男人，在最底部，那里哪怕夏天也很冷。他想到自己空空如也的办公室，想到拿着话筒的年轻女人。之前，他能一觉睡到天亮的时候，夜晚就像一个停顿。他已经很久没这种感觉了。一切都在继续，在黑暗中也不停歇。

第二天，他在花园里修剪草坪，开了一罐豌豆汤当午餐，然后把罐头盒洗干净，煮咖啡。他吃了一片治头痛的止疼片。Schmopfkerzen[*]。他和情人以前喜欢把单词的字母顺序打乱来玩，或者读出拼错的单词。比如，把 alt 变成 atl，kurz 变成 kruz。他为什么没看到那些男人？我们要被看见。为什么呢？

---

[*] 这是德语单词"头痛"（Kopfschmerzen）字母顺序被打乱的写法。

他从书架上抽出《奥德赛》的散文体译本，阅读他最喜欢的那章，第十一章。

之后他去了趟农具五金行，把割草机的刀片磨了。

晚餐他吃面包配沙拉。他给朋友彼得打了个电话，就是那个考古学家。彼得告诉他，在考古现场的边缘，挖掘机的铲斗突然挖出了一座现代主义雕像。来自纳粹的"颓废艺术展"，你能想象吗。可能是战略轰炸的时候，第三帝国文化处的某个办公室在大规模空袭中倒塌了，存放违禁物的柜子坠入了中世纪。理查德说，的确不可思议。朋友说：大地充满了奇迹。理查德心想——但他没有说出来——大地更像一个垃圾场，不同的时代落入黑暗之中，嘴里填满泥土，一个压着一个，互相交媾，却没有后代，而所谓进步只在于，在大地之上来来往往的人，对下面发生过的一切一无所知。

第二天下雨了，他就待在家里，终于收拾掉了那堆旧报纸。

他用电话汇了几笔款，然后写了一份购物清单。

1千克洋葱

2×生菜

1/2白面包

1/2 黑面包

1 块黄油

奶酪，香肠？

3× 罐头（豌豆或扁豆）

面条

西红柿

——

16mm 螺丝

船漆

2 挂钩

午饭后他躺下小憩了二十分钟，身上盖着货真价实的驼毛毯子，这是几年前妻子送他的圣诞礼物。

他还是想等天气好一点了，再动手拆储藏室里的纸箱。

《奥维德〈变形记〉的语义层次》的手稿也被打包放进了箱子，写这篇论文的学生在课上有时会用手掩着脸睡觉，即便如此，这篇文章还是不错的。

下午只有一点毛毛雨，他钻进车里，开去了超市，也就是以前的百货商店。明天是周日，千万别忘了要买什么。他又去了趟农具五金行，买了其他东西。五金行里混杂着肥料、木屑和油漆的气味，那里还有鱼虫、潜水镜、乡下来的鲜鸡蛋。

潜水镜。

晚上,柏林大区新闻播了一条简讯:亚历山大广场上绝食抗议的难民今天已被全部送走。抗议结束了。

挺可惜的,他想。在不公开个人身份的同时让自己被看见,他觉得这样很好。奥德修斯为了逃出独眼巨人库克罗普斯的山洞,把自己称作"无人"。谁把你的眼睛刺瞎的?山洞外的巨人们问库克罗普斯。无人,他吼道。谁打了你?无人!巨人不断怒吼着的假名字抵消了奥德修斯的身份,于是这个"无人"攀在一只山羊的肚子下面,偷偷逃出了食人怪物的洞穴。

那个写着我们要被看见字样的牌子,现在可能被塞进了垃圾桶,如果垃圾桶不够大,它或许正被雨淋湿,倒在地上。

5

接下来的两周，理查德做了这些事情：给棚屋安装新门，找人修理壁炉烟囱，移植芍药花，给小艇上船漆，处理夏天没拆封的信件，做一次理疗，去三次电影院。吃早餐时他读报，和之前一样。早晨他喝茶，伯爵红茶加牛奶或糖，配两片面包，一片抹蜂蜜，一片夹奶酪——有时候再加一片黄瓜，他只在周日才吃一个鸡蛋。现在他每天都有时间，像周日一样，但他只想在周日吃鸡蛋，还按以前的习惯。不同的是，现在喝茶的时候他想坐多久就坐多久，之前他会略过的新闻，现在都认真地读完。他想知道广场上的十个男人被带到哪儿去了，但没看到任何消息。他读到，在意大利的兰佩杜萨岛，一艘载着329人的难民船上有64人溺水，他们来自加纳、塞拉利昂和尼日尔。他读到，在尼日利亚某地，一个来自布基纳法索的男人偷偷藏在飞机的起落架上，从三千米的高空摔了下来。

他读到，十字山*有一所中学，一群非洲来的黑人过去几个月都住在那里。他读到，在奥拉尼亚广场，难民们显然已经住了一年多了。布基纳法索到底在哪儿？最近，连美国副总统都把整个非洲误称为一个国家，尽管非洲——一篇批评他的文章里写道——有五十四个国家。五十四个？理查德之前也不知道。加纳的首都在哪儿？塞拉利昂的首都呢？尼日尔的呢？很多学生在第一学期结束后还不能用希腊语背出《奥德赛》的前四行。这在他自己的学生时代是难以想象的。他起身取出地图册。加纳的首都是阿克拉，塞拉利昂的首都是弗里敦，尼日尔的首都是尼亚美。这些城市听说过吗？布基纳法索在尼日尔的西边。尼日尔在哪儿？七十年代的时候，和他同在一层楼、只隔了几扇门的德语系，经常有来自莫桑比克和安哥拉的学生，他们主修机械工程或农学，德语系的同事给他们上过德语课。随着民主德国的终结，他们和非洲国家的合作也结束了。当时是由于这些留学生的缘故，他才买了《黑人文学†》吗？不记得了，但不管怎样，他仍然非常清楚这本书在书架上的位置。书是愿意等待的，

---

* Kreuzberg，柏林以亚文化、涂鸦、电音俱乐部和移民而闻名的街区，也译作"克罗伊茨贝格"。下文提到的奥拉尼亚广场（Oranienplatz）也位于此。

† 德语原文 Negerliteratur，其中表示"黑人"的 Neger，带有歧视意味。

每当有客人问他是不是读过书架上所有的书时,他总这样说。莫桑比克的首都是马普托,安哥拉的首都是罗安达。他合上地图册,去了另一个房间,走到放着那本黑人图书的书架前。现在已经没有人说"黑人"这个词了,而曾经这样的标题竟赫然印在封面上。曾经到底是什么时候?在战后他的童年时代,母亲常常给他朗读《哈奇博拉琪的热气球》*,这本书是她从柏林一片废墟的某个箱子中找到的。

> 快,快,水已热好,
> 食人魔女喊道,
> 快,快,抓住他,
> 食人魔童喊道。

他很喜欢插图里的食人魔童:上一顿饭的骨头还卡在他的头发里。他母亲后来大概是把这本书送人了,他成年后去书店打听,才得知这本书虽然还在,却只有政治正确的新版本,里边的非洲没有食人族,而原版只能用天价在古董店买到。禁令只是让被禁止的对

---

* 《哈奇博拉琪的热气球》(*Hatschi Bratschis Luftballo*),首次出版于1904年的德语儿童读物,作者是奥地利作家弗兰茨·卡尔·金茨基(Franz Karl Ginzkey),这本书在二十世纪六十年代因其中对黑种人和土耳其人带有种族主义色彩的描写而受到批评。

象更有魅力。产生效果总是间接的,不是直接的,过去几年有些事情总让他这样想。《黑人文学》还在老位置等着他。没错,这书名是1951年起的。他翻开读了几行。地球是圆的,完全被沼泽包围。沼泽的后边是丛林树精的国度。大地的下边是更多的地层。再往下是什么,没有人知道。

6

理查德终于找到柏林十字山的那所中学时，天已经擦黑。老校区里没有照明，夜色中几乎无法分辨迎面而来的黑色身影。楼梯间很臭。墙上被喷了涂料。透过二楼一扇开着的门，他一眼看到了男厕所，便走过去看了看这里的男厕是什么样：四个隔间中的三个被红白胶带封着。另外一半空间是空着的，之前那里可能是淋浴。管道已经被拆掉了，只剩下瓷砖。里边散发着恶臭。他又出来了。现在这里没有人，没有黑人，没有白人。墙上只有一张纸，上边有手写的字，礼堂，还有一个向上的箭头。他听到了上方传来的声音。可能人们都到会场了吧。他到得有点太晚了，从地铁站到学校的路上他迷了路，对于西柏林他一直都不是很熟悉。市政府诚邀居民和难民前往十字山被占的中学，在校礼堂参加关于近期事件的讨论，他在报纸上看到的。他到底来这里做什么？他既不住在附近，也不是难民。柏林墙的倒塌带给他的唯一自由，难道就是可以去那些他惧怕的地方吗？

礼堂里挤满了人，地板上、椅子上、桌子上，人们或坐或站。难民的床垫被推到礼堂边缘，中间还有一些帐篷，钉在人字形拼花木地板上。在这里，什么算外面，什么算里面？礼堂的舞台上也铺满了床垫，一个紧挨着一个，两侧白色柯林斯式台柱之间的大帷幕被拉了上去，舞台上的床铺、被褥、枕头、包和鞋一览无余。毯子下面好像还有人在睡觉？理查德不确定。我全已努力钻研。

这会儿他们正轮流做自我介绍，说出自己的名字，以及为什么到这里来。这些话都会被翻译两次。理查德一生中已经参加过很多会议，可这样的集会还是头一次。

我叫，我来自，我来这里是因为。

My name is, I'm from, I'm here because.

Je m'appelle, je suis de, je suis ici.*

足足有七十多个人在说他们是谁。哲学，／法学和医学，／噢！还有神学／我全已努力钻研。† 礼堂天

---

* 原文三句话分别为德语、英语和法语，下同。

† 原文引自歌德的《浮士德》开篇《舞台上的序幕》，下一句是"可到头来仍是个傻瓜，并未比当初聪明半点"（杨武能译）。

花板上装饰着石膏雕花，中间挂着吊灯，墙上是深色木墙裙。不久之前，这里还是一所文理高中。

来自马里，埃塞俄比亚，塞内加尔。来自柏林。

From Mali, Ethiopia, Senegal. From Berlin.

Du Mali, de l'Éthiopie, du Sénégal. De Berlin.

窗框上挂着几件外套和T恤。是要晾干的吧？在一所中学校园里，究竟去哪里洗衣服？不久之前，就在这个舞台上，还有人做演讲，弹钢琴，迎接新生，表彰优秀毕业生。演出话剧。幕布拉开。人们能看到浮士德坐在他的书桌前，看哪，一切都是不可知的！就在现在，在集会上，还真有几个人在毯子下睡觉。

来自尼日尔，加纳。来自塞尔维亚。来自柏林。

From Niger. From Ghana. From Serbia. From Berlin.

Du Niger. Du Ghana. De la Serbie. De Berlin.

他会因为并非这个区的居民而被赶出去吗？他不想说自己是谁。或者为什么来这里。因为他自己也不确定。到场的为数不多的白皮肤的十字山居民中，有难民救助机构的成员，有救灾队队员，有想把这所中学变成文化机构的倡议者、区政府的公务员，和青少年福利会的工作人员。有位女记者被迫离场，因为这个活动并不对外公开。集会上占多数的黑皮肤的人中，有在这个中学住了八个月的，有住了六个月的，还有刚住了两个月的。和亚历山大广场上的难民不同，这里的难民说出自己的名字，以及来自哪里，然而这似乎不是解决问题的办法。加纳的首都是阿克拉，塞拉利昂的首都是弗里敦，尼日尔的首都是尼亚美。

不，理查德不想说出自己的名字。

理查德正想着，楼梯间突然传来震耳欲聋的巨响，像是爆炸声，它立刻抹去了所有思考，只留下本能。靠着这本能，灾难救援队队员意识到：我们在三楼。来自加纳的男人意识到：通向另一个楼梯间的入口是锁着的。一位男居民意识到：我这个白人还在这里呢。一位女居民意识到：我的孩子怎么办？很多黑皮肤的人意识到：所以，我来这里就是为了送死。连理查德也意识到：时候到了。

可之后，所有人（包括理查德）都将捂着耳朵的手放了下来，继续呼吸，并重新开始思考，他们想：刚才不是炸弹。又想：但差点就是一颗炸弹。

正当所有人要迅速扫除他们的恐惧——更准确地说，是将他们攫住的恐惧——突然停电了，有一瞬间所有人都是黑色的。这是怎么了？现在可怎么办？人们嘴里嘟囔着。我的天哪，有人说。然后灯又亮了。

好像过去的两分钟还不够让人意外似的，就在礼堂重新亮起来的时候，一个非洲人突然尖叫起来，挥舞着手臂，咒骂着，扔枕头，接着是一条毯子。到底怎么了？又出什么事了？他被吓坏了吧？不，有人说，看来是刚才爆炸时，或者在后来的黑暗中，有人把他枕头下边的笔记本电脑偷走了。一位十字山的居民在想，这样一个难民怎么还需要电脑？这肯定是那种在公园角落里贩毒的男人，一位十字山的女居民想。当每个人拥有的只是一条毯子和一个枕头的时候，私人财产的概念便行不通了，理查德想，他也不知道自己为什么要从郊区来到这里。他走过那个尖叫的人和试图让他冷静下来的旁人，离开了这团骚动和这个地方，这里的集会其实根本还没开始，他走向楼梯间，烟雾还弥漫在那里，这爆炸可能是某个柏林肇事者的手笔，想借此向区政府表示不满，或者是一个无所事事的黑皮肤年轻人，或者是一个厌恶难民及其同情者的新法西斯主义者，或者是一个贫穷的"黑人"，想趁乱偷走另一个贫穷的"黑人"的笔记本电脑。

理查德走下楼梯，在浓烟里他几乎看不见路，他经过明亮但空荡荡的男厕所，继续下楼。要不是他怕踏空台阶，下楼的时候走得这么慢，你甚至可以说：他逃走了。

7

秋天太美好了,到处都是树叶的味道。潮湿的落叶碾进泥土,粘在鞋底上。打开花园门,深吸一口黑暗的空气,二十年来,每次深夜回家理查德都会这样做。过去二十年,这个花园的秋天总是如期而至,散发同样的味道,他总是这样打开花园门,再把它关上。在这里,时间变成了一个巨大的国度,一季又一季,你总能回到故乡。他对这里的一切都很熟悉。不少邻居在树上装了感应器,回屋从树下经过时可以照亮那段路,但理查德没有这样做。在夜晚,月亮时不时会出现,但像今天这样的漆黑他也不讨厌,他的脚步属于整片树林,而不属于他自己,警醒取代了视觉。黑暗,哪怕是花园里被驯服的黑暗,也能短暂地把他这样的人变成一只脆弱的动物。然后他又想起了那个人,此刻依旧在湖底某处安静地随波摇荡的男人。

刚才在十字山,他很懦弱吧?或许吧。微弱的恐惧感让他觉得跟这个花园的联结更紧密了。在这个花园里,他从不害怕他所感受到的恐惧。在市区就不同了。朋友们总笑他不敢开车进市中心。柏林墙倒后,他再也认不得那里的路。柏林墙倒后,这座城市扩大了一倍,面貌改变如此之大,以至于他时常认不出自己在哪个路口。他曾经认得城里被炸弹炸出的每个豁口,刚开始堆满瓦砾,后来没了,再后来,那里要么出现一个香肠摊,要么有人售卖圣诞树,或者什么都没有。但最近这些年,所有豁口都被新建筑填满,房屋缺掉的边角被修好,墙壁上被烧过的痕迹也看不到了。柏林墙被建起来之前,还是孩子的理查德曾在西柏林健康泉车站前卖自己采的蓝莓,为了买他人生中的第一个橡皮弹球。只有西柏林有橡皮弹球。墙倒之后他第一次回到这个火车站,看到朝东的铁轨上高高的杂草,站台上的桦树在风中摇晃。如果他负责城市规划,就让站台保持这个样子,作为城市分裂的纪念,也象征人类所建之物的短暂,或者仅仅是因为站台上的桦树很美。

理查德倒了杯威士忌,打开电视。电视上有各种脱口秀、老西部片、新闻、高山牧场主题的电影、动物纪录片、竞猜秀、动作片、科幻片、犯罪片。他开着电视静了音，走到书桌前。身后屏幕上的女侦探正用力地晃动地下室的门，他翻看着书桌上的一些文件，保险单、电话合约、汽修厂的账单。刚才他在集会上不愿说出自己的名字，到底是为什么呢？七十个人一个接一个地做自我介绍，这样的集会真是太荒谬了。现在坐在书桌前，他还在为这件事摇头，他背后的女侦探正和蹲在角落里哭泣的少年说话。对他来说，说出自己的名字意味着认罪，至少是供认当时在场。但他是否到场对那里的人有什么意义？他并不想帮助什么人，也不住在那所中学附近，他也不是市政府派去的。他只是想去看看，不受打扰地看。他不属于任何一方，他的兴趣只属于自己，是他的私人财产，换句话说，他一直置身事外。要不是他在整个职业生涯中都这样冷静，他也不会了解这么多事情。想要弄清楚礼堂里都有谁到场，或许和学校里硝烟弥漫的状态有关。但一个名字又能说明什么？想撒谎的人总是可以撒谎的。除了名字，还得知道更多的事情，不然这一切毫无意义。理查德起身坐回沙发上，在静音的电视前又待了一会儿，喝完最后一口威士忌。一个年轻人抓住一个年长者的领带，把他推搡到墙上，他们冲着彼此大吼大叫，随后年轻人放手了，另一个人走掉了，年轻人还在他身后喊着什么。转场。女侦探的办公室。玻璃墙、卷帘、咖啡杯、文件，诸如此类。

8

　　早餐是伯爵红茶。加牛奶和糖。配面包，一片抹蜂蜜，一片放奶酪。电台在放巴赫的《哥德堡变奏曲》。几年之前理查德教过一门课：作为符号系统的语言。词语是事物的符号。语言是外壳。词语就只能是词语，从来不是事物本身。除了名字，还得知道更多的事情，不然这一切毫无意义。是什么让表面成了表面？是什么将表面与它下边的东西分开，是什么将它与空气分开？他小时候会把热牛奶上的奶皮推开，这让他恶心的奶皮不久前也只是牛奶。名字由什么组成？声音？若它是被写出来的，便连声音也没有。可能这就是为什么他喜欢巴赫，因为巴赫那里没有表面，只有相互交错的叙述。相互交错，交错——在每一时刻，这所有的结点组成了被巴赫称为音乐的东西。每一刻就像是一刀下去切开一块肉，切进事物本身。今年他会再订一张大教堂圣诞节清唱剧的票。这是妻子去世后的头一次。他吃完盘子里的东西,把面包屑倒进垃圾桶。他拿上风衣,蹬上那双棕色的皮鞋,这是他最舒服的一双鞋,人们说,勿穿棕色鞋子进城*,但他不介意。据说,如果你从疾驰的快马上摔下来,一定要立刻回到马鞍上,不然恐惧就会永远地刻入骨髓。昨天在那所被占用的中学里他感受到了恐惧。他关上炉灶,关上灯,带上钥匙和月票。

白天去奥拉尼亚广场转转,总比夜访那个疯狂的学校容易多了。他和妻子第一次去十字山,还是在墙倒后不久。当时,每周日他们都会造访一个西边的街区。前一晚看旅行手册,周日上午过去散步。胡格诺难民是最早在奥拉尼亚广场周边定居的人,当时还是郊区,据说很多居民是园丁。两个世纪前,伦内†设计了这个广场,那时还有条运河,广场的位置之前是河岸,如今的街道曾是一座桥。后来理查德也带他的情人来过这个广场,他告诉她伦内是谁,街角还有一家很棒的书店、一座独立电影院和一家漂亮的咖啡馆。

现在,广场看上去就像一片工地。由帐篷、棚屋

---

* 原文为英语:Never brown in town。

† 彼得·约瑟夫·伦内(Peter Joseph Lenné,1789—1866),普鲁士园林设计师、城市规划师。

和防水布组成的景观：白色、蓝色和绿色。他坐在公园里的长椅上观察四周，听人们都在说什么。这里没有人问他的名字。他看到了什么？听到了什么？他看到了手写标语的横幅和展架。他看到了黑皮肤的男人和白皮肤的同情者。那些黑人穿着刚洗好的裤子、彩色夹克、条纹衬衫和印着字母的浅色毛衣。他们占着广场搭营地，能在哪里洗衣服呢？有个人穿着金色的运动鞋，他是赫尔墨斯吗？*同情者们有着白色的皮肤，但衣着是黑色的，也很破旧。鞋、T恤和毛衣。这些同情者年轻而苍白，他们用海娜粉染头发，他们拒绝相信世界是一首理想的田园诗，希望改变一切，他们打了唇钉、耳骨钉和鼻钉。而难民正试图进入眼前这个看上去足够理想的世界。在广场上，两种不同的愿望和希望交会在一起，但那位冷静的旁观者怀疑，这个交点未免太大了。

搬到郊区之前，理查德和妻子在城里有套公寓，跟西柏林的直线距离只有两百米。那里几乎和乡下一样宁静。柏林墙让那条街变成了一条死路，孩子们爱

---

* 在希腊神话中，赫尔墨斯（Hermes）拥有羽翼鞋，能够飞行，被视为众神的使者，也被认为是旅行者的保护神。他常被描绘为头戴插翼的帽子，脚踏羽翼鞋，手持信使权杖。荷马称赫尔墨斯的羽翼鞋是金色且"永恒"的。

在那儿滑旱冰。1990年,墙被一段一段地拆掉,每当有路被打通,都会有很多激动的西柏林人准时出现,欢迎来自东边的兄弟姐妹。有天早晨,九点三十分,他们热泪盈眶地欢迎一个恰好住在这条被切断了二十九年的街上的东柏林人走向自由之路。但那天早晨他并不是要走向自由,他只是要去大学——他想趁着那段路被打通,可以很快准点到达街西头的城铁站。理查德冷静地穿过激动的人群,不耐烦地用胳膊肘推开路,有一个失望的解放者在他后面骂了一声,但理查德第一次不到二十分钟就到了学校。

一年之前,这些长椅还只是十字山公园一片草地上的普通长椅。路人坐在这里稍作休息,放松。那条自伦内的年代就存在的运河,上世纪二十年代被市政府填平,因为它实在太臭了。尽管如此,河水或许还在深处的沙粒间流淌?

现在肯定没人为了休息坐在这里。理查德没有马上起身离开,也只因为他不是来休息的。坐在公园长椅上这件普通的事情,由于那些在长椅后扎营的黑皮肤的人,变得不再理所当然。从伦内的年代起,柏林人就知道坐在公园的长椅上应该做什么,现在他们不大确定了:老太太不在这里喂麻雀,母亲不在这里前后摇晃婴儿车,学生不在这里读书,三个酒鬼上午不在这里碰面，公务员不在这里吃午饭，情侣也不在这里牵手。"长椅变形记"是个好标题。尽管如此，理查德依然坐着。根据他的经验，每次"尽管如此"出现，都会变得有点意思。"'尽管如此'的诞生"也是个好标题。

广场上唯一一个看上去和难民一样在这里安家的白人，是个四十岁出头、骨瘦如柴的女人。她正跟一个想捐赠面饼的土耳其人说话，告诉他应该把饼送到哪里。过了一会儿，她从一个留胡子的男人那儿取来一辆自行车，把车给了一个难民，俩人看着他开心地骑走了。他肺里还有颗子弹呢，她说，留胡子的男人点点头，利比亚人，她说，他点点头，之后他们沉默了片刻，男人说，我该走了。一个拿着话筒的年轻女人走向瘦女人。

我现在不想接受采访，瘦女人说。

但这很重要，柏林人……

您可能已经知道了，现在正在商量过冬营地的事。

我就是为这个过来的，年轻女人说。

理查德安静地坐在离这两个女人半米不到的地方，听她们讲话。他是不是看上去像个流浪汉？

可能您也知道，从现在到四月份，市政府给的补贴是每人每晚十八欧元。

嗯，我听说了。

不过，瘦女人说，唯一愿意给这些人提供住房的人已经要价两倍了。如果您要写：这里遍地老鼠而且只有四个厕所，有时候三天吃不上一顿热饭，如果您还写：去年冬天这些帐篷就被大雪压垮了——那么我向您保证，只有那个投资人会乐意读您的文章。

这样啊，年轻女人说，我明白，说着放下了话筒。

理查德想，正如他在过去几年经常想的那样，一个人的行为所产生的影响总是无法预估的，甚至和原本想要达到的效果背道而驰。他想，这里也是如此，因为市政府与难民之间的矛盾归根结底事关边界的问题，而边界——至少从数学的角度来看是这样——通常是符号改变其数值的地方。怪不得，他想，事关（handel）这个词不仅有"做事"的意思，还有"交易"的含义。

女记者没开麦克风，她就像这样，作为一个普通人，继续问那个瘦女人：

不让他们工作，那他们整天都在这里做什么？

什么都不做，瘦女人说。她转身离开了，一边补充道：如果什么都不做太难熬，我们就组织一次示威。

明白了，年轻女人说，朝已经离开的瘦女人点了点头。

她收起话筒，依旧背对着他，站在他坐着的长椅前，一直没发现这里有一个沉默的观众。瘦女人走到一个像是厨房的露天帐篷前，半道还扶起了一个倒在地上的木展架，展架在旁边的帐篷上戳开了一个洞。

理查德看到一个黑皮肤男人走向另一个人，和他打招呼、握手。他看到五个男人站在一起，其中一个在打电话。他还看到，刚才得到自行车的男人正绕着广场骑车，有时候还在石子路上的其他男人中间急转弯。他看到，三个男人在敞开的帐篷里围坐在一张桌子后，前边的纸板上边写着：捐赠处。他看到长椅上一个上了年纪的男人靠着椅背坐着，他有一只眼睛瞎了。他看到，一个脸上有蓝色刺青的人拍了拍另一个人的肩膀然后走了。他看到一个男人和一个女同情者说话。他看到一顶帐篷，油布被折向里边，有个男人坐在床铺上，拿着手机打字。旁边还有一个人躺着，他只能看到那个人的脚。他看到两个男人用他听不懂的语言交谈，一个人的音调突然升高，然后撞了下对方的胸脯让他后退，旁边骑自行车的男人不得不绕开他们。他看到那个瘦女人和一个手里拿着锅的男人说话。他看到街角那座恢宏的大厦，它构成了这里所发生的一切的背景。那幢楼大概是在他现在坐着的地方还是条运河的时候建成的。看上去像以前的百货商店，不过现在的一楼是银行。这里还是条运河的时候，德国还有殖民地。殖民地商店，在西边开始大兴土木之前，直到二十年前，人们都能在东柏林的一些外墙上看到这种风化斑驳的字样。殖民地商店和"二战"的弹孔出现在同一面墙上，在这些为了翻新而被清空的房子里，某个尘封的玻璃柜中大概还放着一块社会主义时期的硬纸牌，上边写着：水果、蔬菜和土豆。他书房里的地球仪上还有德属东非的字样。马里亚纳海沟那里的胶有点掉了，但地球仪还是很漂亮。德属东非现在叫什么，理查德并不清楚。他现在坐着的地方还是条运河的时候，对面的百货商店会不会有人贩卖黑奴？在伦内的年代，是不是还有黑人仆役把煤炭抬到五楼？想到这些他忍不住笑了，一个独自坐在公园长椅上的老先生对自己发笑，可能会让路人感到不安。他到底在等什么？在男人们已经在广场上驻扎了一年后，恰好就在这天，这随机的一天，就在他来到这个广场的这天，他真的以为这里还会发生什么出人意料的事情吗？什么都没有发生，他坐了两个半小时后开始冻得打战，从长椅上站起身，回家了。

开始某个项目时，他往往弄不清是什么力量在推动他，似乎脑子里的想法已经发展出了独立的生命和意志，只等着哪一天他能想到它们，似乎那项任务在他着手之前就已经存在，似乎他知道的、看到的、遇到的或发生在他身上的事所构成的路径早就存在，只等着他最后走到这个地方。或许事实就是如此，人们只能找到先前业已存在的东西。因为一切事物一直都存在。下午他清扫了落叶。晚上，他听到新闻里说，为奥拉尼亚广场的难民不堪忍受的处境找到解决方案只是时间问题。理查德听过太多类似的说辞，应用于各种不堪忍受的处境。类似地，落叶化为泥土，溺水的人被冲上岸或消溶于湖底，也只是时间问题。但这意味着什么？他甚至不知道，时间会将不同的层次和轨迹叠加在一起，还是正好相反，将一切与彼此分开。或许那个新闻播报员知道吧。理查德感到恼火，他也不明白这是为什么。夜里他躺在床上，回想起瘦女人说的话：如果什么都不做太难熬了，我们就组织一次示威。突然之间他明白了自己为什么在奥拉尼亚广场坐了两小时。八月份听到那些不愿说出自己名字的人在绝食抗议时，其实他就已经知道了，昨天他进入那个漆黑的中学校园时就已经知道了，但直到现在，在这一刻，他才真的想明白。如果你想探究时间究竟是什么，最好的办法是去寻找那些落在时间之外的人。当然，如果愿意的话，也可以寻找一个被锁在时间里的人。在他身边，床的另一半还盖着被单，那是之前妻子睡的地方，堆着几件他前几天穿过的、还没有收拾的毛衣、裤子和衬衫。

9

接下来的两周,理查德读了几本相关书籍,草拟了要问难民的问题清单。他准备和他们聊聊。早餐后他就开始工作,一点钟吃午饭,午睡一小时,下午又坐回书桌前,有时候一直看书到晚上八九点。提出对的问题很重要。对的问题并不总是那些你用语言表达出来的问题。

一个人是如何从之前充实而简单的生活状态,转变到一切都未知的难民状态的,若想弄清楚这个,他必须知道开始有什么,中间有什么,现在有什么。从一种生活过渡到另一种生活的边界本该清晰可见,但如果你仔细观察,这种过渡根本就不存在。

您在哪里长大?您的母语是什么?您的宗教信仰?家里有几口人?小时候在什么样的房子里长大?父母是怎么相识的?家里有电视吗?您睡在哪里?吃

什么？小时候最喜欢去哪儿？您上过学吗？穿什么样的衣服？养过宠物吗？学过什么手艺吗？您成家了吗？您什么时候离开家乡的？为什么？您和家人还有联系吗？您是出于什么目的离开的？当时是怎么告别的？走的时候带了什么东西？您之前如何想象欧洲？现在有什么不同吗？平日里都做什么？您最怀念什么？您希望做什么？如果您的孩子在这里长大，您会如何向他讲述您的家乡？您能想象在这里变老吗？死后人们应该把您葬在哪里？

10

理查德在书桌前和椅子上度过的其中一天,奥拉尼亚广场上的帐篷和棚屋被拆除了,难民由柏林的各种慈善机构安排到了郊区不同的地方,这些机构之所以收留他们,按官方的解释,是因为这几天晚上的温度已经降到十度以下。理查德完全不知情,因为那天他还在研究商人吕德里茨*占领非洲西南海岸的历史。冯·吕德里茨先生在墨西哥第一次破产后,缔结了一桩有利可图的婚姻,后来又和一个非洲西海岸传教士的儿子相识,听从他的建议在那里买了两块地。第一块地花了一百磅黄金和两百支步枪,第二块花了五百磅黄金和六十支步枪。在丈量土地面积的时候他用了德国的里数,比当地酋长使用的英里要长。要是能打通一条直通印度洋海岸的路就好了。起初,德意志帝国

---

* 阿道夫·吕德里茨(Adolf Lüderitz,1834—1886),德国商人,建立了德意志帝国的第一块殖民地德属西南非。

并不太想为冯·吕德里茨的圈地围栏安排守卫,直到英国人发现一切如此简单,并且占领了那里的两个港口后,俾斯麦才派去了两艘战舰。从那时开始,商人吕德里茨的地产被称作殖民地,并由国家保卫。吃晚饭的时候,理查德还在对德国人这一做法摇头。摇头是一种符号吗?若没有旁人在,这符号展示给谁?坐在一块石头上,脑袋摇来晃去。*他明天要带着问题第一次去找难民了。

第二天理查德到的时候,发现广场被警戒线封锁,周围都是警察,他看到一台挖土机正把床板、防水布、床垫和纸板推到一起,然后装进卡车运走。只有一个非裔女人坐在一棵树上,显然拒绝离开广场,而清理队和警察都不想理会这棵树和这个女人。除了她以外别的难民都不见了。在帐篷和棚屋被拆掉后重新露出的地面上,老鼠挖出来的地道一览无余,看样子它们从难民没看好的东西那里获益不少。理查德想起了热舒夫。警察告诉他,难民自己也帮忙拆棚屋了,这是他们和市政府协议的一部分。什么协议?可惜警察不能透露详情。那么难民们现在在哪儿?被分到三个机构了。哦?其中一个在郊区,就在理查德家附近,他

---

* 此句化用自歌德《浮士德》:"妈妈就坐在那儿一块石头上,/脑袋摇来晃去。"(杨武能译)

知道那栋窗户上布满灰尘的红砖房,之前是养老院,闲置了快两年了。

回家的路上,和往常一样,城铁每到一站都有自动播报提醒人们注意列车和站台的空隙,理查德也和往常一样地想,他们并不是出于真的关心,而是若有人出了事,保险公司要理赔。

那些非洲人现在就住在那个养老院。

为什么不呢,反正楼也空着。

他走下城铁,回家。

11

第二天,钓鱼协会的人热闹地庆祝统一日,理查德终于打开了从学院带回来一直放在地下室里的纸箱,他计划从整理书籍开始。这还要花第二天和第三天的时间。周末他把纸箱裁开,在我们共和国的生日当晚——曾经在十月的这天庆祝这个节日——把纸板压好,叠整齐,放进蓝色的回收箱。周一,他出门购物,然后回家。过去的几年,每次路过那个养老院他都会想,这里会不会是自己安度晚年的地方。夜年*这个词不存在。菜架上已经放不下沙拉菜了,他把它们放到前厅冰凉的瓷砖地板上。

周二早晨他才拿上外套,蹬上那双最舒服的棕色鞋。关上炉灶,关灯,钥匙。步行二十分钟。

---

* 原文是把德语中的 Lebensabend(晚年)一词变成了不存在的合成词 Lebensnacht,由 Leben(人生)和 Nacht(夜)组成。

他跟大厅的接待员说,他想和难民谈谈。

好的,请问您是从哪里来的。

我从家来,他说。

不,不是这个意思,我是说您是哪个机构的?

不是什么机构,他说,只是自己感兴趣。

您要捐款吗?

不。

那不能直接进的,接待处的女人回答。

透过一扇大玻璃窗,他能看到如今被称为老年之家的敬老院的早餐室。几个老人坐在方桌旁,有几个人脖子上戴着围嘴,有几个人坐在轮椅上。

我是洪堡大学的教授,古典文学系。

这句话,他一生中重复过很多次。现在他其实是荣誉退休教授,但适应这个称谓还需要时间。他在东德的荣誉现在也被西边承认。不过,和别的东德时期已成为教授的人一样,他的退休金比西边的低。东德时期,这个词有个颇有意思的结构:用方位命名时间。无论何时,无论在这个城市和这个国家的哪个方向,现在都是西边。

您还是需要预约。

和难民预约吗?他问。

不,要先和这栋楼的主管预约。

每次亲身经历一个问题的诞生,他都很开心。难民来到郊区就是这样一个时刻。秩序源于恐惧,他想。源于不确定和谨慎。在接下来等待约见的半个小时,他去了皇宫公园散步,落叶漂在池塘上,天鹅和鸭子游在落叶间。

主管在他的办公室接待了他,问道:

您是想从这些男人那里了解什么呢?

我在做一个研究项目。

这样啊,主管说,客气地接过这位荣誉退休教授从桌上递过来的名片。

主管跟他解释了一下《都柏林第二公约》*,谈到了遣返、拘留和庇护条例。他问这位访客,有没有听说过居留头衔†这个词。

头衔?这位教授很少跟别人提起自己的头衔,事实上只有他找人帮忙并需要强调分量时才会提,比如刚才在女接待员那里。都柏林?他和妻子去那里徒步旅行过。墙倒后的第四或第五年。欧石楠、绵羊、多

---

* 《都柏林公约》是一部欧盟法律,规定了难民在《日内瓦公约》下寻求政治避难的申请流程。公约规定了难民首次踏进哪个欧盟国家,那个国家就有责任接收、处理、审核。《都柏林第二公约》于2003年开始执行,《第三公约》于2013年生效,取代《第二公约》。

† Aufenthaltstitel 为合成词,意为"居留许可",单词后半部分 Titel 在德语中意为"头衔",理查德因此产生了误解。

雨。在那些小旅馆吃早饭的时候，同一张餐桌旁有时也坐着几个民主德国的公民，和他俩如今一样，在这里找寻家乡已经无处可觅的那种熟悉的疏离感，就像在同一堵墙后避风。

主管继续说了几句，大意是：

他们只不过是暂住在我们这儿。房间的情况不符合长期居住的标准。原本这里是要施工的。整座楼都要重建。厨房和洗手间太少了，房间里也放不下足够的床铺。

这些不是我想问的，访客说。

我只是不想让您误会。我们接手这件事，是因为没有别人愿意做这些。

我不是记者，访客说。

是的，没错。

他们都沉默了一会儿。

那些男人真的想离开奥拉尼亚广场吗？

这很难说。

我明白。

俩人沉默了一阵后，主管点了点头，说：

我们过去吧。

12

难民居住的红砖楼的大门锁着。从里面反锁的。一个穿蓝色制服的人给他们开了门,另一个穿制服的人坐在前厅的一张旧办公桌后。

每次进楼,保安都需要查看您的证件,主管说。

好的。

是考虑到火灾:我们必须时刻清楚楼里有多少人。

Wsjo w porjadkje(没问题）[*],理查德想,但他只是点了点头,把证件推到桌子对面。这种仿木贴面的板材,过去叫作斯布莱拉卡特板[†],没准儿连这张桌子都是从人民团结组织[‡]或者区长办公室搬来的。

---

[*] 原文为俄语。后同。

[†] Sprelacart,民主德国的板材品牌名。

[‡] Volkssolidarität,民主德国时期服务老年人的社会组织,两德统一后,其工作领域也扩大到对慢性病病人、弱势群体和青少年等的救助。

现在他们终于获准通过穿制服的人，向右拐到通向楼梯的走廊。他们路过一个虚掩着门的房间，里边有一张台球桌和几把椅子，三个黑皮肤的年轻男人坐在椅子上，每个人手里都拿着一根球杆，但他们没有打球，也不说话，理查德也没看见桌上有球。

日光灯，磨砂玻璃，漆成石灰绿的楼梯扶手，铁艺是手工锻造的藤蔓造型，一些地方的油漆已经剥落了。

二楼没人住，因为没通水，主管跟他解释道。

他们在三楼拐进一条走廊。左右两边都是门，门中间的墙上，在轮椅扶手的高度装有宽木扶手。

这个钟点，他们在不在？

所有人一直都在。

门上还有上一位住在这里的老人的名字。他们现在已经死了吗？还是搬去其他地方了？

还有一点：男人们不可以离开这栋楼，主管说，所以最好就在这里跟他们聊。

没问题。

顺便问一句，您会讲什么语言？

英语和俄语，可能在这儿没什么用——主管摇了摇头——还有意大利语。

好，那我们就从这里开始吧。

主管先敲了敲其中一扇门，没等里边回应就打开了，像医院里的医生和护士查房一样。访客还看到很多和病房里一样的床铺和床上用品。其中几张床上有男人睡着，另外几张空着，后边还有一个人靠在墙上戴着耳机听歌。最前边，横在电视机前的床铺上，有一个巨大的坐着的身影，旁边还有三个人。理查德已经想走了。但主管开始介绍他：一位教授，为一个项目做采访，几个问题。电视上正放着一个捕鱼的节目。能看到渔网中的鱼，穿着橘黄色防水衣的男人，暴风雨中的船和很多水。这些人知道"教授"是什么意思吗？理查德看到床下的旅行箱，和窗台下排成一排的几双鞋。有几个睡觉的人蜷在被子里一动不动，看上去就像木乃伊。坐在电视前床铺上那个大块头男人对他点点头，说：No Problem（没问题）。

那我就不打扰了，主管说完就离开了。

这个男人穿着一件红色 T 恤，横跨他身体的字母很难看清。看来也不是所有难民过得都很差，理查德想，看这家伙的块头。男人朝他点头示意，理了理旁边那张床铺的床单，请他坐下。他不想穿着出门的裤子坐在人家铺好的床上。但这里没有椅子。《格林德语大词典》里有出门的裤子（Straßenhose）这个词吗？捕鱼是很艰难的工作，尤其在冬天。那个显然在此担任决策角色的壮汉做了自我介绍：他叫拉希德。

这是扎伊尔,这是阿不都沙拉木,那个高个子叫伊桑巴。您呢?他叫理查德,他对男人们愿意接受访谈表达了感谢。然后他拿出了问题清单。

过了一会儿,他的笔记本上写了:尼日利亚北部信伊斯兰教,南部信基督教。伊斯兰教教法传入尼日利亚的时候,基督徒离开了卡杜纳。卡杜纳?另外还讲的语言:约鲁巴语和豪萨语。约鲁巴?豪萨?约鲁巴族的人大部分是基督徒。拉希德是个约鲁巴,不过他是穆斯林。而大部分豪萨人都是穆斯林。不过当然不是所有人都讲豪萨语。在戛纳、苏丹、尼日尔和马里,也有人能讲或听得懂豪萨语。大部分人听得懂阿拉伯语。这屋里的人都来自尼日利亚,不过来自不同地区。拉希德来自北边,不像阿不都沙拉木来自沿海地区。尼日利亚还有海岸线?扎伊尔是在阿布亚出生的。阿布亚?那里的首都。这里还有加纳房间、尼日尔房间,等等。我们在奥拉尼亚广场分帐篷时也是这样的,这样更清楚,拉希德说。那么在这儿,在二○一七号房,可以说我们就在尼日利亚了。对,可以这么说。有一个睡着的人打鼾的声音很大,但没有人嘲笑他,或者说似乎根本没人注意到他。那个强壮的家伙拉希德,和坐在他身边的扎伊尔,之前坐的是同一条船。您的家乡有什么植被?有什么家畜吗?您学过手艺吗？意大利的海岸边防队员要接难民的时候，为了抢先获救，所有人涌向船的一侧，于是船翻了。门开了，一个黑皮肤的人朝里边看，用访客听不懂的语言说了些什么，可能是豪萨语，得到回应后他离开了。您上过学吗？拉希德不会游泳。他在水里抓住了绳索才没有沉下去，扎伊尔也不会游泳，翻船时他攀上船底边缘露出水面的凸起部分，最后在那里得救的。您小时候最喜欢去哪儿？可八百人中，有五百五十人溺水身亡。电视的节目里，有很多鱼在流水线上，戴着手套的女人的手正在处理它们，大刀不到几秒钟就把鱼做成鱼排。后来他们在汉堡重逢，拉希德和扎伊尔，他们马上认出了对方。睡着的那个人还在打鼾。他们曾在一条船上。八百人中的五百五十人溺水身亡。理查德没有兴趣知道鱼类产品是如何被生产出来的。所以他说：你们谁能回忆起来一首歌吗？一首歌？不会。他不会，他不会，他也不会。但阿不都沙拉木会。他第一次抬起了头，直到现在他一句话都没说，可能是不好意思，因为他有点对眼。电视声音被调小了，正如理查德希望的那样，阿不都沙拉木低着头，看着他的手，开始唱歌了。

　　尼日利亚人都知道这首歌。拉各斯岛的埃约节上唱的。拉各斯？伊桑巴，那个高个子，拿着屏幕破碎的手机给理查德看一张照片：白帽子，拖地白裙，白胡子和白面纱,灵魂们就这样陪死去的国王走完最后一程。他们做往前跳跃的动作,有人在离地面半米的地方躬着腰,看上去像从天而降,正要落地。周日,戴黑帽子的灵魂会宣布下周日的游行安排,他们周一戴红帽子,周二戴黄帽子,周三戴绿帽子,周四戴紫帽子。

你们在这儿平时都做什么,理查德一边对着破裂的屏幕点头一边问。他很庆幸,在英语里不分"您"和"你"。事实上,他很有可能会对这些男人们用"你",在英语单词"you"冷漠的外壳后,他用的其实是德语的你*。到底为什么会这样呢?他的学生从没用"你"称呼过他。我们想工作,大块头拉希德说,但拿不到工作许可证。很难,扎伊尔说,非常难。每天都差不多,高个子伊桑巴说。我们不停地想啊想,不知道以后会发生什么,阿不都拉沙拉木说,视线朝下。理查德很想回应些什么,但他想不到任何回答。他在这里倾听一小时,比在学校上一小时的大课还要累。当一个完全未知的世界扑面而来,你该怎么着手理清头绪呢?他说,他得走了,但还会再来的。他有时间安静地听完他们所有的故事。时间。

---

* 德语中的"您"和"你"分别是 Sie 和 du,英语中的第二人称不区分敬语和平语,都是 you。

他关上身后的门，又转过身去记下门牌号。淡绿色的门上写着"二〇一七"，这是左边的第三扇门。往前还有六七扇一样的淡绿色门。右边也一样。走廊尽头向右拐的地方，是一扇窗户，窗外是棕色的石灰墙，窗台上整齐地摆着三双鞋。他这才注意到，照亮走廊的日光灯时不时就会闪一下。

13

理查德第二天又来时，保安解释说管理员马上会过来和他一起上去，他不能一个人进楼。Wsjo w porjadkje（没问题）。这些难民在这个城市待了一年半了，理论上所有人都可以和他们交谈，也包括几周前坐在公园长椅上的他。但从签了协议的那一刻起，就必须对他们进行管理。官僚几何学，这个词是他前几天从一位历史学家写的关于殖民主义影响的书里看到的。被殖民者在官僚主义之下窒息，这不失为一个阻挠他们参与政治的伎俩。或许这也保护了好德国人免受坏德国人的伤害？避免了诗人国度再次被称作杀手之国的风险？在奥拉尼亚广场的这种帐篷里，煤气炉很容易被碰倒——广场还被难民们占据着的时候，有人在一篇网络帖子下这样匿名留言。市政府是为了保证非裔人士的安全，还是为了自己？在第二种情况下，他们所做的事情——把难民安置到更好的地方——只是个幌子。在那背后,在可见的行为后面到底是什么?谁在为谁表演?理查德,或任何人,都有可能是留言讨论煤气炉的那个人。这些非洲人可能并不知道希特勒是谁,但即便如此——只有他们今天真正在德国生存下来,才说明希特勒真的战败了。

接他上楼的管理员是一位优雅的年长女士。他们路过那个有台球桌的房间,今天里边没人,楼梯,藤蔓造型的扶手,奶黄色的灯光,走廊里闪烁的灯,淡绿色的门。管理员敲了二〇一七的门,没等里边的人回应就打开了,和他第一次来时的那位主管一样。二〇一七号房里,床上的人正在睡觉,可能是拉希德、扎伊尔、伊桑巴或阿不都拉沙木,但从身形理查德认不出是谁。电视没有开,也没人对打开的房门有反应。

那个女士又关上了门,继续往前走,去了二〇一八,敲门,压下门把手,但门是锁着的。

她又敲了二〇一九的门,打开。一张床靠着左边的墙,有个人坐在床上写字。这不就是理查德在奥拉尼亚广场上看到的那个骑单车的人吗?是个很年轻的男孩,留着野性的鬈发。管理员问他有没有兴趣和这位教授谈谈,他向后扬了下头表示同意,像一匹倔马。他把写满了德语单词的纸放在身边的床上,头顶上方的墙上贴着不规则动词表:gehen, ging, gegangne

（去，去了，去过了）*。理查德把屋里唯一一把椅子挪过来坐下，才看到旁边两张床上的被子下有人正在睡觉。没关系，管理员说，她看到他在迟疑，朝他点了点头，就出去了。这样没关系。有一瞬间，理查德突然被一个想法吓到：这些年轻人不得不突然之间变老。等待和睡觉。吃饭，只要钱还够，除此以外就是等待和睡觉。

你来自哪个国家？

他又用了"你"（du）。但这次可能是出于年龄的原因。这男孩差不多能当理查德的孙子了。他长得像理查德想象中的太阳神阿波罗。

Del deserto（来自沙漠），年轻人用意大利语回答。

墙倒后的第一个暑假，理查德和妻子去托斯卡纳上了好几期意大利语班。出于对但丁的热爱。

你为什么会讲意大利语？

我在那儿上了一年课。在营地。说到营地这个词，男孩用的是德语。

在兰佩杜萨岛？

不，后来，在西西里。

阿格里真托的希腊神庙。那个骑着摩托车抢走了

---

* 原文分别是德语动词"去"的原型、过去时和完成时变位形式，也是本书的德语书名。

他妻子手包的男人。就像看一幅跨越两千五百年的透视画，能同时进入古典和资本主义的时代。他又重复了一遍那个问题：

你来自哪个国家？

我来自沙漠。

他要是知道撒哈拉到底有多大就好了。

是阿尔及利亚吗？还是苏丹？尼日尔？埃及？

理查德意识到欧洲人划分的疆界和非洲人毫无关系。不久前在地图册里查找各国首都时，他注意到了那些笔直的线，可直到现在他才觉察到它们体现出的专横。

我来自沙漠。没错。

可男孩突然笑了，可能是在笑他，然后说：来自尼日尔。

那么这一定是尼日尔房间了。在尼日尔住着哪些民族呢？理查德问：

你也是约鲁巴人？

不，图阿雷格。

对此他再次一无所知。倒是有一款车叫途锐*。他曾听说过那里的男人戴蓝色面纱。别的呢？

父亲呢？母亲呢？

---

* 前文的民族"图阿雷格"，德语是 Tuareg；汽车品牌名"途锐"，德语是 Touareg。两个词发音相近。

没有，没有父母。

没有父母？

年轻人又扬了一下头。可能代表是，或者不是。

你没有家人？

男孩沉默了。他凭什么要告诉一个陌生人，他也不知道自己为什么没有父母？沙漠空间广阔，只要知道沙丘如何流动，就能从所有的沙地中认出一片沙地。他不知道自己的父母是否还活着。他出生的时候那里正在打仗。或许他的父母被尼日尔士兵活埋在沙地里了。或许他们已经粉身糜骨，或许他们被烧死了。到处都有人讲过这些故事。可能他也是从父母身边被拐走的。总之从记事开始，他就一直在做奴工。和骆驼、驴子和山羊待在一起，从早到晚。他为什么要给一个陌生人看他头上和胳膊上被所谓的家人殴打后留下的伤疤？当时他们想把他打死。他唯一的朋友是动物。

父母必须工作的时候，小孩就待在阿姨那里，这个年轻人说。

我明白，理查德说。

旁边一个睡着的人翻了个身，然后裹紧了被子。

你们那儿讲什么语言？

塔马切克语。

就是图阿雷格语?

是的。

你也听得懂豪萨语吗?

对。

还有阿拉伯语?

对。

法语?

对。

现在你也开始学德语了?

对。

你德语写得很好,理查德指着男孩身旁床上的那张纸说。

但只是德语字母。

要不要跟这个陌生人讲,牧人的孩子们会和母亲坐在帐篷前,用手指在沙子上学提非纳文,写图阿雷格字母,而他却要在天黑之前给骆驼再挤一次奶?他在沙地上见过那些文字,一夜之间就会被风吹散,他也在剑、兽皮和沙漠中的岩石上见过它们:十字、圆圈、三角和点——他很想知道它们的含义。Sehen, sah, gesehen(看,看了,看过了)*。但他是个阿克力

---

* 原文分别是德语动词"看"的原型、过去时和完成时变位。

（Akli），奴隶。他能读的只有天上的星斗。黑夜的七姊妹、沙漠战士、骆驼妈妈和她的孩子。

或许他的父母只是把他忘了？

或者把他卖了？

理查德这才发现男孩两侧脸颊上都刻着四道平行的线。

这是什么意思？

图阿雷格人的标志。

这样啊。

理查德问了问题，也得到答案，但不知道该怎么继续。

当时你们住在哪儿？

男孩拿出手机，最后找到了一张图片给他看：一个圆形的大茅屋，上面有圆顶。

阿波罗有一部能上网的手机。

三个男人一天就能盖起一间这样的茅屋，他解释道，芦苇、棕榈叶、兽皮，编好的草席和木杆。要搬家时，把茅屋拆掉就能走——树叶、芦苇、烟灰，一切很快就又消失在沙漠中。

兽皮和草席是要带走的吧？

对，还有木杆。树太少了。

那么餐具呢，日用品、衣服，所有私人物品，也都会带走吧?

对。

私人物品让几头骆驼驮着?

是的。

二十年前,理查德和妻子搬进他们的房子时,装了八十个纸箱的书,还有几大箱餐具、被褥、衣服、家具、地毯、画、灯具、钢琴、洗衣机和冰箱。一辆大卡车被他们的全部家当塞得不剩一寸空隙。

当然,还要带上吃的,男孩说。

能吃多久?

有时候是两个月的,有时候三个月,要看路程。

两三个月?

对。把东西装到骆驼背上,男孩重复一遍,拆掉茅屋,离开。他用手比画了一下,为了表示他们搬走之后那里有多平整,说:就像在奥拉尼亚广场一样。

退休教授在这一天第一次听说这么多事情。他仿佛又变回了孩童,突然明白了奥拉尼亚广场不仅仅是著名景观设计师伦内在十九世纪规划的那个广场,不仅仅是老太太每天遛狗,或者女孩和男友在长椅上初吻的那个广场。对于一个在游牧民族长大的男孩来说,他们住了一年半的奥拉尼亚广场不过是漫漫长路上的一站,是通向下一个临时住处的临时住处。拆掉棚屋,柏林市政府这一纯粹政治性的举动，让男孩想起了在沙漠中的生活。

理查德想起有一次去奥地利南部开研讨会，和一个维也纳同行在葡萄园里散步，对方突然停住脚步，深吸一口气，问他是不是也闻到了：来自非洲的东南风，越过了阿尔卑斯山，有时候甚至会带来沙漠的沙粒。的确，在葡萄藤的叶子上，能看到从非洲来的细小的红色粉尘。理查德用手指划过一片叶子，意识到这个小小的动作让他看世界的视角与尺度突然发生了变化。现在他也在经历这样一个时刻：每个人的视角具有同等的正当性，在"看"这件事上没有对与错。

就在这时有人敲门，门打开了一道缝——一张他不认识的脸。

他的名字是阿瓦德，他听说有人想听他的故事。他住在二〇二〇号房间，就在隔壁。他和理查德握了手，点了点头，又出去了。

现在呢？理查德问那个男孩。

什么都没有，他说。

你们在这里能拿到钱吗？他问。

是的，已经两周了，男孩说，但这样不好，我更想工作。

工作。

工作。

他得走了,这些对话比他预想的更费力。

我会再来的,理查德对他说,就像面对一个不确定能否熬过今晚的病人。或者他自己才是那个病人?Verderben, verdarb, verdorben(腐烂,腐烂了,腐烂掉了)*。旁边床上的两个人还睡着。他和男孩道了别,他长得像他想象中的阿波罗。

在超市,也就是以前的百货商店,入口处摆着瓶装水、汽水和啤酒。然后是面包、水果和蔬菜。黄瓜、生菜。冰柜里是香肠和奶酪。还有山葵、牙膏、厨房纸、袜子,收银台前货架上的打火机和他浴室里那台收音机用的电池,一共32.29欧元,稍等,我有零钱,还是最好刷卡,不用,这样就行,没问题。这是他的世界,他现在熟悉的世界。他从未一次性囤积够用两三个月的东西,即便禽流感那会儿也没有。他总是按照超市货架的顺序列好购物清单,就是他此刻经过货架的顺序。哪怕有一天他躺在临终的床上,可能还会记得放啤酒的货架在哪个位置。

---

* 原文分别是德语动词"腐烂"的原型、过去时和完成时变位。

14

周四,理查德整理了税单,给医保公司打了电话,去修车行换上了冬季轮胎。周五他才重访红砖楼,证件,Wsjo w porjadkje(没问题),没有球的绿色台球桌,和第一次一样旁边有几个黑人——汉诺威足球俱乐部的官方颜色就是黑和绿,却奇怪地被称作红队,听上去像一个共产主义派系。那位年长的女士默默地陪他上楼,在他的要求下,把他带到二〇二〇号的门口就走了。

一扇淡绿色的门,和别的门一样。

他敲了门,等了一下,阿瓦德给他开了门。

How are you?(你好吗?)

可能很好吧,他还能说什么呢。

How are you?(你好吗?)

阿瓦德也很好。

用他们都不熟悉的语言讲出的客套话。

阿瓦德把门开大了一点，让他进来。他在访客身后把门重新关上，说很乐意跟他讲讲自己的事。如果你想抵达一个地方，就不能隐瞒任何事。

真的吗？理查德问。

阿瓦德回答：对！说完给他搬来一把椅子。

理查德道了谢，坐下来，想到了作为"无人"的奥德赛，和红色市政厅前沉默的男人。他想起自己是怎样对妻子隐瞒他的情人，同时也对情人隐瞒他和妻子的日常生活。他从未抵达过自己的生活吗？

可能阿瓦德的"对"指的是他愿意把故事讲给他听，因为——他正在说——他已经把一切都告诉了心理医生。

心理医生？

如果这位访客愿意的话，他可以给这位心理咨询师打个电话，等一下，她的名片上就有电话号码，真的不用了，理查德说，不，没关系，没事的，马上，名片肯定就在这里。阿瓦德去找那位了解他一切的咨询师的名片，先是窗台上，然后是架子和柜子，最后是床下的书包。真的不必了，理查德说。真的没关系，阿瓦德说。理查德也跟着阿瓦德移动的方向转动身体，如果阿瓦德现在找不到，以后找到了也可以，对他来说足够了，但阿瓦德没有停下来：肯定在这里，刚才我还拿着呢，我能放哪儿呢？

理查德看到窗前的蓝色格子窗帘被拉上了一半。是不是之前住在这里、需要护理的老人留下的?

马上,马上,阿瓦德说,这位咨询师知道我的所有事情。他,理查德,根本不会给这个咨询师打电话,但他不能告诉面前这个越来越着急的男人,他一遍一遍地翻着架子和书包,把窗台上堆的纸拿起来四次,甚至床单下边都找了,每次用目光在整个房间搜寻过一圈后,都要把柜子打开再合上。

墙上挂着这栋房子里公共厨房的洗碗机使用说明。房间里另外三张床都是空的,被褥叠得整整齐齐。

其他人去哪儿了?

去台球室了,阿瓦德说,他终于放弃了寻找,向访客转过身的时候,看上去很疲惫,不好意思,他说,我实在找不到那张名片了。

我叫理查德,理查德说。

阿瓦德是在加纳出生的。他母亲生他的时候去世了。就像布拉舍芙洛尔,理查德想,特里斯坦*的母亲。我生命的第一天,阿瓦德说,就是我失去母亲的那天。父亲呢?阿瓦德没有回答。他七岁之前和纳纳,也就是外婆,生活在加纳。她还健在吗?他后来见过

---

* 亚瑟王传说中的人物,圆桌骑士之一。

她吗?他还记得她长什么样子吗?不,阿瓦德记不得了。这位外婆,女儿头胎就难产而死。她教外孙说话,每晚睡前为他洗澡的时候让他站在木板上,以免炙热的沙子烫到他的脚。这个如今应该已经很老甚至可能已经死去的女人,试图从外孙那没有记忆的空间进入可以被叙述的世界,可惜失败了,她被外孙称作纳纳,像所有加纳外婆一样,除此以外没有姓名,她停留在分割层的下边,然后再次默默下沉。湖面要结冰了,湖里那个男人会怎样?

他后来回过加纳吗?

没有,再没回去过。

他父亲是的黎波里一家石油公司的司机。阿瓦德上过小学。他们俩住在一栋有八个房间的房子里。他们经常有客人。父亲下班后会给所有人做饭。他带着阿瓦德一起踢足球。给他买玩具。给他零花钱,给得不少。在假期坐飞机去埃及,从那里到开罗只需要三十分钟。我对开罗很熟,阿瓦德说,我们经常去那边。那边,民主德国时期,东德人也是这样说西德的。每天晚上,阿瓦德的父亲才把向阳的房屋挂着的百叶窗拉上去。父亲教他洗完澡后擦干背上的水:在背上把毛巾斜着抻开。父亲教他做饭。父亲送给他人生中第一把剃须刀。

父亲告诉我，我是谁，阿瓦德说。

接着，阿瓦德就那么坐了一会儿，一言不发，看着合成板材的桌面。二十五年前，这张桌子可能还在人民团结联合组织或苏德友好之家的办公室里，但阿瓦德不可能知道这些，他甚至不知道什么是人民团结联合组织和苏德友好之家。

后来呢？

后来我开始修车，交了一些朋友。那真是美好的日子。

后来呢？

外边街道上有一辆大货车在倒车，能听到尖锐的"哔哔"警告音，一声接一声。在摩尔斯电码里这应该是个零。每逢单周，塑料垃圾会被清走。可能是一辆搬家的货车，正在大门口掉头。

后来我父亲被枪杀了。

理查德很想说点什么，但不知道该说什么。

桌腿上贴着一个黄色的小牌子，上面写着"物品编号360/87"。

理查德父亲去世的时候，他去医院见了他最后一面，尸体的下颌被他的姐妹用绷带固定在头颅上，让他在之后的永恒中不会一直张着嘴。这绷带让他父亲看上去像一个修女。他几乎认不出他的样子了。

阿瓦德坐着，身体向前倾，把胳膊肘放在桌上，越来越投入地盯着桌子,一边讲着。

我父亲的朋友给我打了个电话。他们来我们公司了!他在电话里喊。然后说:你父亲!之后就什么都没有了。我说,我不明白他在说什么。他又开始喊了。他平时从不大喊大叫,对我一向和气。他朝我喊,说我得赶紧回家,然后锁好门。信号突然断了。于是,我赶紧跑回家。但我到家的时候,大门的门轴已经被扯脱了,窗户也碎了。里边一片狼藉,走廊、房间和厨房。到处都是碎片,家具被推倒,电视被砸坏,一切。我从房子背面的一扇窗户翻出来,又试着联系父亲的朋友。我一遍一遍地打。但再也打不通了。我甚至拨了一次父亲的号码。

什么都没有。

那就是结束。

我在街上一直等到天黑。我该去哪儿呢?那条街是我上学和之后去工作都要走的街。后来来了一个士兵,逼我坐上卡车的车斗,把我送到一个临时营地。我看到了躺在街上的尸体。有的是被枪杀的,有的是被刺死的。那一天我亲眼看到了战争。那一天我亲眼看到了战争。

当时,营地已经有几百个人了。大部分是非洲的黑人,也有一些从突尼斯、摩洛哥和埃及来的阿拉伯人。不仅有男人,还有女人、儿童、婴儿和老人。我们的东西都被拿走了：钱、表、手机，甚至袜子，他笑着说。笑了又笑。It's not easy（这不容易），他不笑了，说，It's not easy（这不容易），他又说了一遍，摇着头，It's not easy（这不容易），似乎这就是他故事的结局。

然后呢？

我每次抱怨，他们都会用枪托打我的头。现在这里还能看到伤疤。阿瓦德拨开头发，给荣誉退休教授看他的疤，虽然他今天才头一回和这位教授交谈。如果你想去一个地方，就不能隐瞒任何事。他们刚见面的时候，他就和理查德说过这句话。

运气好的话挨顿打，运气不好挨枪子儿，有人这样安慰我。之后他们拿出我们手机里的SIM卡，当着我们的面掰断，存储卡，掰断。Broke the memory（掰断记忆）*，阿瓦德说。除了T恤、裤子和短裙，他们没让任何人留下任何东西。那两天我们待在营地，欧洲来的飞机用炸弹轰炸的黎波里。我们担心炸弹也会落在我们这儿——那可是军事营地。第三天，他们把我们带到海港，把我们赶到一艘船上。你们谁会开这种船？有两三个阿拉伯人说他们会开。卡扎菲的旗帜在我们的船上升起，阿瓦德笑了起来，卡扎菲的旗！

---

* 双关。"手机存储卡"的英文是memory card；memory也有"记忆"之义。

所以他们是卡扎菲的人?是反叛军吗?

我们也不知道。他们都穿着一样的制服。我们怎么区分得了呢?

反政府的军人依然穿着政府之前发放的军服,理查德这才弄清楚。

总之没有人站在我们这边。哪怕我是利比亚人,利比亚是我的祖国。

阿瓦德点了点头,有一阵子什么话都没说。

然后呢?

然后有人冲着天上连开几枪,对我们说:谁想往回游,一律枪毙。我们不知道船会往哪里开。可能是马耳他?突尼斯?后来才知道,是去意大利。大家人挤人地坐着,起来原地站几分钟,再原地坐下。我后面有个女人,就在她坐的地方坐着小便。我试着站起身的时候,已经到处都是湿的。我们在路上四天。只有为数不多的几瓶水。都给了孩子。最惨的时候我们成年人喝海水。It's not easy, Richard, it's not easy.(这不容易,理查德,这不容易。)我们在空塑料瓶上用牙咬出一个大点的缺口,把鞋带系成一根,绑住瓶子吊到下边,舀海水。人必须得喝水。有几个人死了。他们和大家坐在一起,只小声说:我的头,我的头。接着头一歪,死了。死了的人被扔进海里。

理查德想起很多次透过飞机的椭圆舷窗向下看到

一片海。从天上看，海浪纹丝不动，白色的泡沫就像石头。上世纪中期，利比亚海岸曾短暂地属于意大利。现在利比亚是另一个国家，在乘船离开利比亚的难民面前，意大利最先显现的样子是一块被许多水包围的岩石小山。如果他们能抵达的话。

战争毁掉了一切，阿瓦德说：亲人，朋友，你住过和工作过的地方，每天的生活。当你变成一个陌生人，他说，你别无选择。你不知道该去哪儿。什么都不知道了。我再也看不到自己，看不到过去的我。我都不知道自己是什么样子了。

我父亲也死了，他说。

我自己呢——我再也不知道我是谁。

变成陌生人。对你自己，对其他人。人生的过渡，就是这个样子。

这一切的意义到底是什么？他问完，终于重新看向理查德。

现在该理查德回答了，但他没有答案。

是不是就这样，阿瓦德说，每个成年人——无论男女，有钱没钱，无论有没有工作，无论住在房子里还是流浪街头——所有人都一样，我们都会有那么几年可活，然后就死了？

是的，是这样的，理查德回答。

之后阿瓦德又讲了几件事，似乎是想帮理查德减轻沉默带来的压力。后来他在西西里的营地待过大半年，和十个人住一间房。然后被赶了出来。从他被赶出来的那一刻起，就只能自己找过夜的地方了。你自由了！没有工作，没有车票，没有吃的，还付不起房租。Mi dispiace, poco lavoro.（抱歉，工作太少了。）*没有工作。一天结束，你还在大街上。如果你的父母没有好好教育过你，你就会变成一个小偷。如果你的父母是好人，你会努力活下去。Poco lavoro. Poco lavoro.（工作太少了，工作太少了。）可是理查德，我们能吃什么？理查德读过福柯、鲍德里亚、黑格尔和尼采，可他不知道一个没钱买食物的人怎么吃饭。你也没法洗澡，会开始发臭。Sempre poco lavoro.（工作越来越少了。）我们在街上就是这样。我睡在火车站。白天流浪，晚上我可以睡在火车站。我想不起来白天都是怎么过的。理查德，你以为我在看你，but I don't know where my mind is. I don't know where my mind is。

这是个好句子，理查德想，可惜哪怕在词汇丰富的德语里也找不到严格对应的翻译。我的思想在别

---

* 原文为意大利语。后同。

处？我不知道我的魂魄在哪儿？我的头脑？或者简单地说：我根本不是自己了？

有一次，阿瓦德在一家餐厅待了三天，打扫卫生和刷盘子，挣了八十欧。他去旅行社，想订一张去德国的机票。旅行社的女人问他，是想去科隆、汉堡、慕尼黑还是柏林。他该如何回答？他没听说过科隆，也没听说过汉堡、慕尼黑和柏林。就是去德国。旅行社的女人很不耐烦，但对他来说无所谓，因为他的 mind was not there，那个无法翻译的好句子又出现了：他在沉思，心不在焉，神志不清，在一切的彼岸？

自 1613 年起，在一次又一次的战争中，德国小孩把手背上的金龟子放飞到彼岸：

> 金龟子啊飞！
> 父亲从军再不归，
> 母亲去了波莫瑞，
> 波莫瑞被烧成灰，
> 金龟子啊飞！ *

歌德笔下的伊菲革涅亚也是如此，她在陶里斯流亡，既在那里又不在那里，她用灵魂找寻的是她童年

---

* 《金龟子飞吧》(*Maikäfer flieg*) 是一首起源于三十年战争时期（1618—1648）的德语儿歌。

的故乡。这么看的话，用身体的在场去衡量生命的过渡也太荒谬了。这么看的话，欧洲于难民的不可居住性，躯体于灵魂的不可居住性，两者突然间关联了起来——而每个人的灵魂都被赋予这具躯体作为终身的居所。柏林也是如此。他脏兮兮地坐在飞机上。到达后，他被全新的、陌生的语言包围，什么都听不懂，只会点头。他看见别人坐上一辆公交车：是去市中心的吗？接下来的三晚在亚历山大广场。有个男人告诉他，那里有个广场。跟像我一样的非洲人一起？至少我能在那儿洗个澡。那男人从售票机替他买了一张车票。一个能出车票的机器？德国 is beautiful（太美好啦）！

接着他看到了帐篷。

我一个人站在那儿。那个男人走了。我这辈子还从没睡过帐篷。

他得住在这儿？

在一个帐篷里？

他站在那些帐篷中间，哭了。

之后他听到有人用阿拉伯语讲话，带利比亚口音。

在奥拉尼亚广场，他有吃的东西。有睡的地方。

奥拉尼亚广场照看着他，就像父亲在利比亚照看他那样。

他永远不会忘记父亲，并永远敬重他。

同样,他永远不会忘记奥拉尼亚广场,会永远敬重它。

阿瓦德用这句话作为对话的结尾,之后确实没什么好说的了。

15

　　戈特弗里德·冯·斯特拉斯堡,理查德是什么时候读的?是那年盛夏,在后院的烈日下等妻子下楼的时候?还是几年后?妻子去世后,那些描写布拉舍芙洛尔和里瓦林的爱情的诗句时而浮现在他脑海,这一点他是确定的:他是她,她是他。/他是她的,她是他的。布拉舍芙洛尔爱着里瓦林,特里斯坦的父亲,在里瓦林战死后依旧为他生下了孩子,并承受着致命的心痛。该给孩子起什么名字呢?廷臣沉默良久,史诗中这样写道。他陷入了沉思。在痛苦中受孕,在痛苦中诞生,最后他决定叫他"特里斯坦",因为特里斯坦意为悲伤。理查德很难记住这些陌生的非洲名字,晚上整理笔记的时候,他把阿瓦德变成特里斯坦,把前天见的那个男孩变成阿波罗。这样以后他也分得清了。

第二天吃早餐的时候,他脑子里闪过很多问题。为什么一个连能否去天堂都和工作有关的国家,不允许这些男人工作?为什么这里没有人询问他们的故事,然后相应地将他们作为战争受害者来对待?他花了一整天来研究《都柏林第二公约》,直到要关掉台灯那一刻才明白过来:这个公约只规定了管辖范围。

公约从未明确,这些人是不是战争受害者。

"管辖范围"和他们的经历唯一有关的部分,是他们第一次踏上欧洲时的登陆国家。只允许他们在那里申请避难,仅此而已。这个国家之后如何管理他们,则视情况各有不同。

巴尔干半岛打仗的时候,奥地利和瑞士的边境上接待的难民最多。而现在,非洲发生了很多意料之外的事,希腊和意大利成了接收难民最多的国家。如果有一天阿拉斯加和冰岛打起来,或许挪威和瑞典就必须给那些无家可归的冰岛人发护照、提供工作,想办法让他们在那里定居——或者无视他们。

理查德明白了:《都柏林第二公约》让那些在地中海没有海岸线的国家有权拒收来自地中海的难民。

所谓欺诈性难民,讲述的经历或许也是真实的,但人们不必费心聆听,更不用说反馈行动。而启用了新的指纹录入系统,据说很快就可以彻底解除误会:哪些人是必须得到关照的,哪些人不是。

理查德又想起昨天特里斯坦的话，他无法忘记的黎波里街头尸横遍地的画面。若一个人变成了陌生人，他就没有选择了。这就是问题所在，理查德想，我们自己的经历是丢不掉的压舱石，然而，那些挑选故事的人却有选择。从特里斯坦的房间出来，在浅绿色的楼梯间碰到了那个年长的女士，他问她，阿瓦德到底为什么要去看心理医生。哭泣痉挛症，她说。有时候发作几个小时。我们这儿没人知道该怎么办。

理查德坐在桌前看书，黑漆漆的窗户上只映出他的白发。他又弄明白了一件事。意大利法律中的国界与德国法律中是不同的。他对此很感兴趣，因为在人生的大部分时间里，他所知的"国界"是版图上的一条线，通过关卡才能进出，而两侧的国家筑起铁丝网、架起拒马等类似工事来宣示意图。可是，一旦国界只由法律来界定，一切就会变得模糊，实际情况很可能是这样：一方在回答另一方根本没有问过的问题，与此同时，另一方也在事无巨细地阐释对方根本无意知道的事情。

事实上，法律从物理现实转向了语言的领域。

在这条隐形的边境前线，不属于任何一方的外来者被困在了和他无关的欧洲内部的讨论中，这场讨论与他想逃离的真实战争毫无关系。

比如意大利，他们允许难民离开，甚至希望他们离开，因为那里的难民实在太多了。意大利的法律让难民有权去法国、德国或任何一个欧洲国家找工作。但让理查德不解的是，德国，由于一些他迄今都不明白的原因，却不愿意接受他们，他们在德国以旅游居留许可待满三个月，就必须回意大利再待三个月。若想在德国找工作，他们必须在意大利连续避难五年，并在这五年后拿到所谓无限制居留证（Illimitata），一个证明他们和意大利人拥有同等权利的文件。在拿到无限制居留证之前，他们为了填饱肚子有权离开意大利，但却不能入境其他国家。

有那么一刻，理查德想象一个人用阿拉伯语给他解释这些法律。

他站起身，书桌前坐久了要活动一下，他做了五个深蹲。然后系上领带。晚上，他应邀去三个花园开外的德特勒夫家参加生日宴。西尔维娅，德特勒夫的太太，去年病了很久，所以餐食是由供应商送来的自助餐，这在他家还是头一回。不锈钢保温盆中放着烤野猪肉、米饭和香芹土豆，旁边的陶罐盛着亚式热汤，冷餐盘中有鸡肉串、洛林咸挞，小碗里是腌制的绿橄榄、黑橄榄、干番茄、酸豆和小洋葱，旁边放着玫红色和绿色的两种奶油酱，香芹、炒饭、鸭胸肉片、白面包和黑面包,芥末酱、蛋黄酱、番茄酱和绿叶沙拉。餐后甜点有各种水果、巧克力蛋糕和树莓马斯卡邦彭奶酪。他怀疑自己是否真有这么饿。

理查德,我们能吃什么?

门铃又响了。一束花,一件外套,不用脱鞋。这样的外包服务还真是不错的主意。我们也觉得不错,结束后他们还会收走用过的餐具。啊,是吗?

这另一个世界所提供的福祉,他和朋友们还没有研究透彻,近二十五年来,这个世界与他们的世界缠绕得越来越紧了。对于住在这条曾以德国共产党主席命名的恩斯特·台尔曼街上的人来说,蓝色的小火苗能让食物保温整整两个小时,就像刚出锅一样,这依旧一件值得称道的事。

味道非常好,真的,我之前还担心不够,只是巧克力蛋糕有点……哎呀,非常好。

在这一年一度的聚会上,理查德见到了十二或十五个朋友,其中大多数都已认识半辈子了,有几个甚至已经认识一辈子了。他和男主人在中学时代就是朋友。德特勒夫的第一任妻子玛丽恩正在阳台上安静地抽烟,她和德特勒夫是在理查德二十五岁生日派对上认识的,当时她是个大提琴手,和理查德的妻子,拉中提琴的克里斯蒂尔,在同一个交响乐团。他俩外出的时候，还在上大学的理查德和克里斯蒂尔帮忙照料过宝宝。现在，德特勒夫和玛丽恩已经分开快四十年了，但依旧是朋友，他们的儿子正在中国筑桥。乐团解散后，玛丽恩开了一家茶室，和现任丈夫住在波茨坦。坐在沙发上的安妮是个摄影师，过去野得很。高中刚毕业的时候，她和理查德曾共度两三个夜晚，柏林墙倒后她在法国生活过一段时间，两年前为了照料年迈的母亲又回到了柏林。他们在那儿造的东西真是一团糟，只是为了钱。坐在长凳上的胖子之前是学经济史的，后来在大学教书，可在西边，社会主义经济史是个错误的学科。他现在维修电脑，他的太太每周会给他发烟，一周三包，不知道是出于吝啬还是体贴。他总是一个人来参加聚会。确实可以考虑装个报警器。话说，我十二月要去疗养了。好啊，要去哪儿？德特勒夫的这些朋友要想看清礼物台上书籍封底的字，大多数都得戴上眼镜。靠在窗台边的是莫妮卡，一位日耳曼学学者，身旁是她蓄着大胡子的丈夫约克，理查德和克里斯蒂尔跟他们一起度过假，大多是在波罗的海。他们不让我带孙女了，我儿媳妇就是这样。两周之前我才回来，在芝加哥做客座教授。他朋友的第二任妻子西尔维娅话不多。能看出来，过去的一年对她来说很不容易。转折点后不久她开始和德特勒夫同居，那时她还扎着马尾辫，像个小姑娘。过去这些年的聚会，等大家都走了，克里斯蒂尔有时会帮着她收拾碗碟，理查德则帮德特勒夫把椅子搬回另一个房间。我还想再来杯葡萄酒。对，红葡萄酒。请给我一杯水，常温气泡水，如果有的话。转折点后，很多朋友把钱投到不动产上，因为其他人，现在西边的人，就是这样做的。但没有人愿意租住科隆、杜伊斯堡和法兰克福的那些发霉的洞穴，于是钱打了水漂。那个设计师一直想要个孩子，但总遇到错的男人。我这辈子真是去了太多地方了。还有人想喝啤酒吗？默克尔至少是个物理学家，这一点不能忘。德特勒夫是不是装了假牙？哪怕是最好的朋友，他也不该问。你们听说了吗，克劳斯上周去世了。克里斯蒂尔和克劳斯还有一段过去。在他之前。一个牙医。我夏天去看金字塔了。那个记者总带他去歌剧院看首演，用他的记者证，比如去年《卡门》的首演。倚在柜子旁的那个一脸严肃的家伙是安德里亚斯，两年前中风，后来失能了，开始写诗，四处念给朋友听。但要说找个出版社，哎，现在市面上的书太多了，没意思。上次聚会时他说，他现在只读荷尔德林，别的诗都不必读了。墙倒之前，共和国的首都还是一个非常清晰的系统，每个人都知道自己和其他人的一辈子会被编织在一起。这里的灌木长得真高，怎么弄的？是土好。三月做的手术，感谢上帝，没上化疗，你以后就知道了，没事的。

和他一样,这里的大部分人是在战争快结束时或是之后的和平年代出生的。他母亲和襁褓中的他曾在防空洞里躲轰炸,他父亲上过前线,这在民主德国是无法想象的事情。如今东欧的局势再清楚不过了,曾经的社会主义国家被成体系地、一个接一个地打垮。他们这代人中已经有人去世了,而欧洲依旧和平。如果朋友的生日是在夏天,他们就能去草坪上烧烤,但他们总是坐在屋里。最近约阿希姆在做什么?他过得不容易,喝很多酒。也能理解。

16

周一早晨,理查德又出发去红砖楼了,自然得就像上半年去学院上班。步行道上铺着凹凸不平的鹅卵石,是哪些囚徒将它们打磨、抛光的?路过一片空地,不久前这里还是一栋别墅,有飘窗、玻璃门廊和木雕,如今只剩一片明晃晃的沙地,等着盖新楼。没有什么比撒钱更能轻易毁掉历史的痕迹了,自由流动的钱凶过恶犬,轻而易举就能摧毁一栋房屋,理查德想着,车已经开到了养老院前的电子屏那里,这里限速30,然而每当有车经过,"70""55"或"60"的数字就会出现在电子屏上,人们这才后知后觉地刹车,羞愧又懊恼。这两种别扭的感觉也曾一度让理查德想要逃避——一切为时已晚,妻子手里握着他没藏好的情书,站在那里朝他大吼。一个老太太从养老院里扶着助步器出来——或许有一天,他也会在这里安度晚年——她的购物袋挂在灰色的扶手上,她走得很慢,按她走的速度，购物很可能是她整个上午唯一的活动。

理查德走进红砖楼后，保安告诉他男人们今天应该在上德语课，每周一和周四。好吧，那为什么不去德语课看看呢？当然，如果老师允许的话。和往常一样穿过走廊，走到拐角。出乎他的意料，老师是一个来自埃塞俄比亚的年轻女人，不知为何德语说得很棒。她说，好的。于是，在这个周一，一位退休教授旁听了她德语课。他坐在大房间的倒数第一排，双腿塞进桌下，阿波罗和他隔了两排，正在读纸上的字，sitzen, saß, gesessen（坐，坐了，坐过）*。他还看到了更靠前的特里斯坦，特里斯坦注意到他，朝他点了点头。他点头回应。那个伏在桌上的男人是不是上周唱歌的阿不都沙拉木，他也不太确定。他的头发不是编成小辫子的吗？理查德实在很难认出任何人，他们的头发和脸都是黑色的。他能一眼认出的只有拉希德，因为他很高。但他不在教室。

年轻女人正和这些成年学生练习字母发音。然后读单词。她按照字母顺序比画着 Auge（眼睛），Buch（书籍），Daumen（拇指）。她跳过了字母 C。然后她

---

* 原文分别是德语动词"坐"的原型、过去时和完成时变位。

解释元音变化，au，eu，ei，ei，她从 ei 读到 ie，hi-i-i-i-ier（这里），边说边用手比画，示意发长音该怎么吐气。她上课的时候，门是敞开的，时不时有迟到的学生，还有收拾东西、道了歉离开教室的。在最后半小时，她和一些程度好的学生练习助动词 haben 和 sein。我走路，她说着，走了几步，胳膊从左向右摆着，然后她指着自己身后，过去的地方，说道：昨天我走过去了。她说，表示行动的动词大多数需要助动词 sein。Ich bin, du bist, er ist, 诸如此类。*Ich bin gegangen, bin geflogen, bin geschwommen.（我走过，我飞过，我游过。）她又摆臂走回之前的位置，她张开双臂飞，她游过黑板。Ich bin super（我超级棒），阿波罗突然说。对对，她说，你超级棒，但我们现在要用过去时造句。

下课后，男人们从理查德身边经过，有几个人朝他点了点头。扎伊尔？高个子伊桑巴？阿波罗和他握手，还有特里斯坦，你好吗，I'm fine（很好），你好吗，I'm okay（我很好），I'm a little bit fine（我有点好）。

您是个好老师，男人们都离开后，他对那个埃塞

---

* 此处的 bin、bist、ist 分别是德语助动词 sein 在"我""你""他"后的人称变位形式。

俄比亚女人说。

她很漂亮,他想。

之前我是学农业的,她说着,一面把画有字母的卡片重新收起来。没人知道,市政府许诺他们的正规学校的德语课到底什么时候开始。

非常漂亮。

奥拉尼亚广场散发着大麻味。当时她想,在男人们彻底失去一切前,一定要做些什么。

她是不是想找个黑人,所以才来这里教课的?

得找点事情做来填满您的时间,她说。

您的时间?理查德短暂地迷惑了一下,以为她指的是他自己。可马上就意识到,年轻女人指的只是那些男人。*

我明白。

实际上,要想理解另一个人的想法或话语,他必须事先已经理解对方的想法或话语。有效的对话,只是回忆已经知道的事?那么,理解就不是一段路径,而是一种状态?

女教师关上了窗户。她探身出去时,胸部变得很平。木窗框上落下一些白灰。

---

* 德语中,"您的"(Ihr)和"他/她们的"(ihr)发音一致,在口语中无法区分。

之前和学生讨论这类问题，总会落到完全不同的话题上：进步的概念，自由到底是什么，以及四耳模型——这模型是说，谈话其实是一种策略，它有两层基础，因为话语总是关于其自身，关于说话这个行为是否存在。同样，对方理解的永远不仅仅是话语，倾听这个行为始终包含着这样的问题：你应该理解什么，你想要理解什么，有哪些你不能理解，但依旧希望得到确认。

不用关暖气了，女教师说。

您教德语多久了？

从夏天开始的，当时男人们还在广场上。学德语能在课余给他们一些事情做，这是好事。但有时候他们很难专心。

女教师擦掉黑板上写的字：眼睛，书籍，拇指。

可能德语的发音对他们来说太难了，他说，还有不规则动词。

倒不是因为这个。这些人的生活状态太动荡了，脑子里没有给单词的空间。他们不知道以后会怎样。他们很害怕。如果你不知道为什么要学一门语言，那么是很难学好的。

他有多久没这样和一个女人独处了？

若想让他们安心，她说，有一样东西必不可缺：和平。

这是理查德从未意识到的：在他看来这里是和平时期，但对难民来说，只要他们的到来不被允许，战争就还没有结束。

女教师拿起她的包，把椅子推到桌下。

您走的时候，请把灯关上吧。她道了声再见就走了。她动作很快，他很喜欢。

一直在闪的日光灯削弱了天光的强度。

他关掉了灯。

理查德回头看的时候，发现这个大房间真的非常空旷。诸神中的最后一个，阿斯特赖亚女神，也离他而去。他刚才和难民们用的这些桌子，对成年学生来说实在是太小了。这些被淘汰的桌子是某个中学给孩子们用的，可能是现在叫临湖小学的原约翰内斯·R.贝歇尔综合技术中学。诗人约翰内斯·R.贝歇尔写下了民主德国国歌的歌词，后来成了文化部部长。理查德还看到，桌子的一侧还有三十年前学生挂书包的钩子，这些少年先锋队员后来成了售货员、工程师或失业者，离过一两次婚，没有孩子，或有三四个孩子。椅子各式各样，有的坐垫是黄色的，有的是酒红色的，有的椅子是木头的，有的是金属的。他很熟悉这些椅子。这些来自党会、社区俱乐部和工厂的共和国日联欢会时代的椅子。无论西边的人搬到哪里，这些社会主义家具总是第一批被扔进回收站。直到现在,所谓统一已经过去二十五年了,人们还能在工地和翻修现场旁的大垃圾箱里看到大量椅腿交错着摆放的椅子,式样过时,木质或铁灰色的腿,十分惹眼。他母亲会说:它们还能用啊。他很久没听到这句话了。或许他今天应该穿那件浅蓝色的衬衫。

17

第二天，理查德打算再去找拉希德和伊桑巴一次。保安现在已经认识他了，让他一个人上了楼。没有球的台球桌，弧形楼梯栏杆，二楼还在停水。

刚到三楼的二〇一七号那扇浅绿色的门前，他正要敲，门突然在他面前弹开，拉希德失了魂似的从他身边冲了出去，后边还跟着三四个人，冲向楼梯间。理查德听到很多人在喊着他听不懂的话，听到匆忙、有力的脚步在上楼下楼。门板在合页上颤动，屋里都没人，理查德跟随狂乱的追逐来到楼梯间，他们刚才跑到楼上，这会儿又下来了。他刚好来得及避让。此事艰难，与奥林波斯神主对抗。记得吗，那次我想帮你，在那个时光，被他一把逮住，抓住腿脚，扔出圣殿的门槛，整整一天，我飘摇直下，及至日落时分，气息奄奄，跌撞在莱姆诺斯岛上。其后，多亏新提亚人赶来，救死扶伤。* 拉希德噔噔噔跑下楼，没注意到理查德，现在他后边已经跟着十一二个更年轻的男人，其中一个是阿波罗，他的鬈发随着激烈的运动上下跳着，似乎在尽情地享乐。日光灯又开始闪了，浅绿色的微光被短暂的闪光点亮。在他还从没去过的四楼顶层有什么呢？他走上楼去，在楼梯尽头看到一扇大敞着、还在合页上摇晃的门：门的后边是一个大房间，一张圆桌前有三四个身影。里边除了咖啡机的嗡嗡声，一片寂静。理查德走近后，看到坐着的人里有那个之前带他上楼的年长女士。很明显，这里是市政府派来的管理员的办公室。房间正中央放着一把椅腿变形的椅子，他绕过椅子，扬了扬手。没人问他为什么会来，可能那位女士和他们提过他。各位正在忙吧，他说。其他人点了点头。那我改日再来，他道了别。他走出去的时候把椅子扶正，但有一条椅子腿弯成了直角，立即倒了下来。他为这个失败的、试图创造秩序的举动道了歉，又转向这几个沉默的人，其中一个管理员正动静很大地喝着咖啡。刚才那是拉希德吗？理查德指着椅子问。他们点点头。楼梯间的灯恢复了平静，他已经看不到、听不到"雷神"了。

---

* 译文引自《荷马史诗·伊利亚特》第一卷，陈中梅译，译林出版社2012年第一版。

大门口,一个保安正在打电话,理查德问另一个,到底出什么事了。他了解到,这些男人可能明天就要搬走了,搬到一个森林里的宿舍楼,离布柯7.5公里的地方。

布柯?明天?

我也不知道,我只是个保安。

去布柯的话,理查德就算开车也至少要一小时,而且是在不堵车的情况下。这可不行,他说。保安朝他耸了耸肩。

今天下午两点他们要开会,这张单子上写的。可能市政府也有人来。

理查德本来要去买东西,现在被气得完全无暇去想购物的事了。做出这决定的人可能不知道严肃的调研是什么。他这才刚开始和他们交流,就来了一块绊脚石。他在学校也遇见过这种行政人员,他们觉得给出差发票盖章、更新医保表格、登记出勤时间,都比本职工作更为重要:是否存在一种让诗节产生美感的比例,就像那种让蜗牛壳保持稳定的比例;奥古斯都时代的文献中,耶稣在什么地方以最后一位希腊神的身份出现。是的,你可以打发时间,把工作邮箱的密码改八次,但你也可以去探究,一个作者自己都没意识到东西是怎样出现在了他的作品里,而那些段落的叙事者究竟是谁?

因此,尽管理查德这辈子已经开够了吞噬掉自己太多时间的会,他仍然在下午一点四十分重新上路,去参加这场该死的会议。

大教室从第一排到最后一排都坐满了人,很多男人把膝盖塞进小书桌下,管理员和保安处的人站在旁边,讨论刚刚开始。由于那个消瘦的、留着中分金发的市政府官员既不会讲英语,也不会法语和意大利语,更别说阿拉伯语,于是,他说的话被翻译成几种语言,和理查德之前在那所被占用的中学出席集会时的情形一样。我们应该高兴,因为有政府的人在,理查德在办公室见到的一个男人悄悄对他说。官员用那种仿佛也"金发中分"的腔调说道:我们完全理解各位现在的处境!你们为和平解决奥拉尼亚广场的困难做出了巨大的贡献!——还有一些类似的句子。这位工作人员似乎并不乐意被派遣到这群永远只提要求却不满足的人这里。或许,和市政府行政部门的其他人相比,他的职位相当低,或者他需要通过这次任务证明自己的能力。理查德几乎有点可怜他了。这群牢骚鬼还想要什么呢?市政府已经在没有法律规定的情况下,每月至少给他们提供三百欧元的生活费,至少在一定期限内是这样,还送给他们交通月卡,派给他们十二位半职管理员，保障他们跟医生和有关职能部门的沟通。

布柯的宿舍，我向你们保证，市政府派来的男人说，是对所有人来说最好的解决方案。除了你们以外，柏林和周边还有很多人在寻找住处，如果大家还想住在一起的话，没有比这更好的选择了。

只要政策上还没给出解决方案，我们希望一直被关注——拉希德，今天上午的雷神，站起来说。我们在森林里能做什么？市政府的协议算什么？文件上承诺的事，您那边到现在可是一件都没做到，他说。

野兽被子弹击中了，子弹的价钱是每人每月三百欧元生活费、月票和管理员，可它还是很危险，人们不知道它是否还有力气，会不会突然又朝谁冲过去，这样的话后果可能比之前更不堪设想。

这不是一天能解决的问题，市政府派来的男人说，同时心里在想，若那头受伤的野兽扑过来，该如何保护好自己。

第二个人说：我听说离那儿最近的公交车站有五公里。

再争取点时间总是好的，这样伤口就能继续静静地流血，这样就能削弱对手。

第三个人说：就这样，一天又一天！

第四个人说：我们需要带隔间的浴室，不然就是践踏我们的教规。

它还在抽搐，那头野兽，但这只是本能反应。

第五个人说：我们无法接受每间房住超过四个人！

市政府派来的男人等待着，直到所有想法和问题被翻译出来，他说：我理解您，我会把一切都记下来。

如果你是个陌生人，你就毫无选择，特里斯坦曾经对他说。他说错了吗？没有，理查德想，许愿的前提是人们生活在一个还能拥有愿望的世界。许愿是一种乡愁。怪不得，他想，那些来自各个国家、在各种战争的各种营地中快要饿死的战俘，靠着聊菜谱活了下去。难民不需要市政府给他们四人间，也不需要隔开的浴室，更不需要一个离公交车站很近的住所。他们不需要市政府给他们任何东西。他们只是想找工作，规划自己的生活，和所有拥有足够体力和脑力的人一样。但这个一百五十年前才被叫作德国的地方的居民，用法律条文给外来者框出疆域，用时间这一超级武器对付他们，用"日"和"周"让他们失明，用"月"碾压他们的身躯，如果这样还不安静，那就给他们三个不同大小的盆、一套床单和一个叫临时居留证的文件。

部落之战，你也可以这样说。

家里书架上的一个木匣子里，存放着理查德的旧证件和旧医保卡。他在1990年，在一天时间里，变成了另一个国家的公民，只有窗外的风景依旧。他很熟悉的两只天鹅，在他变成联邦德国公民的那天，和往常一样从左边游到右边，就像他还是民主德国公民时一样，同样，鸭子也还和前一天一样卧在栈桥的角落，栈桥是用他从德意志帝国铁路搞来的枕木建成的。"德意志帝国铁路"这个很法西斯的名字在民主德国被保留了下来，可能和接管手续有关。叫什么名字，有意义吗？理查德研究避难问题时，在网上第一次看到临时居留证（Fiktionsbescheinigung），他立刻觉得这个名字和文学范畴的一个概念有关：小说在英文中是 fiction，这是给难民中的作家发的证。但马上又转念想到，发这个证让他们更轻松地在国际图书市场立足，这不太可能。他很快弄明白了，这个证件只能证明持证人在法律上不能被称作正式难民。这个居留证给不了他们任何权利。

两边的争执还在持续，中分金发官员和以拉希德为代表的其他人依旧没达成任何共识，他们的讨论卡在一来一回的翻译中，宿舍管理员突然出现了，就像救世主一样：他刚得到消息，这栋楼里有两个人出水痘了。今天的讨论没必要再继续，因为依照法律，处于传染潜伏期的人不能搬去其他住处。这些非洲人不知道什么是水痘。骚动开始蔓延。是市政府为了摆脱他们,有意让他们染上这魔鬼一般的疾病的吗?中分金发那边在想,这消息到底是不是真的,会不会管理员和这些黑人是一伙的,以此来帮他们赢得时间?然而这栋楼的主管通过疾病的暴发却真切地看到了他的装修工作会受到影响,而且在想,这些成年人究竟怎么突然就染上了儿童疾病呢?

五十年代,还是中学生的理查德要去田里帮忙除甲虫,当时民主德国农业部声称,是美国人靠甲虫来搞破坏。孩子们排成一个长队,手里拿着大玻璃瓶,走进田地,挨个检查每棵庄稼,然后把甲虫扔进醋里。后来他才知道,纳粹时期,除了中学生以外,纳粹冲锋队和士兵也被派去消灭这黑黄相间的美国超级武器。就是说,美国人用甲虫与法西斯作战,后来又用同样的方法来攻击法西斯的敌人?或者,只是某个甲虫军官决定做一件它喜欢的事?从马铃薯甲虫的视角看,1941年的马铃薯地和1953年的一样青葱。墙倒后,理查德第一次去伦敦出差,和一个年长的英国同事喝威士忌时,对方说上中学时也要在田里与甲虫作斗争,据说这是"二战"时德国投放在英国的生物武器。这位英国的日耳曼学教授说,德国当时还做实验考察甲虫的破坏力,战争快结束的时候,普尔法茨地区上空有上千个害虫的样本,在他们自己的土地上!不管怎样,我爱德语,他用这句话结束了故事,喝了一大口威士忌。只因这个神秘的结论,这段对话一直停留在理查德的记忆里。

可以确定的是,水痘是一种由病毒引起的传染病,如果在成人之间暴发,传染性会持续两周。原定于明天的搬迁已经取消了,现在有时间为难民找一个更合适的住所。他出去的时候和已经冷静下来的雷神打了招呼,并问他明天能不能开始他们的第一次谈话。没问题,他说,他似乎真的没想起来,这天上午他怒气冲冲地从房间冲出来时,曾见过这位教授。

18

那个节日叫开斋节,是庆祝斋月结束的日子。上午,男人去做祷告,女人在家做饭。然后大家一起吃饭,从中午到夜里。大人给孩子礼物或零花钱,让他们开心地过两天节。The children should have fun(孩子们应该开心地玩),拉希德说。所有人都穿新衣服,我父亲给家里的女人买布料,让她们在开斋节做身新衣服,也给家里的男人们买另一种布料,给我、我的兄弟和侄子们。2000年的布料是蓝色的。开斋节那天我就穿着那件蓝色长袍,戴着一顶帽子。

理查德和拉希德坐在楼栋入口的小储藏室里,关着门。理查德问保安是否有一个安静的地方时,保安为他们打开了储藏室。他们身边堆着压好的纸板箱,本来是为搬家准备的。还有堆叠在一起的椅子,拉希德搬来一个带酒红色坐垫的,理查德搬了一把黄色的。

开斋节这天,人们要和在过去一年有过争执的所有人和解,拉希德说。大家走亲戚。给穷人捐款。你知道伊斯兰教的五支柱吗?

理查德摇了摇头。

五支柱是:信仰、礼拜、济贫、斋戒和朝觐。拉希德说。

啊哈,理查德说。

杀生的人,不是穆斯林。

理查德点点头。

人们只能为了食物杀生,不能没有理由地杀生,哪怕是你面前的一只虫子都不行。这个小动物可能还有孩子在家等着它。你永远不知道。永远。

是的,理查德说。

一只苍蝇都不行!

对,理查德说。

杀生的人,不是穆斯林。

理查德在夏天用吸尘器吸绕着食物嗡嗡作响的苍蝇和蜜蜂。他上大学的第一年就退出教会了。

耶稣也是《古兰经》中的一位先知,拉希德说。

之前,理查德上过一门课叫"耶稣,最后一位希腊之神",曾比较不同的福音书对耶稣降生情景的描写,以及《古兰经》里相应的情景。他知道在《古兰经》里,玛利亚诞下耶稣的时候,身边一个人都没有。

她在一个偏远的地方将他带到了这个世界，遭受的痛苦是如此强烈，她说：我真希望在这以前早就死了，成为一个被遗忘和消失的人！学生们能不能理解，玛利亚为什么不仅希望死去，还希望被遗忘呢？但这些东西是没法教的。他只是指出，玛利亚说出了她的疑惑后，新生儿突然开口说话了——玛利亚的痛苦直接创造出语言的奇迹。婴儿开口安慰他的母亲，他承诺给她一条小溪，小溪便出现了；他承诺给她一棵树，树便出现了。玛利亚置身宛如天堂的风景中，坐在小溪边，头上是枣树的浓荫。她在那里吃了东西，喝了水。当她怀抱着孩子回到人群中，有人问她这孩子是谁的，她甚至无须亲自回答，因为这位刚刚诞生的先知替她回答了，他那时才 54 厘米长、3.5 千克重。

天堂就在母亲的脚下，拉希德说。理查德试图去想象坐在自己身边的男人身着蓝袍、头戴帽子的模样。我很想在母亲去世前再和她见一面，拉希德说。她已经七十岁了。可一旦我去了尼日利亚，就再也不能回德国了。

你到底为什么不愿意回尼日利亚呢？

拉希德没有回答这个问题。我父亲非常受欢迎。所有人都想把女儿嫁给他。最后他有五个妻子和二十四个孩子。我是十个姐姐后的第一个男孩，我母亲是我父亲的第三个妻子。晚上我们围着一张桌子吃饭。父亲允许我从他的盘子里夹菜吃。每天早晨七点一刻，我父亲刚刚睡醒，我们几个大孩子就在他的椅子前站成一排，他会把午饭钱放在每个人手里。苏丹在高台上谒见来宾。高台有三级台阶。台子上铺着丝绸，放着坐垫。上边撑着丝绸帐子，帐上有一只金色的鸟，如鹰一般大。鼓、小号和猎号一齐奏响。两匹装了鞍和缰绳的马被带到他面前，和两头山羊一起，以此换取免于被那邪之眼凝视。每个想要觐见国王、想从他那儿得到答案的人，都要袒露后背，在全世界面前将灰尘撒上头和背，就像洗澡的人往身上喷水。

之后，货车司机七点半来接我们上学，拉希德说，我们爬到车斗上，他也会接上一些邻居的小孩，把我们一起载去学校。

你们学哪些科目？

英语，数学，辅修豪萨语。

拉希德成年后，去了技校学修理。

他有四个姐妹上了高中。有一个上了大学，后来当了老师。

奇怪，理查德想，他又想到了伊本·白图泰的游记，那位在十四世纪从摩洛哥穿越非洲和中亚，最后到达中国的旅行家。

他中学时代的朋友瓦尔特，在民主德国时期只能去社会主义国家旅游，当时为了翻译这本书，专门学了阿拉伯语。瓦尔特去世后，他的译稿去向何处了呢？肯定没有出版，因为想出这本书的出版社在墙倒后也倒闭了。理查德当时还帮他修改过译稿。

二十四个孩子，五个妻子，瓦尔特家里的情况也差不多，只不过感谢上帝，他的四个妻子从未在同一屋檐下生活过。理查德在瓦尔特的葬礼上和他的长子握了手，告诉他，他特别特别难过，但年轻人只是直视着他的眼睛，说：好的，可是为什么呢？据说，瓦尔特一死，他的前妻们和孩子们就开始为第四任妻子仍拥有居住权的房产争执不休。现在，在"西边时代"，房子还是值点钱的。瓦尔特的长子在父亲下葬那天穿的是一条浅色的破洞牛仔裤。但愿事实真如人们寻常所言：躺在地下的人，不会再有痛苦或任何其他感觉了。

开斋节那天女人在一起做饭，拉希德说。这是最重要的节日，人们吃很多，庆祝斋戒的结束。房子在这之前的几周被收拾得很干净，很彻底。2000年，父亲为过节的衣服买的布料是蓝色的。理查德心想，自己必须让拉希德仔细讲讲开斋节桌上的每道菜。茄子？番茄？油浸尖椒？鱼？米饭？山药？大蕉？牛肉、鸡肉和羊肉？女人坐在一起，还是和她们的孩子分别坐在桌上的某个位置？桌子是在房间里、走廊里，还是在外边？理查德真希望能一直问下去。晚上有彩色玻璃做的灯盏照明吗？吃完饭，天黑后，孩子们会拿着长杆挑着灯笼在街区散步吗？他们唱歌吗？大人去走亲戚吗？第二天一家人会一起出门吗？

但那一年没有晚上和第二天，拉希德最后说。

上午十一点左右，拉希德说，男人们刚刚做完祷告。做祷告的广场离我家的距离，差不多相当于从奥伯鲍姆桥到亚历山大广场。我们正准备回家聚餐，他们袭击了我们。用短棍、短刀和弯刀。我父亲正准备打开车门，他们朝我们冲来，把我们冲散，用短棍打，用短刀和弯刀刺，然后他们把我父亲赶到车上，有三个人和他一起上了车，父亲不得不载着他们离开。那是我最后一次见他。三周前他刚过了七十二岁生日。

拉希德的双手黝黑、有力，放在膝盖上，但他指尖很小，指甲下的肉是粉红色的。

在城外，他们把他关在汽车里烧死了。

理查德和拉希德两个人坐了一会儿，没人说话。

知道那些人是谁吗，理查德终于开口问道。

拉希德没有回答。

真的很可怕，拉希德过了一会儿说。人为什么要杀人？

这是一个好得多的问题,理查德想。

拉希德眼睛上有一道疤。拉希德走路跛脚,理查德昨天就看到了。

我们试着逃跑。我的弟弟、侄子,我的叔叔、邻居。所有人都在跑、尖叫。到处都躺着人,到处都是血。我的一个弟弟刚开始藏在广场边的果树下面。入夜的时候他跑到河边,躲在水里站了一夜。他们在岸边拷打其他人,后来他跟我说,他什么都看到了。我现在还能想起来烟尘的味道,拉希德说,我不停地跑啊、跑啊。有房子着起火来了。从奥伯鲍姆桥到亚历山大广场。圣马丁,圣马丁,骑马穿过风和雪,骏马带他向前疾行;圣马丁带着轻快的勇气,裹住他的斗篷紧又轻。在尼日利亚的一个城市——两周前理查德才知道它的存在——2000年,卡杜纳的孩子们在开斋节那晚没有参加传统的灯笼游行。去年圣马丁节灯笼游行的时候,有很多本地孩子唱着歌绕着宫殿广场走,那个三年来和理查德住在同一条街、同一栋租赁楼里的来自杜伊斯堡的年轻女人也去了广场,过去几个月她常在超市和塑料瓶回收站同他奇怪地搭话,有时她也在人行道上和某个看不见的人吵架。孩子们唱着歌绕着广场散步时,她藏在广场角落的雪果树下像狼一样嚎叫。

我们以最快的速度跑回家，跟家里的女人报信。她们马上带着孩子用最快的速度行动——去朋友家或者回娘家。我母亲也逃到了乡下的父母家。我只从衣柜拿出一件换洗衣服塞进袋子里，慌忙中连裤子都忘拿了。不到一个半小时，家里就一个人都没了。我们离开的时候，摆在桌上的菜还没动。我们走时连门都没锁。为什么要锁门呢？为了开斋节，家里从上到下都被收拾得很干净。几小时后，它被烧毁的时候，从上到下依然很干净。

一天的时间，我没了父亲，没了家、房子和工作间。一天的时间，我之前所有的生活都不存在了。我们甚至没能为父亲下葬。为了和母亲告别，我又去找过她一次，然后就去了尼日尔。那是我们最后一次相见。十三年前。每次我母亲在电话里问我怎么样，我总是说：很好。

理查德想起拉希德在谈话刚开始时说：天堂就在母亲的脚下。

我再也见不得血，拉希德说。

理查德突然明白了，拉希德用两个小时回答了他一开始提的问题。

在那个夜晚，我们的人生就像被切成了两段。

Cut（切断），拉希德说。

Cut（切断）。

理查德和拉希德从小房间出来时,保安室的两个男人朝他们笑着说,你们谈得够久的嘛。理查德说,是的。

回家的路上,他在花店买了一大束艳丽的紫菀。他还从来没给自己买过花。他把花放进一个大玻璃瓶,摆在餐桌上。现在看上去就像他妻子还在的样子。或是情人还在的样子。

他忽然想起来,昨天夜里醒了没去上厕所。他去房子的每个房间都转了转,没什么目的,很简单,也没想找什么东西。就这样,他在黑暗里像逛博物馆一样逛自己的房子,仿佛这是别人的住所。在一部分他从童年时期就认识的家具中间,他自己的生活,一间一间,突然变得无比陌生,弥漫着未知,像是处于另一个遥远的星系。游览的最后一站是厨房,他羞愧地想起,前一个夜晚他坐在餐椅上,突然开始毫无理由地啜泣,像个流浪汉。

那会儿是怎么了?他不记得了。或许只是一个梦?

但人总得吃饭,他母亲总说。

他从架子上取出一只罐头,豌豆汤,一顿饭不需要花太多时间,然后把盘子放进了洗碗机。这仍让他深感欣慰。之前东边是没有洗碗机的。德国 is beautiful(太美好啦)。

接下来，天黑之前去花园待一会儿。或者把下水道的落叶捞出来，趁天色还看得见，再把雨篷扫一下。太好了，他的新梯子这么长。

晚上他坐在书桌前，做笔记。

他静静地坐了一会儿，最后纸上出现了三个短句：

有过童年。有过生活。有过青春。

下边括号里的字是：拉希德＝奥林匹亚神＝雷神

他的台灯在纸上投下了光，为这些字搭了一个舞台，理查德已经去浴室刷牙了，但舞台还在。

19

第二天本来有德语课,但他到的时候从保安那儿得知,今天是发钱的日子。他们都出去了,穿着不代表任何含义的制服的男人告诉他。幸好,他带了购物清单。

洗洁精

1 酸奶酪

1 黄油

果酱(醋栗?蓝莓?)

火腿

生菜

2 黄瓜

西红柿,中等大小

矿泉水

1/2 杂粮面包

他购物时碰见了西尔维娅,他朋友的太太。是啊,他今天正巧没事做,正巧,是吗?你一定还在写东西吧,还要上课吗?不完全是,他说,但这说来话长。要不要一起吃饭,生日聚会还剩下一些吃的。好啊,为什么不呢,但他得先把买好的东西放回家。好,待会儿见,没问题。

你现在究竟在忙什么?理查德正在门口蹭鞋,德特勒夫就问他。直到五年以前,德特勒夫一直在一家承接商店设计施工的公司做室内设计师,现在他已经提前退休了。墙倒后,流利的俄语成了他的幸运符,因为对于莫斯科的新主顾来说,他是西边的人,对于他西边的雇主来说,他是一个能和俄罗斯人合得来的东边的人。搬过来的时候扎着马尾辫、看着还是个小姑娘的西尔维娅,墙倒前是字体设计师,后来丢了工作,之后几年的事实证明,墙倒的时候正是电脑时代的开始,新技术进入了市场,她以前学的技能只存在于博物馆里了。自从丈夫也不用再工作,他们用攒下的钱旅行,去了威尼斯、摩洛哥和汉堡,参观了金字塔、埃菲尔铁塔、巨石阵和克罗地亚的海岸线。一年前,西尔维娅生病了。在朋友的生日聚会上,他还是第一次听她说:我很庆幸已经见识了世界上这么多地方。她说出已经的时候,理查德下意识地看了他朋友一眼,他的朋友问:想喝点啤酒吗?

啊,非洲人住在这里的养老院?我都不知道。

是的,我去买菜的时候见到过他们几次,我还纳闷呢。

现在,阿波罗、特里斯坦和奥林匹亚在这间摆放着软沙发、电视、果盘和书架的德国客厅里,有了他们的位置。

理查德和他们讲图阿雷格人与各种基地组织在马里和尼日尔沿海地区的冲突时,看到外边的花园窜过一只松鼠;说起特里斯坦的父亲直到晚上才把朝南房间的百叶窗拉上去时,他的目光落在沙发边桌上的本周电视报上。书架上的电子钟从 12:36 蹦到 12:37 的时候,他刚好讲完雷神拉希德在开斋节穿的蓝色袍子的故事,他逃跑时还穿着它。

明白,他讲的时候,朋友时不时地说。现在,理查德的报告结束了,他沉默了一会儿,只点了点头。

他们只能在意大利工作是吗?他终于开口问。

对。

可那里没有工作。

对。

那他们在这儿拿的钱呢?

这里只支付几个月——直到可以证明德国对此不

用负责。

然后呢?

然后他们会被送回意大利。

可那里没有工作。

对。

这样说来,我们这儿的情况很不错,西尔维娅说。

理查德想到了他的父亲,作为德国士兵去了挪威和俄国,去制造战乱。德特勒夫想到了他的母亲,为了帮助重建国家,她曾在瓦砾场做女工,将碎石敲成灰泥,那股认真的劲头,跟当年那个德国少女给自己编辫子时一样。西尔维娅想到了她的祖父,他曾寄回一些童装给妻子,那是带着血渍的俄国小孩的衣服,用冷水容易洗净血渍。他们的祖辈和父辈的功绩,可以说是摧毁。是创造一张白纸,必须由他们的子孙重新书写。那么他这一代人的功绩呢?较之于那三个非洲男人,他们有更好的生活,原因是什么呢?坐在沙发上的他们生于大战之后,他们都明白,自过去到现在的演进发展,所遵循的往往并非"赏罚分明"的规则。效果总是间接的,不是直接的,理查德想,过去几年他常常这样想。美国人在德国的一边实行他们的计划,俄国人在另一边实行另一套。可无论是一边的物质繁荣,还是另一边的计划经济,都无法用其公民的任何特质加以解释——他们仅仅是政治实验的原材料。那么，有什么值得骄傲的呢？怎么能说自己的更好，与那些低劣的有所不同？他们工作了一辈子——或许确实如此——但从未有人禁止他们工作。然后，东边这些人被墙另一边的兄弟姐妹作为血亲接纳了，他们生来就是同一血脉，这一点你无法选择。墙倒后，莫妮卡的儿媳给她的转折点孩子喂奶时，总是惊叹她喝下的可口可乐能在体内转变成母乳。没有人知道她血管里流的是血、可乐还是牛奶，也没有人能回答这个问题：在他们的圈子里，即使是不太富裕的人，现在厨房里都能拥有洗碗机，架上摆着葡萄酒，安装双层玻璃的窗户，这到底是谁的功劳？如果这种繁荣不能归功于他们自己的努力，那么同样地，难民也不该为他们的境况恶化而受到指责。事情的结论完全可以是另一套相反的说法。有那么一瞬间，这些想法张开大嘴，露出锋利的牙齿。

西尔维娅说：我总在想，若我们有一天不得不逃去另一个国家，也没人会愿意帮助我们。

德特勒夫说：这完全是个概率问题。

西尔维娅说：我们究竟能去哪儿呢？

理查德说：我考虑过把旧摩托车运到湖对岸去，万一到了这个地步，划船过去，骑上摩托车，跑到东边去。肯定没人愿意去那边。至少那里很太平。

对了，西尔维娅说，那个男人还在湖里，对吗？

对,还在下边呢。

阳台窗边,寒风中的一个烟灰缸已经生锈了。自从确诊后,西尔维娅戒烟大半年了。

德特勒夫站起来说:我拿点吃的过来。我们有鸭胸肉,还有汤。

20

不要用超细纤维布擦水龙头,水管工说,会伤害表面的金属涂层,看上去应该是镀铬的。好的。下水道也有点问题。周五一点后,属于自己的时候。*现在是周五一点后,那个男人在收拾他的工具。还需要在这里签字。

理查德到了养老院,有人告诉他:您今天不走运,黑人总是在周五下午去做礼拜。

没人在?

有,几个基督徒。

那我去碰碰运气吧,理查德说。二〇一七号房里没人应门,二〇一九号有一个看上去刚睡醒的年轻人,给他开了门。他两颊长着一些软胡须。他一定是理查

---

* 原文 Freitag nach eins macht jeder seins,原是民主德国流行的一句顺口溜,指由于经济紧张、物资短缺,人们常在工作时间干私活、谋私利。后来泛指每逢最后一个工作日,人们总是早早溜号。

德第一次和阿波罗见面的时候,旁边两张床上躺着睡觉的人中的一个。

理查德又解释了一遍自己是谁,想做什么。年轻人说:Okay(好的)。

您能跟我聊聊吗?

年轻人耸了耸肩。

您懂英语吗?

Yes(是的),他说,没打算让理查德进门。或许是害怕和他独处?

理查德说,要不我们出去,去咖啡馆?

年轻人还是耸耸肩。

两边都有很多不确定,理查德想,他自己和难民。正当他道了歉准备走,年轻人却往前迈一步,朝他点点头,关上身后的门,跟着他走了——就是这样:没梳头,也没拿包,只穿着一件过于单薄的夹克。

理查德还不太习惯在这栋楼之外的地方谈话。那些他去过的房间差不多已经被鬼魂填满。隔壁的二〇二〇号,他知道,虽然窗前还挂着窗帘——熨平的蓝色格子窗帘,但除此以外的一切都像刚被一队人洗劫过,床被毁掉,柜子被掀翻,衣服被踩来踩去,餐具被扔向墙壁,只有那个一百零二岁的德国老太太的孙子为她装的蓝色格子窗帘依旧光鲜平整,秋天的阳光透过它,在柏林市郊的房间投下一片影子。

二〇一七号房里，被切好的鱼的鬼魂还等待着饲料，可那八百位乘客都还活着。在楼下的出口，在储藏室，在理查德和穿着深色外套的年轻人刚刚路过的门前，堆着一个大家庭为开斋节聚会准备的椅子，带黄色或红色坐垫，木质或铁质的，五个女人，二十四个子女，拉希德也在其中。还有拉希德的父亲。

没问题，可以和这个年轻人出去，穿制服的人说，只要他在名单上签字就行。

柏林郊区的这种地方没有太多咖啡馆。有一家面包店扩大了规模，两德统一后在店前扩建了一个玻璃房，8.5米长的柜台里摆着覆盆子蛋糕、泡芙和蛋白饼。平时下午四点来这里的常客，这会儿还在家里盖着骆驼毛毯睡午觉。眼下只有一个顾客坐在柜台附近，面前放着咖啡，读报。理查德和他年轻的同伴在玻璃房里离那个人尽量远的位置坐了下来。从那里能看到外边。

想喝点什么？咖啡？茶？可可？果汁？矿泉水？

年轻人摇了摇头。

你想吃蛋糕吗？

年轻人摇摇头。

来杯茶？

年轻人耸了耸肩。

花草茶、果茶、绿茶还是红茶?

不要。

绿茶？红茶?

年轻人耸了耸肩：那就红茶吧。

蛋糕呢?

年轻人摇了摇头。

理查德在柜台点了一杯红茶和一杯卡布奇诺。民主德国时期他从没喝过卡布奇诺，过去几年却在意大利养成了这种习惯。此生会在意大利习惯某件事，这是他在四十年前无法想象的。

你叫什么名字?

奥萨罗伯。

啊哈。

红茶已经来了，还有带奶泡的卡布奇诺，上边撒着可可粉，杯托上放着一片饼干。

你来自哪个国家?

尼日尔。后来和父亲去了利比亚。

往咖啡里放糖，糖穿过奶泡滑到杯底。

你还有家人在尼日尔吗?

母亲和一个妹妹。

你妹妹多大了?

大概十四岁吧。

搅拌。

她叫什么?

萨比娜。

你常往那边打电话?

不常打。

给父亲打吗?

摇头。

你和奥拉尼亚广场的朋友聊过战争吗?

有时候聊。

那里有你之前在利比亚认识的人吗?

没有。我失去了所有朋友。

很轻的背景音乐,一个女人买了一些蛋糕,总共11.6欧元。

我看到他们是怎么死的。太多太多人死掉了。

那个女人拿着一包蛋糕离开的时候,她面前的玻璃滑动门自动打开了。

奥萨罗伯的茶在桌上,他没碰,理查德的卡布奇诺也在那儿,没碰。

Life is crazy, life is crazy, life is crazy.(生活很疯狂,生活很疯狂,生活很疯狂。)

理查德很想知道,用什么问题才能将他们引向美好答案的国度。

你经常散步吗? Walk(散步),理查德问。奥萨罗伯误会了这个问题,他听成了work(工作)。

对，我很想工作。我很想工作，但我不被允许去工作。

理查德想到莫扎特的塔米诺*是如何接受考验的：在他试图打开的每一扇门前，都有一个声音让他停下来——回去！

你的母语是什么？

豪萨语和图布语。

豪萨语里"手"怎么说？哈努。

"眼睛"呢？伊度。

"茶"呢？沙伊。

"我"呢？尼。

"你"呢？凯。

你之前在意大利哪里？

那不勒斯和米兰。在地铁上，只要有一个黑人坐在身边，人们就会站起身或者坐到别的地方去。

意大利早已不是那个美好答案的国度了。

哎，年轻人说，抠掉了手背上的一块皮，似乎想剥去这麻烦的躯壳。然后他望向窗外，看向还挂着一些黄叶的树。理查德这才注意到他的左眼有点问题，这年轻人之前从没抬起过头。

你的眼睛怎么了？

---

* 莫扎特《魔笛》中的男高音角色。

摇头。一言不发。他又低下了头。

你多大了?

十八。

你来欧洲几年了?

三年了。

你考虑过将来吗?

将来?

年轻人还是一口茶都没有喝。

Crazy life, crazy life, crazy life(疯狂的生活,疯狂的生活,疯狂的生活),说完又沉默了。

咖啡里的奶泡在这里显得不合时宜。

我想回朋友那儿去。

理查德不知道奥萨罗伯指的是养老院里的朋友还是死去的朋友。他在这个年轻人这儿失败了。但这并不意味着他的失败。这和他根本无关。

一共 4.7 欧元,那个女人默默地低头看向桌子,那里放着两杯一口没碰的饮料。

一直到理查德准备拐弯回家,年轻人都沉默不语。理查德站定,准备告别,他才突然开口问:

你信上帝吗?

这是他第一次看向理查德。

路口的红灯亮了,街上此刻非常安静。理查德说:

其实，我不信。这个其实已经是一种妥协了。

我无法理解一个人为什么不信上帝，年轻人说。如果你在困境，你就会信上帝。Life is crazy（生活很疯狂）。生病的时候，让我重获健康的不是医院，而是上帝。上帝救了我，他说，祂救了我，却没救别人。那祂一定对我有所期待，是吧？

他依旧看着理查德，用一只好的眼睛和一只不太好的眼睛，但理查德没有回答，于是他又沉入了自己的世界，对德国的十月来说他的外套太单薄了，他的目光又迷失在一片仿佛在空中枝蔓横生的无形荆棘中。

三十年前，理查德考驾照的时候参加过急救培训。心肺复苏术比他想象的复杂得多。

如果有机会，你有什么想做的事情吗？他问这个刚认识的尼日尔年轻人，似乎他自己有什么东西可以把他拉回现实，而如果这个年轻人放弃了，他自己也会失去什么东西。如果有机会，你想做什么事？他又问了一遍，似乎他只用一个愿望就能赎回他的生命。把一个人带回想要呼吸的状态，之后的事就好办了。

有的，奥萨罗伯说。

是什么呢？理查德问。

我想弹钢琴，年轻人说。

灯变绿了。

弹钢琴？理查德第一反应是听错了，但奥萨罗伯说的的确是——

对。钢琴。

理查德一定要跟他说，他家就有一架钢琴，他能过去弹，不，他不用交入场费。奥萨罗伯，只要他想，随时都能去。周一可以吗？或是周二？周三。

21

周日晚,理查德的朋友、考古学家彼得来找他,幸好天气对于挖掘工作来说还算暖和,他说。

周日的早餐要加一个鸡蛋。他早就想研究一下那个叫作协议的文件了,市政府和这些非洲人签的、为了让奥拉尼亚广场重归柏林人的文件。他本来计划用一天时间,却惊讶地发现这文件竟然只有四分之三页纸。他的电话合约都比这长,书架上那份购置房子的文件占了整整两个文件夹。他认为,在德国一份文件这么短,委婉地说,极其令人震惊。我们达成共识,在欧洲和德国寻求保护的难民的生活条件必须得到改善。这就是这份被称作协议的文件的第一句话。这里开头说明双方,他们,达成协议。他曾多次认为,细读一篇文章和追寻证据没有太大区别——到底谁是我们呢?

永久禁止露营以及不被法律允许的任何形式的抗

议活动。难民须自行拆除所有帐篷,自行寻找住所,并永久保持这种状态。

他特别注意到了法律允许这个表达。和情人的关系是否也可以被称作婚姻允许的关系?她每周总会哭一场,因为他总是回家和妻子吃晚饭。这样的说法能让她满意吗?或许眼泪本身已经违背了婚姻所能允许的?

另外他还发现,"永久"在这段话里悄悄出现了两次。语言中没有巧合,他之前总试图让学生明白这句话。他自己是在日复一日研究《新德国》(党的中央机关报)的过程中明白这一点的。中央机关这个名称本身就足以引起怀疑。所以难民必须当众拆掉他们用来抗议的营地。这有什么好处呢?理查德还清楚地记得,货币刚刚统一的时候他经常收到这样的信:恭喜您中奖!您赢得了一辆奔驰轿车!五亿马克!一栋别墅!作为他失去纯真信念的纪念,他一直将带有理查德别墅金色字样的小卡片搁在写字台上。

参议员将在其政治管辖范围内对难民提供支持。个人申请审核程序会在所有可能的法律框架内进行。审核过程中难民不能被驱逐出境。

框架,顾名思义,和边界没有区别。审核过程可长可短。在这里,永恒被换成了时间。真实而永久地清理掉一个真实的地方,以此来换取一个虚无缥缈的希望——为难民的职业规划提供支持和指导。虽然律师的世界对他来说很陌生，但在通过更精确的语言去表达事实的尝试中，有时依然能够找到共鸣。这文件在每个句子的内容外传达着同一个信息：难民不可能有钱雇佣律师，并且几乎完全不懂德语。是希望支撑他们活到现在，而希望是廉价的。

22

周一又有德语课了。

理查德穿了他的浅蓝色衬衫。

女教师安排每两个人就近组成一组,练习第三格。

太阳属于谁?

太阳属于上帝! 一个人回答。

太阳属于我们! 另一个人答。

阿里属于谁?

阿里属于他自己!

女老师笑了。她和几个迟到的学生打招呼,写板书,时不时回头看看学生,在这群男人中间就像一个训练有素的驯兽员。两小时飞一般地过去。下课了。

如果您愿意,您可以去教水平更高的学生,您也看到了,他们的水平太参差不齐了。

今天理查德还用了新的须后水。

我考虑一下。

她又说了一遍再见，离开了。

周二，理查德又穿过尽头的窗台上有三双干净鞋子摆成一排的走廊，走到二〇一七号敲了敲门。这次是扎伊尔给他开的。其他人在床铺上睡觉，电视是关着的。

你知不知道拉希德去哪儿了，理查德轻声问。

扎伊尔指了指他身后的一个床铺，被子下的小丘比别人的高一些。

强壮有力的拉希德——自从那次在楼梯间遇见之后，理查德心里一直把他叫作"雷神"——这个身着节日蓝色长袍、肩上扛着伊斯兰教五支柱的男人，仍然可以安心熟睡，此时他只是沉睡者中的一个。

扎伊尔请他进来，理查德道了谢，摇了摇头。

另一扇房门开了，一个裸着上身的男人，光着脚，只穿内裤，背上搭着一条毛巾，从房间出来，慢慢经过他身边，朝他点点头，往楼梯的方向去了，可能那里是淋浴间。四下又静了下来。走廊尽头传来了一些声音，理查德继续沿着走廊朝前走，在尽头右拐，那里有一间厨房。他惊喜地发现女教师正一个人站在梯子上，往三个灶眼上方的墙壁上贴海报：夜色中的贝勒维宫，对称而闪耀。后边的灶上已经有一张海报贴好了，上面是酒瓶、香烟和药片，还有一道表示禁止的斜杠和一行字：像鸟一样！

我能帮您做什么吗？理查德问。

请把图钉递过来吧。

为什么要贴这些海报？他问，从盒子里挑出深蓝色和绿色的图钉，这是德国联邦总统的官邸贝勒维宫周围夜空的颜色。女教师早晨就在这儿，会不会是和谁过夜了？或许就是他刚才看到的从房间出来的半裸男人？

鱼缸里的鱼也需要珊瑚和水藻做背景，她说，住在这里的人不该比几条鱼过得差吧？

理查德想起上周买的那束花，因为忘了换水已经枯萎了。有时他会突然发现自己正直接从罐头里舀凉豌豆汤吃。客厅的桌子上还放着五年前基督降临节*的花环，还有他妻子过的最后一个圣诞节烧尽的红蜡烛。现在又快到降临节了。

您能把第三张递给我吗？

理查德把卷起来的海报递给她，她在墙上把它展平。没按住的地方马上又卷了起来。她拂过左边时，他看着博德博物馆的左半边，她拂过右边时，他看着右半边。

---

* 基督教的节期，指圣诞节前的四周时间。降临节花环上有四支蜡烛，在降临节期间每个主日点燃一支。

以前，理查德会准时被妻子派往地下室，从每个节日对应的纸箱里拿装饰品，过完节，再将这些用过的道具收回地下室：复活节兔子、玻璃或木质的复活节彩蛋、人造草坪、基督降临节的星星灯、胡桃夹子、天使、灯带、圣诞树装饰品、仙女棒、跨年烟花、狂欢节的彩蛇和永远不能完全喷出来的五彩纸屑礼炮。她去世后，他第一次也是唯一一次自己把圣诞节装饰品打包，带到楼下，但忘了把降临节花环也收起来。从那以后，它就一直在客厅的桌上摆着。

这样可以吗？

再往左边一点。

现在呢？

再高两厘米。

妻子去世后，一年的轮回与他无关了，这让理查德如释重负，某个节日已经过去了，他却以为还没到。可从最近开始，无形的时间被拉长，长到令人生厌，有时在地下室里，他看着妻子在每个节日箱子上手写的字，会试着想象这些奇怪的造物和物件仅仅按照它们的尺寸和易碎性，被完全随机地塞进不同的箱子里。

您知不知道这些男人什么时候搬走？

博德博物馆周围的天空是白色和浅蓝色的，绿色和黑色的水围绕着建筑底座。

现在肯定是不行了，又有两个人得了水痘。漂亮的埃塞俄比亚女人含混地说着。她在钉第一颗图钉时，把另外两颗咬在嘴唇上。

但很奇怪，她说，贴好海报从梯子上下来。他们只拿到了当初承诺的钱的一半，另一半在搬家后才有，昨天有人跟我讲的。好像你可以收买细菌似的。

是挺奇怪的，他说。他又想起马铃薯甲虫和装了半瓶醋汁的一次性玻璃瓶。

我得走了，其实我不能来这儿的，管理员说这里禁止我进入，但这么早他们不会来查。

禁止进入？可她每周在这上两次课啊。

我只能去教室，不能上楼去他们的房间。他们说我带来太多不稳定因素了。

他已经可以想象到管理员说的不稳定因素是指什么，但他还是说：

真是难以想象。

同时，他很高兴她没有和那个半裸男人过夜。

您再考虑考虑我昨天说的，给进阶组上课的事？

当然，他说，这时她已经站在门外，说着再见，他听到她坚定的脚步声回荡在走廊。她走得很快，和往常一样。

住在这里的人，有谁去过博德博物馆吗？

23

理查德晚上到家的时候,已经记不得那段对话是怎么开始的了。他不想再打扰那些睡觉的人。扫地的男人正在打扫无人居住的二楼,似乎他拥有这世上所有的时间。他们的谈话比之前任何一次都要长,理查德也无法解释到底为什么。

我知道为什么,那个声音说。说话的瘦男人穿着破了洞的黄色运动裤,笤帚也还在手上。他时不时停下来,双手搭在扫帚上,接着继续扫地。

或许还没结束?

我朝前看,朝后看,什么都看不到。

这是那个人在空无一人的楼层说的第一句话。在这句话周围,很多句子一层一层地绕着圈。理查德现在已经到家了,还听得到这个声音。

我八九岁的时候被父母送到养母那里,她是我父亲的第一个妻子。我和两个弟弟、一个妹妹在另一个村庄长大。十一岁的时候,我得到了第一把弯刀,用来在田里干活,一小时是三十分钱。十八岁时我挣的钱已经够开一家小店了。十九岁时我卖掉了那个店,去了库马西。

理查德打开客厅、书房和厨房的灯,一如他每晚到家之后。

我去和父母、弟弟、妹妹告别。我只能在那里待一夜,他们的房间太小了。

去了库马西后,我开始给两个在街上卖鞋的商贩打下手。我认识了一个女孩,但她的父母不允许我们结婚,因为我太穷了。后来雇我的商贩也破产了。

我回去找父母、弟弟和妹妹。我只能在那里待一夜,他们的房间太小了。

I didn't feel well in my body in that time.(当时我身体里很不舒服。)

理查德走进厨房,打开了面朝花园的窗户。他望向园中的夜色,有一瞬间感到一切都静了下来。可接着,他又听到了身后笤帚扫地的声音。

有些东西变了,但我不知道是变坏还是变好。

我在一个农场打工。要照管家畜,山羊和猪。我给它们喂饲料,割草,砍树枝,修剪树叶。但老板扣着我的工钱,他说:这是你在我这里的生活费。

理查德又关上窗户,转过身来。那个男人的手正

搭在笤帚上,笑着说:

有天夜里我做了个梦。我父亲躺在地上,我想抱他却抱不住,他在我怀里平躺着,然后慢慢陷进地下。

第二天我又做了个梦。有三个女人在清理我父亲的尸体。我想过去帮忙,却不知道该怎么做。

第三天的梦里,我母亲躺在父亲尸体旁,似乎这样她就能唤醒他了。

第四天我收到村里来的消息,父亲去世了。

他究竟从哪儿拿到这笤帚的呢?

我知道,我的钱不够自己回去参加两个月后父亲的葬礼,但做儿子的,必须去为父亲致哀。

他又开始扫地了,每一下都缓慢而深长。由他去吧,理查德想。

第一周,我在工作。

第二周。

第三周。

第四周。

第四周结束的时候,农场主说,这个月是试用期。又没给我工钱。

我在另一个农场找到了活儿。在山药地里翻土。第一周,我每天都从清晨四点工作到晚上六点半。

第二周。

第三周。

第四周。

要不是有一个姑娘让我蹭饭,我挣来的钱不够付参加葬礼的路费,买献祭的山羊。

今天这样的夜晚,来瓶冰啤酒还是不错的,理查德想着,走进地下室。

后来我带着一头山羊,搭便车回到恩考考。

带着山羊坐公交车到了库马西。

带着山羊从库马西搭便车去泰帆。

带着山羊从泰帆到了米姆。

理查德想起,他是怎么笑着说起自己带着一头活山羊和别的乘客挤车。

我刚好赶上父亲的葬礼。按照习俗,我们献了一头山羊。我只能在那里待一夜,房间太小了。从现在开始,我要一个人照顾母亲和三个弟妹了。

我在邻村的可可种植园找到一份工作。

一年后,我决定用挣的钱去阿克拉。

我去和母亲、弟弟和妹妹告别。我只能在那里待一夜,房间太小了。

理查德拿着啤酒坐在沙发上时,那个穿着破了洞的黄色运动裤的男人正拿着笤帚扫客厅的地毯。

我到了阿克拉,进了四双鞋自己去卖。下午我卖掉了两双。我又买了两双,晚上卖出去一双。这三双鞋的收益正好够我买饭和在街上过夜要用的垫子跟篷布。夜里有人偷走了我的篷布。

理查德的目光落在客厅桌上放了五年的花环上。

当时雨季刚刚开始,我就这样在那座城市流浪,后来我有了十一双鞋,每双鞋我只摆出来一只,另一只放包里。有时候,如果新篷布没有封好,夜里我会被淋湿。我白天常常非常困,坐着都能睡着。后来我让人做了一张桌板,还找了一个人,夜里帮我保管装着鞋的袋子。但我还是一直睡在街上,把钱放在裤兜里,因为我总害怕被人抢劫。我把五双鞋给了一个想帮我卖鞋的人。可他拿走了鞋子就消失了。

这个穿破洞黄色运动裤的男人把笤帚颠倒过来,拔下笤帚头,让它掉落在地板上。为什么要这么做,理查德想,但他转念想:好吧,他开心就行。

我去看母亲和弟弟妹妹。我只能在那里待一夜,房间太小了。

我问自己:我做错什么了?

我不仅问自己,也问上帝。

一个人可以有一次不走运。可如果你永远不知道在哪里睡觉,不知道吃什么呢?难道整个地球上没有一个地方可以让我躺下睡觉吗?

我朝前看,朝后看,什么都看不到。

我对母亲说,我过得很好。

母亲告诉我,她过得很好。

但我知道：她没有地。要不是我给她钱，要是没有旁人给她点钱，她根本没办法让弟妹们吃上饭。

我们看着对方的时候，就是沉默和沉默碰到一起。

之后我在一个种植园做收成季的帮工。

第一周。

第二周。

第三周。

他把笤帚头又安了回去，但还是安静地站着不动。

我想过：如果我不在了，就不会有人再从我这里拿走什么了。

我当时坐在田边，哭了。

都是这样的，很多加纳人都非常绝望。

很多人上吊自杀。

还有人服下杀虫剂，走进屋子从里面关上门，然后死掉。

我让一个小孩去一个卖杀虫剂的商店。店员问那个小孩是谁派他来的。他找到了我，和我聊了很久，跟我说，我应该再好好想想。

那次谈话后，我坐在清真寺里想了整整三天。

后来就没力气去做那件事了。

然后我病了。

理查德站起身走到书架边。有时他会坐在那旁边的单人沙发上打电话。或许他需要一本书，在睡前转移一下注意力。

要是那个卖杀虫剂的店员没有找我,可能我早就死了。

是的,书房里也积了很多灰。理查德盯着这个瘦男人,看着他如何把圆桌旁的椅子转过来,扣在桌板上。笤帚倚着书架,高度正好到德语经典文学那层。

之后我又回到了阿克拉。雇了一个帮手。后来我有两袋半的鞋子了,将近三百双。马上就够我租一个房间。

可是街上不让卖东西了。

我朝前看,朝后看,什么都看不到。

我身上只背着五双鞋,偷偷地卖。一整天都在城里走来走去。我把最后的二三十双鞋低价转给了我的帮工。

我用挣的钱买了一大袋阿提非亚代(Athfiadai),听别人说,欧洲这边用它来制药。扑热息痛。

理查德头痛的时候会吃 ASS,这是东德的阿司匹林,但不知道里边的有效成分是不是和扑热息痛一样。

我回家去找母亲和弟弟妹妹。我只能在那里待一夜,不能更久,房间太小了。我跟他们解释他们应该怎么帮我。

他们四个一起去灌木丛采那种果实。看上去像一个小苹果,把它们风干,铺在地上,然后把果核取出来，再在太阳下晒两三天后，果壳也被风干，然后用臼把它们磨碎。最后得到一种黑色的粉末。这种果子很罕见，要做成粉末需要付出很多劳作。终于，第二个袋子也满了，母亲把袋子寄到阿克拉给我。

理查德准备关灯上床。但他还是等这个瘦男人扫完沙发和书桌下边，等他把椅子从桌子上拿下来，然后将所有东西摆整齐。

我带着两个大袋子去了市场。

第一天没人来买粉末。

第二天也没有。

然后，第三天也没有。

之后我才知道，去年有几个商贩在袋子里装了外表类似的黑色粉末，欺骗买家。

理查德关上灯。但那个声音已经在走廊里等着他了。

我把袋子存放在一个朋友家，回家去和母亲和弟妹告别。我只能在那里待一夜，不能待更久，房间太小了。

最后剩下的钱，我一半给了母亲，另一半给了带我去利比亚的蛇头。

那是 2010 年。

扫地的声音其实很好听，理查德自问，为什么总是直接去拿吸尘器？

我的钱只够到尼日尔的达克罗，剩下的是跟蛇头借的。我和另外几个人躺在一辆皮卡的夹层里,大家挨挨挤挤,空间还特别低,连翻个身都不可能。蛇头在我们藏身的地方塞了几块西瓜让我们维生。

我在的黎波里的一个工地上干了八个月,只为还清欠蛇头的钱。等我的债终于还清,战争爆发了。我们无法离开工地,周围能听到枪声。最后,那个一直给我们送饭送水的男人也不来了。我们忍了三天,只好出去。街上空空荡荡。没有外国人,也没有利比亚人。一个人都没有。然后,我们在夜里搞到一艘船。一个朋友借给我两百欧元,作为去欧洲的路费。

我从西西里的营地往阿克拉打电话,那个帮我收着两袋子粉末的男人告诉我,东西怕是已经坏掉了。

好吧,我说,扔掉吧。

这个瘦男人开始扫楼梯了。和他之前在母亲那儿看到的不同,他是一阶一阶从下往上扫,上一个台阶的灰尘会落到刚扫过的台阶上。

我在意大利难民营的时候,每个月能拿到七十五欧元,我把其中的二三十欧寄给了母亲。

但一年后难民营关闭了。他们给我们每人五百欧元。就这样,我开始在街头流浪。我去火车站,想在里边睡觉。一个警察把我叫醒,把我赶了出去,因为我没有车票。

我在外边遇到一个喀麦隆来的人。他说,他有一个兄弟住在芬兰。我们给他兄弟打了电话。是的,我可以去芬兰,住他那里。

我去了芬兰。但喀麦隆人的那个兄弟再也没有接电话。

我在芬兰的前两周都睡在街上。

那里特别特别冷。

我又回了意大利。

我在路上背着一个背包。后来扔掉了一双鞋和一条裤子,因为包实在太重了。

我一共在意大利待了一年零八个月。

之后我就来了德国。

当时我的钱全花光了,那五百欧。

我朝前看,朝后看,什么都看不到。

瘦男人拿着扫帚上楼了,似乎是往房间的方向走,理查德手里拿着一本埃德加·李·马斯特斯的书跟了上去,他朝楼上看,那里没有人。

24

周三上午十一点,他会来接他弹钢琴,这是理查德和奥萨罗伯上周五约好的。他敲了敲二〇一九号的门,过了很久门才打开。奥萨罗伯蓬头垢面、无精打采地站在那里,说,How are you(你好吗)?理查德问了弹钢琴的事,他说,Oh, sorry, I forgot(啊,抱歉,我忘记了)。

理查德说:我在楼下等你。

他感到生气,但到底为什么生气呢?因为这个非洲人并不像他期待的那样高兴、感激?因为这个非洲人,将唯一一个外边来的德国人——看上去应该是唯一一个自愿来到这宿舍的德国人——就这么忘记了?会不会是因为这个非洲人还不够绝望,无法辨识出这是一个机会?或者,更多的是因为他想通过遗忘顺便向他,理查德,表明弹钢琴的邀请并不是一个机会,而是一种不比睡觉好到哪里的消遣?他和情人在分手前的那次交谈中,她说了好几遍:问题不在于他期望的落空,而在于他的期望本身。

今天,下边那层楼没人扫地。

他希望她,比方说,可以在某天下午五点给他打电话,或者下次见面时穿那条他喜欢的蓝色短裙,或者提前告诉他——如果旅行归来——会从火车的哪节车厢出来。期待带来的喜悦,从约定的那天就开始了,因此要比事件本身持续的时间更长。期待几乎完全替代了事件本身,但它不可避免地要与现实发生关系,而一旦期待落空,之前的那段时间旋即也会被抹除。起初,她笑称他的期待是消失点*,后来变成了恐怖的幸福结局。在他们终结关系前的那段时间,她往往拒绝兑现他们预先说好的事情,这反过来也吓到了他。

理查德路过台球室时朝里面的人点了点头。有一个人伸出两根手指,朝他比了一个象征胜利的V。

电话迟了八分半钟,或者根本不打,把他喜欢的蓝色裙子送了人。他在咖啡馆的老地方等她,她从地铁站出来却不再径直穿过广场,让他远远地就能看到,而是出其不意地从另一边骑车来到路口,下车,把车锁到灯柱上,流着汗,手上脏兮兮的,在他身旁坐下。

穿着不代表任何含义的制服的那个人说:怎么,

---

* 指透视画法中,平行线在远处相交的那一点,用于表示空间深度。

今天又没找到人?

没有,没有,理查德说,我在外边等他。

她的疏忽大意,表面上只是源于她有了一种不同的秩序,一种和他自己所参照的不同的系统,比如一段新恋情,或者衣服的尺码变了,或者附近新修了一条自行车道。而实际上,尽管没有明说,她向他提了一个问题:在他为她设定的那些仪式失效后,他们的关系中还剩下什么,究竟还有什么?事实是,一个人不可能百分之百认识另一个人,很不幸,还有一个事实是,他,理查德,接受不了这个事实,至少在和她的关系里不能接受。

你还能在哪些事上设置你的消失点!他们最后一次争吵的时候,她朝他吼,有天晚上十一点二十七了,她多么需要他,而他正躺在家里该死的双人床上。她之前又没说要打电话,这要怎么办!他觉得她生气的样子美极了,还笑她脖子上出现的红点。这种玩笑是个错误。最后一个错误,因为那之后她没再给他犯错的机会。

在任何关系中,找到共同的参照系——共同的衡量标准——难道不是至关重要的吗?

等人的时候手边却没有书,这也让他烦躁。

连报纸都没有。

昨天,他读到一篇关于德国某个援助机构的文章,这个组织最开始做的，是为接受援助的发展中国家建立 DIN 和 TÜV* 认证的标准措施和规范。文章说，为了促进贸易，这种有约束力的尺规是不可或缺的。理查德当然很清楚，这尺规首先是统治的工具。确实，统治也是关系的一种。如果不是党卫队严格遵守秩序，以致其新建的集中营领导层的行动被预测，特雷布林卡灭绝营的人们绝无可能筹划那场起义。能够被预见的、稳固的东西，就能被毁坏、击破。只有无序才会造成破坏，并且一直存在。他意识到，现在他所想的和她之前想的一样。

无所谓。

无论如何，在那段幸福的时光，她白圆的臀部如同满月，从他那么喜欢的蓝色短裙里露出来。

门终于开了，奥萨罗伯也出现了，还穿着那件很薄的外套，对他说：

I'm sorry.（对不起。）

没事。

他们出发了。

你知道吗，那个广场上可以踢球，理查德指着左边一片硬化的空地说。

---

* DIN 和 TÜV 分别是"德国标准化学会"和"德国技术监督协会"的缩写。

Everybody you mean?（你是说所有人？）

对，所有人。

Without paying?（不用付钱？）

对，不用付钱。你有球吗？

No.（没有。）

会有人在街上看到他和这个深色皮肤的年轻人在一起吗？他们会怎么想？每次转弯的时候，理查德都停下来，让年轻人注意路牌，这样下次他自己也能知道路。

你知道这里之前是东边吗？

奥萨罗伯摇摇头：East?（东边？）

对一个从尼日尔来的人，这个问题可能没问对。想到这里，理查德又问了一次：

柏林曾经有一道墙，把城市分隔成了两部分，你知道吗？

I don't know.（我不知道。）

战争结束几年后在这里建的。你知道这里曾经打过仗吗？

No.（不知道。）

世界大战？

No.（不知道。）

你听过希特勒这个名字吗？

Who?（谁？）

希特勒，一个发起战争、把犹太人都杀掉的人。

He killed people?（他杀过人？）

对，他杀人，不过只是一些人，理查德快速地说，他已经觉得非常抱歉了，因为他一不小心就和这个刚从利比亚战场上逃出来的年轻人聊到战争。不，理查德永远不会和这个年轻人说，德国，就在一代人之前，发明了用来杀人的工厂。他突然觉得非常羞愧，似乎每个欧洲人都知道的这件事是一个非常私人的秘密，不应该成为世上任何人的负担。与此同时，同样强烈的还有他自己的希望，希望这个年轻人的无知可以将他带到那一切发生之前的德国，一个他出生时就已经永远失落的国度。德国 is beautiful（太美好啦）。若真是这样就好了。美好和这里毫无关系。

他们到了。前厅，楼梯，厨房，能看到书房的客厅，上楼的台阶。

你和家人住在这里？

我太太不在了，理查德回答。

Oh, I'm sorry.（啊，抱歉。）你有孩子？

没有。

就你一个人住在这儿？

对，理查德说，来吧，我给你看钢琴。

钢琴就在门旁边的一个小房间里，理查德和妻子曾叫它音乐室。妻子是中提琴手，直到乐团解散前，都在这里练琴。有时候，理查德弹琴给她伴奏，但这一切已经是很久之前的事了。最近只有当他和税务顾问整理账单跟合同的时候，才会进这个房间。周围的架子上有一些文件夹，还有相册、磁带、录像带、旧唱片和一些琴谱。

理查德打开琴盖，收走琴凳上的一沓纸，他问：你需要谱子吗？

他不知道这年轻人之前是不是真的弹过钢琴。但可能奥萨罗伯在利比亚的哪个餐厅当过服务员，酒吧的钢琴师教过他。又或者，可能在什么地方的钢琴上即兴演奏过？

巴赫？莫扎特？或者布鲁斯？

奥萨罗伯摇摇头。

没事，你自己弹吧。来吧，坐这儿。

年轻人坐在凳子上，看着理查德。理查德朝他点点头，然后离开了房间，关上了身后的门。

传来第一声琴声的时候，理查德刚刚走到客厅。奥萨罗伯有时弹一个音，有时两个，有时候弹三个，很不协调，时低，时高，一个又一个。不是巴赫，不是莫扎特，也不是爵士和布鲁斯。奥萨罗伯此生从未碰过钢琴，这是肯定的。理查德躺在沙发上读报，读了一两篇文章，有点犯困，他盖着骆驼毛毯睡着了，琴声落入他上午的白日梦中，有时一个，有时两个，有时三个，它们彼此摩擦，又静下来，在这里和那里试探着，中间的停顿充满生机，似乎一个弹错的音是在解释下一个音，下一个音提出问题，第三个音稍作等待。他醒了过来，继续翻报纸。理查德小时候用了七年才能听懂自己弹的曲子，才明白他正在做的事情是弹奏音乐。或许只有这种自我倾听才让音符变成了音乐。奥萨罗伯在弹的不是巴赫，不是莫扎特，不是爵士或布鲁斯，但是理查德听到了奥萨罗伯的倾听，这样的倾听赋予这些扭曲的、倾斜的、粗糙的、踉跄的、不纯净的音符以一种彻底的随意性，但依旧很美。他将报纸放在一边，走进厨房，烧水煮咖啡。他这才意识到他的日常生活中很久没有另一个人发出的声音了。很久以前，他最满足的就是妻子拉中提琴，他自己坐在房间的书桌前写讲稿或文章。平行空间式的幸福，他总是这样跟妻子说。但在妻子看来——尤其是她生命的最后几年——若想从一段婚姻中获得完整的幸福，两人至少要能见到彼此，最好是触摸到彼此。可惜，类似的讨论并没有增加他或她的幸福感。

　　小时候，他母亲经常在他练琴的时候熨衣服。直到现在，每当他在广播里听到巴赫的《创意曲》，还能突然闻到空气中刚洗好的衣服的味道。

水烧好了,他走过去敲了敲门,问奥萨罗伯要不要喝咖啡?茶?水?奥萨罗伯摇了摇头。

喜欢弹琴吗?

是的。

我给你拿杯水。

他把玻璃杯放在最低音 A 的左边,给奥萨罗伯看一只手的五个手指怎么在琴键上放成一排。一根手指只弹一个键。奥萨罗伯的手指虚弱,弯曲着,而且很快就完全顾不上小指了。没关系。再一次。再来一次。中间钢琴盖的钥匙孔这里,对着的琴键就是中央 C 音。手要下沉。奥萨罗伯的手没有下沉。把手沉下去。沉不下去,为什么呢?因为不够放松,手沉不下去,这样可不行。这个黑人和这个白人一起看着这条黑色的胳膊和这只黑色的手,似乎在看什么给他们俩带来麻烦的东西。你的手是有分量的,奥萨罗伯摇摇头。是的,我肯定,让它沉下去,理查德从下边握住他的手肘时,看到了胳膊上的伤疤,胳膊的主人想要控制它,他的手时刻想抽回去,他的手充满恐惧,这只手是这个地方的不速之客,不知道该如何是好。让它沉下去。理查德想起上周五奥萨罗伯是怎么在咖啡馆抠掉手背上的皮,那张终身都会包裹他的黑色的皮。奥萨罗伯用尽所有力气也不能放松。什么时候才能弹莫扎特呢?

近三个小时过去了,理查德问年轻人,想不想吃比萨。No problem(没问题),奥萨罗伯说。理查德去把冷冻比萨送进烤箱。这是他时隔很久第一次为两个人摆餐具,这时,他听到了五个按正确顺序弹出来的音符,一根手指一个音,之后一个停顿,接着又是五个音符。继续下去。左手也这样练,他喊道。奥萨罗伯没听懂,他又过去,给他展示左手的练习和右手一样,只不过要反过来。

奥萨罗伯只吃了一小块比萨,他不想再吃了。谢谢,来杯水,好的,直饮水,好的,不要气泡水。

你知道怎么自己回宿舍吗?

I don't know.(不知道。)

理查德取来一张柏林地图,地图上单独的活页是郊区部分,他把这一片的名字指给他看,然后是他家所在的街道。他用手指画出路线:在这儿你要左转,到桑德索大街,在这儿沿着广场一侧走,之后右转,最后走到对面的宿舍。他看到奥萨罗伯试着理解这个地图,然后他明白了,奥萨罗伯从尼日尔经利比亚到意大利,再从意大利到柏林,从未见过任何一个城市或国家的地图。

他和奥萨罗伯一起站起来,穿上自己最舒服的棕色鞋子,送他回去了。

25

今天埃塞俄比亚女教师把头发盘了起来,有几缕落在了脸颊旁。她带着不识字的学生练习阅读时,理查德坐在教室的一个角落,给女教师分派给他的两个进阶组的学生上会话课。早晨好,你好吗,您叫什么名字,您来自哪个国家,您多大,在柏林多久了。约瑟夫来自马里,阿里来自乍得。能和女教师在一个教室上课,理查德很高兴,因为这样他就能看她如何给学生讲课:听写单词,帮助他们学写字母,用手掌擦掉这里和那里的字,再写上别的字,挨个提问,有时候甚至会把目光投向角落里的进阶组。他和阿里、约瑟夫正说到工作:我在利比亚的工地工作过,在意大利做过护工,阿里说。做过护工,真的吗?对,做过一段时间。约瑟夫呢?我在意大利的餐厅工作过。啊哈,真的吗,约瑟夫,你是个厨师?理查德做出在锅里炒菜的动作。不。那你在餐厅做什么呢?我洗盘子。啊,那么你之前是洗碗工。叫什么?洗碗工(Tellerwäscher)。这位进阶组的学生递给他一个本子,要他把这个单词写给他。约瑟夫读道:洗碗工,理查德和他一起打磨了Ä这个读音,这样听起来就完美了:洗碗工!洗碗工!我叫约瑟夫,来自马里,我在意大利做过洗碗工!理查德看着大笑的、来自马里的约瑟夫,一个炭黑皮肤的小个子,来德国之前他在意大利当过洗碗工。你的口语很完美。这句话很完美。作为句子是的。可作为事实,这意味着约瑟夫的不幸——了解了德国和欧洲的移民政策后,理查德现在很确信这一点。他不由得想起布莱希特的一句话:笑的人只是还没有收到坏消息。他问约瑟夫,去意大利之前,你在利比亚接受过职业培训吗?没有,约瑟夫说。在马里呢?没有,我很想去上学,但父母没钱。他又笑了:不过现在在这里,我会写字、认字,我讲阿拉伯语、法语、意大利语、英语,马上还会讲德语——我现在比马里的学生会的都多!

理查德对此毫不怀疑。

你呢,他问阿里。

我只上过阿拉伯语中学。我父亲告诉我,只有从阿拉伯语的学校毕业,才能去上法语中学。阿拉伯语中学是什么?我们要背《古兰经》。你会背《古兰经》?没有全背下来,只有大概四分之三。你能用阿拉伯语背出四分之三的《古兰经》？对。后来我逃难到利比亚。英语是我在意大利跟朋友们学的。意大利语是和一个我照顾的意大利老太太学的，只有三个月。德语要更难。

埃塞俄比亚女人正和学生们复习上上周的内容：造过去时，需要两个动词。理查德和她就是在这一段相识的：沿着黑板游过去，飞过去，走过去。平行宇宙的幸福。理查德问阿里，要工作的话，你想学什么技术呢？我想成为一个真正的护工。你呢，他问约瑟夫。我想当工程师。现在是课间，作为一个有七万学徒岗位空缺且劳动力紧缺的国家的居民，理查德不知道自己还能说什么。这些人无法像鸟儿那样，每年春天从意大利、希腊或土耳其飞来，不必在不合时宜的地方落脚。他们没有资格提交避难申请，更不要说参加培训、得到工作了。在短暂的休息时间，理查德想这些事的时候，把目光投向女教师：为了造过去时她总会把学生两两组成一组，一个要说出助动词 haben 或 sein，另一个要说出变位的动词。卡里尔和穆罕默德是朋友，她说，对吗？对，所有人回答。穆沙和亚亚也是，对吗？对，所有人回答。穆沙就是那个脸上有蓝色刺青的人，理查德在奥拉尼亚广场就见过他。现在，女老师要解释过去时和现在时的区别，她问他们中有没有谁总是一个人，没有朋友，也不爱和别人说话。跟在这个问题后的沉默,与理查德这边约瑟夫刚说完工程师后的沉默衔接在了一起。教室里响起小声的嘟囔,其中渐渐出现了一个名字——"卢弗"。卢弗走上前,作为"总是一个人"的例子,听话地走到前面,展示他的孤独。工程师,理查德想,不得了。他看到女教师也在沉默。卢弗站在最前面的黑板旁,代表着不需要助动词的现在时。我在走路,女老师很明显加快了语速。我在游泳。还有,我在飞。也就是说:现在时的动词总是单独出现。好了,你们都可以坐回去了。那两对朋友,卡里尔和穆罕默德,带刺青的穆沙和他的朋友亚亚,两两坐了回去,卢弗一个人也一样,所有人都回到了座位上。理查德那边,他跟两个进阶组的学生说:无论你们以后做什么工作,学德语肯定没坏处。

卢弗的脸。

理查德在威斯马见过一尊圣母像,圣母玛利亚的双脚踩在躺在地上的摩尔人头上。他后来读到,那个摩尔人头本来是个月亮,1500年建造那座圣坛时它还是镀银的,随着时间慢慢变黑了。五百年,圣母玛利亚将一个黑月亮踩在脚下,五百年,那个月亮有了一张和卢弗一样的脸,在这世上孤单一人,没有朋友,也没人讲话。

现在的问题是接下来怎么上课，因为阿波罗突然从敞开的门闯了进来，充满活力的头发一上一下，用豪萨语对其他人大声说了几句话，接着又用意大利语、法语，然后又用豪萨语。现在，所有人都开始用各种语言和旁人说话，收起他们的本子，起身离开教室。德语课似乎自行结束了。往外走的时候，特里斯坦-阿瓦德对理查德说：

How are you?（你好吗?）

Fine（我很好），发生什么事了?

本来明天要搬家到斯潘道，因为那个sickness（病）又推迟了。

因为水痘?

对。

去斯潘道是什么情况?

搬到另一栋楼里，我们已经打包好了。

你也打包好了?

对。

这样啊。

Take care（保重），特里斯坦说道，等着他，直到理查德朝他点了点头，他才走出门，不见了。保重，很久没人跟理查德这样说了。女教师已经把黑板擦干净，正在收拾字母卡片，理查德问她：您知道他们要搬走的事吗?

不知道，她说。

再见，她说，伸手去拿她的包。

再见，理查德说完，惊讶地发现女老师并没有马上离开。

卢弗的事，我很抱歉。

哎呀，他说，这种事我也遇到过，很平常的话在这里也完全变味了。

还是不应该。

她这才离开教室。

她对自己很不满意，甚至还把不满意在他面前坦白，他喜欢这样。这甚至比她的头发、胸部、鼻子和眼睛更让他喜欢。他想，总是不该愧疚的人感到愧疚，那种将最小的责任都要揽到身上的人常常自我折磨，就像那个留着白胡须的考古学院的同事，墙倒后的那天早晨，他在黑板上张贴了自我批评的声明，他曾经为实现人民的意志而工作，到现在他才看清楚。然而，那个曾作为国家安全部非正式雇员，写下关于理查德秘密报告的拜占庭文学系的年轻同事，墙倒时并没有在黑板上贴过检讨，之后更没有。理查德在他的档案里发现了那个第九十五号报告：关于傲慢和不正当婚外关系的报告（××教授与其教学秘书××的亲密关系），从整体看，此人对异性表现出强烈的好感，并善于交际。其意识形态立场极不稳定，在政治紧张时期,此人对局势的判断有错误倾向,甚至还有过充满敌意的负面态度。此人不适合参加 RL1/79 的秘密工作。写这个报告的拜占庭系同事,现在在巴塞尔的大学拥有一个教席。转折点之后又过了五年,那个白胡子同事去世了。其实,只要人们愿意,民主德国的历史就可以成为考古系的研究对象,理查德想象了一下假如昂纳克*用拉丁语作国家主席的任职演讲会怎样。理查德不自觉地对着空气笑了。最近他经常出现这种笑,是衰老的征兆?还是超脱?他关上了灯。

---

* 埃里希·昂纳克(Erich Honecker, 1912—1994),民主德国最后一位正式的国家领导人。

26

在百货商店,也就是现在叫超市的地方,理查德选了最短的一队,把买的东西放在传送带上,这时他看到了卢弗,威斯马的黑月亮就站在他身后。他认出了他嘴角痛苦的纹路(之前在教室就注意到了),他脸上如此明显的苦涩,就像伤口或疤痕一样清晰可辨。理查德朝他点了点头说:你好。卢弗也认出了他,说:Come stai(你好吗)[*]?他买了一袋洋葱。理查德买了生菜、西红柿、青椒、奶酪和意面,一共16.5欧元,但他翻了口袋发现没带钱包。售货员没办法赊账,只能把买的东西先放在这儿,他去取钱。真的没别的办法了?她认识他。但真的不行。卢弗说:Hai dimenticato la moneta(忘带钱了吗)? Si.(对。)理查德还在找,外套左边、右边,还有里面。这时,理查德想,卢弗

---

[*] 原文为意大利语。后同。

能不能……不行，他不敢想，但他就挨着自己站在身后，很可能他的兜里……就在这时，卢弗递给售货员一张二十欧元的钞票。这样真的不行，理查德说。以后再还我吧，卢弗说。我真的不能收。Non c'é un problema.（没问题。）两位今天能统一意见吗？售货员说。理查德连忙拿了钱，向卢弗道谢，然后让他结自己的东西。走到外边，理查德坚持马上还钱给他，千万别拒绝，反正他也要做饭，请卢弗一定要过去吃饭。他还是那么顺从，和那天走到黑板前，向所有人展示他是个孤家寡人一样。钱包就落在走廊的地板上，在理查德系鞋带的地方。理查德想给威斯马的黑月亮两张十欧元，但黑月亮摇了摇头，只拿了一张。拜托，两张都拿着吧！卢弗摇摇头。那至少拿十六块五吧。月亮摇摇头。至少拿十五块！卢弗拒绝了第二张十欧，又拒绝了那六块五，连五欧都不要，不，绝不拿。理查德把那张被嫌弃的十欧元纸币放在走廊的架子上，它就那样躺在那儿。

我去做饭了，你想不想读点东西？卢弗说，Si, volontieri（好的，很愿意）。理查德唯一的一本意大利语书是但丁的《神曲》。他很早就打算读意大利原文，后来就给忘了，一旁的字典也在书架上放了好几年。我在人生旅程的半途醒转，发觉置身于一个黑林里面,林中正确的道路消失中断。*他还能用意大利语背出开头,也记得德语译文。应该还不错,他想,把酒红色布面装订的第一卷递给这个迷途到世界另一端的难民,理查德做饭的时候,他就这样坐着看书,只有当理查德用脚踩一下垃圾桶的踏板、盖子向上掀开时,他才抬头看了一眼。他站起身,踩了一下踏板,盖子掀了起来,卢弗,这个痛苦的人,这个平时脸上充满悲伤的人,笑了,然后又坐了下来,继续读。理查德说,开饭了。卢弗把书放在一边,对他道了谢。

你是从哪里来的呢?

布基纳法索。

理查德又忘了布基纳法索在哪儿。沿海吗?还是在内陆?

无论如何,卢弗的皮肤非常黑。

你认不认识那个总在打扫的人,用这个,理查德从桌前短暂地起身,做了扫地的动作,因为他不知道"笤帚"用意大利语怎么说。

Con una ramazza?(拿着笤帚?)

对。一个从加纳来的、很瘦的人。

他叫什么名字?

我不知道。

---

* 原文为意大利语。译文引自《神曲·地狱篇》,黄国彬译,海南出版社,2021年版。

不，我也不认识他。卢弗说。

吃完饭，卢弗收走他的盘子，要去刷碗。

不用，放那儿吧。

之后卢弗穿上鞋，理查德也穿上了那双舒服的棕色鞋子，那张十欧元还躺在架子上，不，卢弗还是不要。

如果你想继续读那本书，给我打电话，我给你我的号码。

理查德把自己的名字和号码输进他的手机，然后他们一起出发。先左拐，到桑德索大街，然后沿着广场一侧继续走，直到他们看到了宿舍。

晚上，理查德看了一下市区地图，想知道斯潘道离这里到底有多远。很远。开车至少也要三刻钟。

27

阿瓦德头痛欲裂，他不想再思考了，但停不下来，思考被关在脑子里，朝外冲撞着颅骨。凌晨三点半就开始了，他累得发晕，却不得不把头脑交给越来越疯狂的想法，他不想回忆，却不得不回忆，别无选择，凌晨三点半，他对这些想法和回忆感到恶心，他三点半就醒了，一开始他坐在床边，希望它们能停下来，让他睡会儿觉。早晨七点半的时候，他开始在房间来回走动，一圈又一圈，来来去去，来来去去，室友被他吵醒了，他们又去了楼下的台球室，现在十点半了，他的颅骨中依旧丝毫没有要平静的迹象，就在这时，有人敲门。

敲门声后，门没有直接被推开，阿瓦德由此知道这是他之前见过的那位客气的老先生。可他不是已经把自己的一切都告诉他了吗？

阿瓦德打开门，问候他，How are you（你好吗），

fine（很好），给他倒了茶。破窗而逃的情景还在脑子里，带血的记忆也在脑子里，老先生坐下来对他说，他还有些问题，如果可以的话，父亲的记忆在脑子里，他无法把所有想法从头颅中抽出来，这些碎片都堆在他的脑袋里，他把热水端上来时，这些想法就像他脑子里一只破碎的动物，能换一个新脑袋就好了，但战争中只有捶打和枪击，捶打和枪击，战争中一切都碎成了瓦砾，战争中除了战争人们什么都看不到，眼前的老先生想知道，他，阿瓦德，本来要在今天搬家到斯潘道，打算带什么东西过去，他，如他昨天所说的，包里放了什么东西。今天被取消的搬家。这里，这个包，阿瓦德说。这是你的包？老先生问他，拿出他的笔记本。还有别的吗？没别的了，阿瓦德说。能告诉我，包里有什么吗？阿瓦德清点着物品，这个非常客气，或许还有点疯的老先生，把他说的一切都认真地记在笔记本上。

4条裤子，2条是从意大利宿舍来的，2条来自德国慈善机构。

1件夹克，在意大利的时候朋友送的。

3件T恤。

3双鞋，2双来自慈善机构，1双是一个德国人给他买的。

1双凉鞋。

1块海绵。

1瓶可可黄油乳液。

阿瓦德说的是Cocobutter（可可黄油）*。

黄油？访客问他。阿瓦德把那个装着乳液的瓶子拿出来给他看。

这样啊。

阿瓦德继续清点剩下的东西。

1条毛巾

1把牙刷

1本英语圣经，一位耶和华见证人送给他的。

你有毛衣吗？

没有，阿瓦德说。

厚外套呢？

没有，阿瓦德说。

今天被取消的搬家。

阿瓦德的父亲被打死或枪杀的那天，这位老先生也活在这个世界，现在还活着。

---

* 原文为英语，意为"可可脂"，由coco（可可）和butter（黄油）两个单词组成。

有人敲门，敲门的同时门开了。是一个管理员。

不好意思，他对老先生说。你好，他对阿瓦德说，你好，我们正在抽血，确认有谁感染过水痘，你能过来一下吗？然后又朝阿瓦德的访客说，我们想知道谁已经有抗体了，您能不能跟他解释一下？

阿瓦德说：I don't understand（我不明白）。

就是验血，管理员说，自愿的，阿瓦德，如果你愿意的话，我们在四〇一五号房间等你。说完他走了。

老先生说，做个检查是好事，因为那个 sickness（病）。

阿瓦德说，我不要过去。

父亲会怎么建议他呢？以后，他，阿瓦德，会有一个妻子和一个儿子，他要以父亲的名字给儿子命名。他会这样叫自己的儿子：Daddy（爹地）。这样父亲又能每天待在他身边，只不过变成了一个孩子的样子。

这乳液是干什么用的？老先生又问，拿起那个瓶子，看着瓶身背面印刷的小字。

Daddy（爹地）。以后他为儿子做饭的厨房会是什么样？教他用毛巾擦背的浴室会是什么样？还要教他刮胡子？在哪座城市，哪个国家？意大利？德国？法国？瑞士？荷兰？瑞士？还是利比亚？利比亚，他自己的故乡？一个还在打仗的地方？在战争中人们只能看到战争。他要当心了，不能又开始在房间里走来走去。他知道为什么室友们整天待在台球室,因为受不了他在屋里走来走去。他得冷静。他有客人。如果一个人想去一个地方,就不能隐瞒任何事。老先生刚才问什么了?乳液,阿瓦德给他看的乳液,他还拿在手上。

来德国后我们开始长斑,阿瓦德说,这里的阳光对我们不好。

老先生望向蓝色格子窗帘,后边灰色的天空就像挂在那里的一块毛毡。

在这里我们开始长很难看的白斑,阿瓦德说,只有可可黄油管用。

老先生的目光不自觉地落在自己的手上,那里全是棕色的斑,他说,德国的阳光让我手上长了另一种斑,说着放下瓶子,伸手给他看。阿瓦德也把自己深色的手伸了出来,手上的一些地方确实像有人要把颜色擦掉一样。

阿瓦德永远忘不了父亲那双手的样子。那双手现在在哪儿?在泥土下面,还是被狗和鸟吃掉了?

我能问个问题吗?这位访客用自己的一只手摸了摸另一只,好像这样就能把老年斑搓掉一样。

您问吧。

上周开会的时候,你们要求浴室必须有隔间。这究竟是为什么呢?

德国人也许不知道，成年穆斯林男人肚脐以下、膝盖以上的部分，是不能给除妻子以外的人看到的。

不，访客说，我真的不知道，不过真的很有意思。他又把刚才的对话详细记录到本子上。

阿瓦德到意大利的营地后，刚开始根本无法想象男人可以并排撒尿，毫无羞耻感，像动物一样。

好了，访客说着合上了他的笔记本，你这会儿得去验血了吧。

为什么？

你知道什么是水痘吗？

不知道，阿瓦德说。

你看到其他得病的人了吗？

没有。

人身上会长疙瘩，很痒，很难受。

会死吗？

不会，但还是去验一下吧。

有一瞬间，阿瓦德很开心，父亲正在告诉他应该怎么做。他的父亲很严厉，但也通情达理，而且总想为儿子做到最好。

他们进入管理员的房间，看到已经有一个深色皮肤的人坐在中间的椅子上。年长的女管理员正在给他胳膊上要注射的地方消毒。

阿瓦德问：这里为什么没有医生？

我之前是医生。

阿瓦德不知道发生了什么。这个管理员之前只帮他们填过一些表格,明天是不是又要扮演法官和警察的角色?这位老先生突然就会变成售货员或者货车司机?这些德国人在演什么奇怪的戏?为什么要这样呢?

坐这儿吧,老先生说,指着没人坐的椅子。他可以坐过去了。德国人在跟我们玩什么呢,阿瓦德想,同时感到一阵惊恐。要是能在他们把他吃掉前成功逃掉就好了。他说,我待会儿再过来,一边朝访客点了点头,转身,尽量不被人察觉地离开了这个房间,再慢慢走下楼梯,走到自己那扇不能反锁的门前——至少能把门关上了,静静地背靠着墙。他的呼吸很浅。就算现在有人进屋,他也在一个别人看不到的死角,总比什么都没有强。过了一会儿,他慢慢冷静下来,才发现身后并没有人追他。他坐回之前的地方,坐到床边。

28

　　个人申请的审核要开始了吧？特里斯坦出去后，理查德问。

　　是的，其中一个管理员说。

　　开始处理了吗？

　　还没有。

　　为什么还没开始？

　　我们也不知道，管理员说。

　　在避难申请被接受之前，你们都要照看他们吗？

　　我们首先得弄清楚，他们有没有资格在德国申请避难。

　　乌鸦、山鸠和燕雀首先在意大利登陆欧洲，这是一个错误。理查德差点忘了。

　　但这群人不都是因为战争从利比亚逃走的吗？

　　是，但他们最初都是先从别的国家逃到利比亚的。

　　这样啊。

您想来杯咖啡吗？咖啡机又开始轰轰叫了。

从物理的角度看，把一个群体分成独立的个体确实是聪明的做法，理查德想，然后说：好的，麻烦了。

这期间他们拿到剩下那部分钱了吗？

没有，他们还没有搬家呢。

请问您本来就是这家养老院的管理员吗？

理查德取出包装纸里的一块方糖，往咖啡里倒了些牛奶。

并不是，我们本来是社工或者退休职工，比如那位女医生。我们签了六个月的合同。这是奥拉尼亚广场协议的一部分。我们负责难民与管理部门之间的沟通。

哪些部门？

女医生把针管放在一边，走到咖啡桌这边说：

外管局，区政府，民政局，有时候是医生，有时候是律师。

为那些违法违规的人请律师？

不，为那些能付得起律师费的人。

要花多少钱呢？

一般难民事务的话是四百五十欧元，律师一般允许分期付款，一个月五十欧或者一百欧。

理查德算了算：三百五十七欧减去交通卡的五十七欧，还剩三百欧；再减去汇给母亲的一百欧——比方说，汇到加纳——还剩两百欧；再减去便宜的律师费一百五十欧。可能还有手机话费。每天的生活费就只剩五欧了。

负责他们的工作人员有几个呢?

十二个半职岗位。

他听到了阿波罗的声音:我们能拿到钱,但我更想去工作。他听到了特里斯坦的声音:Poco lavoro(随便什么工作)。他还听到了弹钢琴的年轻人的声音:对,我们想工作,但不能工作。难民的抗议倒是为十二个德国人创造了半职工作,理查德心想,接着说:

我可不可以再问一个不相干的事——

没问题,女医生说,摘掉橡胶手套,坐了下来。

为什么难民得全额支付交通月票的钱?

因为他们现在还不能享受难民待遇。

因为他们到现在还不能申请避难?

是的。

所以他们每月拿到的钱是三百五十七欧——而不只是三百欧,给他端来咖啡的管理员说。

理查德搅拌着咖啡,沉默了半响。然后又问:

他们在奥拉尼亚广场就已经有钱拿了吗?

没有。

他们当时怎么生活的?

靠捐款。

理查德想起他在奥拉尼亚广场见过的有捐款处字样的牌子,那时牌子后坐着两个人。

他们的审核程序结束后呢?

之后就知道谁有资格,谁没有了。

明白了,理查德说。他喝了一口咖啡机做出来的咖啡,和税务顾问、汽车行和公证处等候厅的咖啡是一样的味道。

他说他还会回来,对吧?理查德指着门问。

我觉得他不会回来了,管理员说。

有很多人过来抽血吗?

就那样。

跟血有关的事情很麻烦,坐在阁楼斜顶阴影里的第三个人说,这是他第一次开口。

理查德下楼的时候又看了一眼二楼的走廊。空无一人。出门的时候阿波罗正在给保安看证件。Wsjo w porjadkje(没问题)。理查德在外边叫住了他:周末有没有时间?来帮忙收拾花园吧,当然,他会付钱。没问题,阿波罗用德语回答。

周三,年轻人如约来弹琴了,不久后,卢弗,威斯马的月亮,也会来读但丁。是多久之前了,养老院的主管跟理查德说过,和难民谈话也许最好是在养老院,而不是去理查德家。只是一个建议,主管说。他这是什么意思呢？过了六个星期，理查德才开始觉得生气。溺水的人还躺在湖底，如果他的尸体还没有消解的话。

晚上，理查德准备脱衣服上床，好奇自己是否也有特里斯坦所谓的"羞体"。他低头看自己的身体，从肚脐往下一直到骨感的膝盖之间的那个区域也曾有过好时光。现在那里的汗毛都全变白了。他能和那个年轻的埃塞俄比亚女人一起躺在床上，洗澡，或者只是和她站在什么地方拥抱吗？或者别的女人，有没有可能？和欲望告别，可能是年老时最难学会的东西。在他看来，如果不好好学，欲望就会像肚子里装满的小石块，把人更快地拽向坟墓。

29

世界之初,是包含万物、毫无分隔的整体:女性和男性,空间和时间,相似和差异。这个整体在虚空中被分隔开,表现出不同的形态。女性是聚合的形体,由原始物质构成,女性先出现,之后才有男性,男性是更轻的、运动着的存在。时间和空间也是这样产生。但这些形态互相依存,不分层级,互相补充,维持着一个整体,一个独立的实体。同样地,社会中的每个人都是一个有生命的整体中的一部分——就像身体中功能不同的器官,发挥不同的作用,彼此密不可分。最后,还有不同的部落所组成的"政治躯体"。图阿雷格人说:在六十年代,法国人把他们原有的领地分成了五个不同的国家,切开了他们的躯体。

理查德在看书。

他开始读希罗多德,他在公元前五世纪写过加拉曼特人，图阿雷格人的祖先。希腊人从柏柏尔男人那里学到了驾驶战车的技艺，从柏柏尔女人那里学会了诗学。直到今天，年老的柏柏尔女人还会在日出前和夜晚歌唱：

> 在人富有之时，
> 死神离他很近。
> 死亡比时间更大，死亡包含时间。
> 就在此刻死神射出一支箭，箭落下，
> 射中了人群。

至少三千年前，图阿雷格人的祖先从现在的叙利亚（甚至可能是从高加索山脉）出发，穿过埃及来到北非，那整片地区在古代叫利比亚，还包括了现在的突尼斯和阿尔及利亚。他们从那里进一步迁至西边和南边，直到现在的廷巴克图、阿加德兹和瓦加杜古。

理查德读着。阅读的时候，他对希腊神话世界的理解发生了转变，这本是他的专业领域，突然却有了新的认识。对希腊人来说，世界的边界在今天的摩洛哥，在阿特拉斯山脉，阿特拉斯在那里撑起天和地，这样乌拉诺斯就碰不到盖亚，也伤害不了她了。今天叫利比亚、突尼斯和阿尔及利亚的地方，都属于世界尽头以内的世界，即世界本身。大地女神盖亚的儿子，巨人安泰俄斯，站在利比亚的沙地上，通过和他母亲——和大地的连接——获取力量，若想战胜他，只能像赫拉克勒斯一样将其举到空中，切断安泰俄斯和大地母亲的连接。有着猫头鹰一般深色眼眸、被很多学者称为黑色女神的雅典娜，被养父特里同在特里同湖边养大，那里今天叫突尼斯。极为尊崇雅典娜的亚马孙人，本是被称作"亚马奇格人"的柏柏尔女战士，她们在湖岸边跳舞，从那里出发去战场——她们讲塔玛舍克语，也就是几周前理查德从二〇一九号房间的阿波罗口中听到的语言，当时他对这片神话土地地形的认识还是完全错误的。

理查德读着。

就连美杜莎，头上缠绕着蛇发、能将每个迎上她目光的人石化的戈尔贡女妖，据说也曾是利比亚一个美丽的柏柏尔女孩，一个战绩卓著的女战士。在利比亚海岸，她和海神波塞冬在一座雅典娜神庙里交合，愤怒的雅典娜于是给了这个亚马孙女人恐怖的外表，并给了玻耳修斯一面用镜子做的盾牌，可将戈尔贡女妖的目光反射出去，借此方法才能破解石化，砍下她的头颅。从美杜莎被斩下的头颅中流出的血，落到利比亚的沙地上变成了蛇。理查德读着。不，这一定不是巧合，如今牧群和帐篷依旧归图阿雷格的女性所有，她们能自己选择男人，自己决定离婚，她们不戴面纱，但男人外出必须戴，女人拥有继承权，而且依旧因她们的诗与歌而闻名，是她们教孩子们写字，就是那些曾被希罗多德的双眼看到过的文字。

在退休几周后的十一月的这天，理查德读到的东西其实已经伴随他一辈子了，然而直到今天，由于迎面扑来的那一小部分知识，一切又重新组合，变得不同。人们要对已知的事物重温多少次，发掘多少遍，撕开多少层面纱，才能深入骨髓地理解一件事？人的一生够吗？他的一生够吗——别人的呢？

他看了柏柏尔人有可能行经的路线：从高加索山脉出发，穿过小亚细亚和黎凡特，直到埃及和古利比亚，到了现在的尼日尔，又从尼日尔回到现在的利比亚，穿过大海，到达罗马和柏林，几乎在地图上画了一整个圆周的四分之三。人类跨越大洲的迁徙已经有几千年历史了，从未停止。贸易、战争、驱逐，人们跟着牲口迁徙，寻找水源和食物，躲避旱灾和瘟疫，寻找黄金、盐和铁，由于对神的信仰而不得不离散他乡、衰落、改建、重建和占领。行经之路有好有坏，但迁徙从未停歇。若要向学生解释他所说的这些过程只是自然规律，无关道德，理查德只需朝窗外指一指：曾经令人欣喜地伸展的树叶，如今都躺在草地上，而下一个春天的嫩芽已经含苞枝头。可现在没有学生向他提问。

理查德读着。

他读到加拉曼特人湮灭的城市，读到他们消逝在风沙中的城堡，向南穿过沙漠的商路起点人口稠密，那里的绿洲之下是构造精巧的灌溉系统。而现在，卡扎菲倒台后，人们终于从卫星图像上看到，利比亚的原住民不是未开化的强盗，而是曾在技术上走在时代前沿的人——理查德在过渡政府的网站上读到。这个网站是两年以前的。卡扎菲对古代研究领域的忽视应视同犯罪，两年前，人们期盼有一个新的开始。不久后，利比亚人终于第一次有机会了解到被掩盖的、只属于他们的历史。虽然那位主持项目的教授在动乱中撤离了，不过一旦利比亚的形势稳定下来，他就能得到欧洲机构的资助，重新启动研究。两年后的今天理查德才知道，各自为政的民兵组织在卡扎菲倒台后，将利比亚彻底变成了战场。过去两年间，利比亚人根本无暇寻根问祖，他们只顾得上求生。卡扎菲只给了本国的历史学家一些少得可怜的资助，这或许是事实，但现在欧洲人也冻结了资助，历史研究者们这两年或许已经流亡在外，加拉曼特的堡垒、城镇和乡村被穿着制服的文物狩猎者们拿去研究，所有可以换成钱的东西都被抢走了。而加拉曼特人的后裔在现在的利比亚被当作外国人，正如两年前坐船被赶到欧洲的难民。若想衡量一个时代是否在进步，应该在多长的时间跨度上考虑？

理查德继续读着。

朋友打来电话约他散步时，他还没吃午饭。天就要黑了，西尔维娅说。德特勒夫在后边喊道：托马斯也过来。

托马斯不是整个周末都要待在家里吗？

没有，他太太的表妹来看她了。

胖胖的托马斯，曾经的经济学教授，后来变成了计算机专家，一边走一边点了根烟。

就剩六根了，他说着晃了晃烟盒，装回大衣口袋。太太每周限额给他的三盒，就剩这一点了。

下周一才能拿到新的。

朋友们点点头。

理查德、托马斯、西尔维娅和德特勒夫都住在相距不到十分钟步程的地方，但要不是西尔维娅今天叫他们，他们是不可能见面的。

那些非洲人怎么样了，德特勒夫问。

马上要搬家了。

非洲人？托马斯问。理查德跟他简短讲了那些他已经和另外两个朋友讲过的故事。理查德也讲了雅典娜女神、美杜莎、安泰俄斯，还讲了和阿波罗的约定。

但阿波罗之前在提洛岛啊，托马斯说，虽然他之前的专业是经济史，但懂的其他东西几乎和理查德一样多。

对对，理查德说，不过我说的是那个难民阿波罗。明天阿波罗来我这儿，帮我为花园过冬做准备，我一个人没办法把船拉上岸。把船拉上岸，用石头固定／以免四面来的潮湿的劲风将其吹走／榫也要取出，不然宙斯的雨会将其腐蚀。

《工作与时日》，托马斯说。

《工作与时日》，理查德说。托马斯是唯一一个能像他一样随口背出赫西俄德*的朋友。

要不是我的腰不好，我就去帮你了，德特勒夫说。

我知道的，理查德说。

这个阿波罗是图阿雷格人吗？托马斯问。

是的。

尼日尔来的？

对。

你跟他问好之前，最好用盖格计数器测一下他的放射性。

我知道，理查德说。

---

* 赫西俄德（Hesiod），古希腊诗人，大约生活在公元前八世纪，以长诗《工作与时日》《神谱》闻名于世，被誉为"希腊训谕诗之父"。

为什么啊？西尔维娅问。

世界上几乎没有别的国家像尼日尔那样，有这么多铀，理查德说。

他们走过了几棵松树和橡树，一条属于一对老夫妻的狗跑了过去，它叫科尼亚克，经常乱跑，理查德向德特勒夫和西尔维娅——他俩大概不知道尼日尔在哪儿——说起法国的国营康采恩阿海珐，它垄断了那里的铀矿，还把垃圾运到图阿雷格人喂养骆驼的土地填埋。当然，人也住在那里，他说。

天上有几只飞向非洲的鸟，正组成一个三角队形。那座荒废的房子，自从被租给柏林的大学生后，邮箱被漆成了粉色。

理查德说，那里的饮用水源已经被污染了，骆驼接连死去，人们得了癌症却不知道为什么，但那里发的电被传送到法国，也会传到我们这里，德国。

我们这里，德国，德特勒夫重复了一句，理查德不确定，让德特勒夫惊讶的是内容本身还是理查德的表达。那个叫德国的国家，不久之前还只在墙的另一边。啊，理查德说，似乎是在为自己将两个德语国家统称为一个而道歉。

托马斯说，另外，这个康采恩每年的收入要比尼日尔全国的收入多十倍。

这个你又是从哪里知道的？理查德问。

就是从什么地方读到过,托马斯回答,把烟灰弹向路边的沙子。

真的很糟糕,理查德说,1990年图阿雷格人组织过一次起义,一场屠杀后一切恢复了平静。但几年前,同样的事重演了。

沙地上的凹陷用碎砖碎瓦铺平了,肯定是为了保护车子的减震器。

唯一想把法国人撵走的政府,很快就在政变中被干掉了,托马斯说。不知道是被谁。

我们往回走吧?西尔维娅说,每次他们散步到住宅区的尽头,她都这样问。他们拐进了一片树林,沿着蜿蜒的小路折返,空气中仍然有蘑菇的气味,虽然现在所有的蘑菇可能都已经腐烂了。

基地组织也听说了尼日尔的铀,理查德说。问题还是在于他们是否愿意和反对尼日尔政府的图阿雷格人结盟。

或许一方能容下另一方,德特勒夫说。

是啊,理查德说,沙漠很大,容得下很多条战线。

西尔维娅说,这个康采恩在尼日尔做的事,和理查德刚才讲的故事一样,赫拉克里克把安泰俄斯从大地上举起来,让他失去力量。

德特勒夫说,纽伦堡足球俱乐部的球衣上不是也有阿海珐的标志吗?

应该是吧,理查德边说边想,他们聊着天,在回去的路上又路过了那个女公务员的房门口,每次有邻居走近一点,她就会让他们交两千欧元的罚款。他们又路过了一座房子,钓鱼俱乐部的老板在房前挂上了德国国旗。他们路过刚过去的夏天无人问津的游泳区。他看见西尔维娅挽着德特勒夫的胳膊,托马斯看了一眼烟盒,皱了皱眉,又放回外套口袋,没拿烟。他想,就在这一刻,这里的四个人,包括他自己,都属于同一个身体。手、膝盖、鼻子、嘴、双脚、眼睛、额头、肋骨、心脏或者牙齿。

如果打电话邀请他、托马斯和其他几位柏林老友出来散步的西尔维娅不在了,会怎样呢?

30

　　一整个夏天，船就拴在栈桥边上，但因为那个丧身湖中的男人，理查德一次船都没用。前几晚下了大雨，船里的水再多一点，就要沉下去了。就像把一条喝醉的鲸鱼拖到岸边，两个男人帮它登陆，这样他们就能爬到划手座，把水舀出来了。

　　你是哪年出生的？理查德问。

　　1991年，阿波罗说。

　　和理查德想的一样。

　　哪个月呢？

　　一月一日。

　　尼日尔镇压图阿雷格起义的八个月后。理查德昨天还跟朋友讲过那场大屠杀。他想到了，但没有说。他说：

　　正好赶上跨年烟火，你真幸运。

　　这个日子是意大利人定的，如果你没有证件的话。

明白了，理查德说。

他们舀了一会儿水。

过了一会儿，理查德又说，我在网上看到，你们挖很深的井，然后用驴把水拉上来，这是真的吗？

是的，绑在桶上的绳子有多长，驴子就要走多远。然后再走回来。每天大概要三四个小时。

太费劲了。

牲口也需要水。

为什么不能把绳子缠起来？用架子或者把手？

沙子固定不住。

那打井的时候，一定也很危险吧。

对，很多人被埋进去了。

他们往船下铺了圆木和锯下来的树干，把船滚到整个草坪的边缘。理查德昨天还读到，由于浸滤矿石需要大量的水，那里矿井周围的水平面有明显下沉。

你知道阿尔利特吗？

当然，我就住在那儿，阿波罗说。

不久后，世界就有机会讨论图阿雷格人了，因为法国部长考虑重点推进已经开始的项目。确定要实施的撒哈拉铁路计划全部实现后，轰鸣的火车将出现在沙漠上，成为灵活的骆驼的对手，这将成为沙漠之子的悲剧。他们想保护文化，却会被精确瞄准的火药和白兰地击退，直到他们像美洲印第安人曾经那样，向文明人交出他们的土地。这篇文章是1881年,也就是新闻业刚诞生的时候,刊登在《凉亭》*杂志上的。虽然撒哈拉铁路最终没有实现,差不多一百年后,法国人却在自己的前殖民地上大肆开采铀矿。

文化,理查德想。进步,他想。

他说,当心,你把船翻过去,我去扶着另一边。

理查德扶着船时,阿波罗拿来圆木,放在船下。然后他们缓慢地将船身翻过去,直到它倒扣在地上。

但你没有在阿尔利特的矿上干过活儿,对吗?

没有,我们有骆驼。

你跟过商队吗?

跟过。

你们是做什么生意的?

去利比亚卖骆驼。

你从多大年纪开始去的?

十岁左右。我们从十岁就能跟着男人们走了。

商队大概有多长时间在路上?

几个月,有时候一整年。

在沙漠里?

对。

你们怎么认路呢?

---

* 《凉亭》(*Die Gartenlaube*),在德国一度很受欢迎的大众周刊,1853年在莱比锡创刊。

我们知道路。

我知道,可怎么认路呢?

这个图阿雷格年轻人耸了耸肩。

我们知道路。

理查德很想弄明白。他站在那艘倒扣在地上的船旁边,和一个穿越了三千五百公里来到他的花园帮忙的年轻人站在一起。

你们是通过星星认路的吗?

对。

白天呢,没有星星的时候?

男人们知道一路上会发生什么。

什么时候?

总是知道。

一直都这样?

对。

他们会跟你讲吗?

对。

走路的时候讲?

我们不走路,我们骑骆驼。

这样啊。

晚上会讲故事。

他们是通过这些故事来认路的?

对。

理查德沉默了。他当然知道,《奥德赛》和《伊利亚特》,在荷马或别的谁第一次把它们记录下来之前,都是口头流传的。但对他来说,空间、时间和诗的关系从未像此刻一样清晰。只有在沙漠的背景中,人们才能更清楚地看清这个原则,一个在世上任何角落都一样的原则:没有记忆的人只是地球表面的一块肉。

之后他们修剪了草坪,把花园里的家具搬到檐下,给理查德整个夏天都没用过的橡皮艇放了气,把林子里的木柴搬到壁炉旁,把烤架拆了下来。然后,理查德向这位和他想象中的阿波罗长得一模一样的难民付了酬劳,五十欧元。

31

周一,理查德穿上了他的黑鞋子,虽然不太舒服,但和灰色裤子更搭。关于这条去往养老院的路,他会讲点什么故事呢?湖里有人溺水了?前边那户人家几年前养了一只孔雀,隔着几公里都能听到它奇怪的叫声?他母亲健在并且还能走路的时候,他俩总是朝那栋黄色公寓楼的方向散步,他每周日都来接她:一起吃饭、散步、喝咖啡。他和妻子在广场旁的饭店庆祝了银婚,那时他们刚搬到这里不久。街角的铺子过去是五金行,店主在一个早晨用绳子把自己吊死了,之后铺子变成了小吃店。至于他为什么活不下去了,没有人知道。那栋在东德时期一直待售的平房空置了很久,现在是德国储蓄银行的一家分行。再往前就是马上要被拆掉的那栋房子了,只能看到一堆浅色的沙子。之后是那个指示牌,只要有车开得太快,它就会变红。以后,他每次路过或驶过这栋砖房,就会想起那些非洲人曾住在这里。

这个故事里也有他的位置吗？可能吧。可这意味着什么呢？

他已经走到了。一个保安为他开了门，不是出于礼貌，而是因为门是锁上的，从里边。

他得知德语班被取消了，以后也不会再有，女教师已经走了，难民们正准备出发，因为今天十一点他们要开始在十字山的社区学校上正规的德语课。

这样啊，他说。

他连她的电话号码都没有。

真是不好意思，一个保安跟他说，并为他搬来一把椅子。

谢谢，但是他没坐下去，继续站在那儿，突然觉得空气变重了。他现在要做什么呢？

第一波男人集合准备出发时，他还站在那里。他在这座养老院从没见过的金鞋子出现了，但第一次见到它是在奥拉尼亚广场上——赫尔墨斯。他戴着一副镜片很厚的眼镜，头发扎成了紧贴头皮的、发亮的小辫子。卡里尔和穆罕默德这对朋友出现了，前者的脖子上戴着金链子，后者的裤腰很低，他的臀部和内裤不仅是露出一点，而是完完全全敞露在外边。阿波罗出现了，他用炭笔在眼睛周围画了一圈眼线，头发用头巾束得很高，come stai, tutto bene（你好啊，都好）。拉希德穿着一件T恤衫出现了，衣服上印着一头豹子，everything good（都好吗）？同样来自二〇一七房的高个子伊桑巴出现了，虽然室外已经是阴冷的十一月，门厅廊灯也已经烧坏了，伊桑巴依然戴着一副镜面太阳镜，a real school, is more better（一所真正的学校，更好了）。特里斯坦出现了，穿着那双好鞋子，那双——理查德现在知道了——一个友好的德国人送的鞋，how are you（你好吗）？特里斯坦也戴了一副太阳镜，不过是反着戴的，镜片在后脑勺上。奥萨罗伯出现了，理查德还是第一次看到他刚刮了胡子的模样，脖子挂着好几种长珍珠项链，裤子上有几个巨大的裤兜，依旧穿着那件薄夹克，但这次只是半披在身上，像女明星围皮草一样，露出肩膀，衣领落到胳膊肘的高度，理查德在人群中发现他时，他笑着说，crazy, eh（太疯狂了，嗯）？之前和拉希德同船的扎伊尔出现了，他穿着白衬衣、西裤和一件夹克。理查德在最后一堂德语课上认识的亚亚出现了，他的T恤上印着自由女神像，亚亚的朋友穆沙用一块披肩裹着臀部，披肩和他脸上的刺青一样都是蓝灰色。阿不都沙拉木出现了，虽然眼睛斜视，今天却高高地昂着头。来自马里的洗碗工约瑟夫和来自乍得的梦想成为护工的阿里出现了，理查德进阶组的两个学生，另外三个总在台球厅的沉默、冷静的男人出现了，理查德第一次见他们笑着说话。所有人都在笑，打招呼，空气里是可可脂和洗过澡的味道。还有一些理查德眼熟的人，他在人群的最后面看到了那个空楼层的瘦男人，找了很久才找到。他静静地站在边上，朝理查德微笑，这笑容穿过扎着小辫子的脑袋、保安的脑袋和突然出现的管理员的脑袋，抵达了理查德。

这就要出发了——第一次出门去正式的德语学校，直通向他们的未来。一个管理员问是不是每个人都有车票，理查德这才发现有一个人不在：卢弗，威斯马的月亮。我知道，但现在太晚了，我们必须得走了，管理员说道。理查德记下了德语学校的名字，节庆的队伍开始了：首领和王子们的眼神充满骄傲，脖子上挂着贝壳串成的项链，头上戴着孔雀羽毛，身着金光闪闪的礼服，离开耀眼的宫殿，空气中充斥着带颤音的欢呼声，门像被施了魔法一样自己打开，温驯的羚羊和一只独角兽围绕着仪仗，队伍的末尾是三头白色的大象，三个管理员骑在它们坚实的背上，他们的座椅镶着宝石，他们的身体随着大象的步伐晃动。直到这华丽的仪仗消失在天际线，人们才能看到为这壮丽的一切打开门的仆人们，他们头上沾满灰尘。

理查德没多想就径直走到了三楼的二〇一八号房。一个他从没进过的房门，门牌上写着海恩斯·克罗普科。可能卢弗不在里面？他总是独来独往，也可能根本没有人想到要通知他？理查德小心地按下门把手，但海恩斯·克罗普科的房门是锁上的。卢弗，他朝走廊喊道，试着碰碰运气。卢弗！他又朝楼下喊。在走廊尽头，在快到他和女教师一起挂博德博物馆海报的厨房前，一扇门开了，朝外看的那个人真的是卢弗，威斯马的月亮。但丁？卢弗问。

不，理查德说，今天你们要去正式的德语学校上课了！快来。

卢弗看上去很严肃，和平时一样，但还是点了点头，说，un attimo（马上），他又关上了门，五分钟后才穿好夹克、戴着帽子出现。

开车过去能否比别人快，理查德也不知道，但他希望如此。他在妻子去世后才买了导航仪，因为之前克里斯蒂尔——他的妻子——总会坐在副驾驶，把地图放在膝上，告诉他什么时候要右拐，什么时候要左拐。克里斯蒂尔。这个名字还活着，但名字所属的人已经不在了。现在，是一个没有和他结婚的女人的声音说：请您右转，请您左转。这导航仪第一次成功指导的旅程是去吕根岛，第二次是去魏玛。

你学过开车吗?理查德问坐在一旁沉默的卢弗。

没有。

理查德用了三个红灯的时间,才把目的地输了进去,之后,那个小机器里的女声突然说:请您在合适的地方,掉头。可能这个女人觉得他还在从魏玛回家的路上。

卢弗耸了下肩问:这是什么?

她在说我该怎么走。

这样啊,卢弗说,皱紧眉头。

前方八十米,请您直行。

你为什么需要这个东西?卢弗又指着导航仪问。

我对西边不太熟,理查德说,然后想起了和奥萨罗伯的对话。

请继续前行。

你知道吗,东、西柏林中间曾经有一道存在了将近三十年的墙。

不知道,卢弗说。

理查德已经熟悉这些对话的暗礁,于是他只是说:

之前有一个界线,东边的人不许去西柏林。试图越过边界的人甚至会被击毙。

啊,capisco(明白了),有人不想让他们去西边。

不,有人不想让他们离开东边。

好吧。

两百米后保持在右边车道,导航仪里的女声说。在说明书里,这个女人甚至还有名字,理查德忘了她叫什么,安妮玛丽,或者雷吉纳。

但如果他们能过去,他们能拿到西边的护照吗?

可以,完全没问题,就像他们一直是西边的公民一样。

为什么?

请保持在右车道。

因为他们之前都是德国人。是兄弟姐妹,理查德说,他想到了墙倒那天,他不得不穿过人潮,由哭泣的东、西柏林人组成的人潮。

他们都是兄弟姐妹?

不,当然不是。有一些是的,但不是所有人。

Okay(好吧),卢弗说,但理查德看到,卢弗并没有完全理解,之前存在过的西边和东边、兄弟姐妹和这座墙,究竟是什么意思。

这墙和梅利利亚的墙一样高吗?

差不多,理查德说。

我一个朋友翻过去之后,马上就被西班牙人赶回摩洛哥了,卢弗说。虽然他已经翻过去了。他哥哥也生活在西班牙。可还是被赶回来了。

他哥哥是西班牙人吗?

不是。

你看，明白了吧。

明白什么了？

是啊，卢弗应该明白什么呢？安妮玛丽或雷吉纳并未回答卢弗的问题，只是说：前方有急转弯。

理查德在考虑，要不要和卢弗解释这些树的后边是苏联纪念碑，但他还是决定不讲了。他要用意大利语解释用德语就够难解释的东西吗——那雕塑是一个苏联士兵怀抱着一个德国小孩，以此纪念世界大战最后一役之后的新起点，八万名苏联战士为了解放一个本没想过被解放的城市而倒下了，这些苏联士兵曾经是英雄。这是一部分原因。另外一部分原因是，理查德不知道蹂躏用意大利语怎么说。

再往前五百米，他们就要跨过沥青地上那条隐形的、过去的分界线，马上要路过的一座哨所，现在作为分裂时期的遗迹保留在一个公园的中央，这里曾经架着拒马，沙子里埋着地雷。

关于这些，理查德还是没说。

他想，这情况有点像卢弗有听障，而他的访客理查德并没有尽其所能让对话得以顺利进行。他要解释的太多了。缺失的太多了。

还好，不久后安妮玛丽或雷吉纳说：请向左转。

他们看到外边的一座教堂、一处出租车停靠点、一个修缮过的消防站和一座上世纪的老房子。

卢弗说：真漂亮。

你从没来过这儿？奥拉尼亚广场离这儿不远啊。

地铁都在地下开，我们看不到自己在哪儿。

明白。

Sotto terra（在地下），卢弗说，Sotto terra（在地下）。

他们到学校的时候刚好赶得及，管理员们和校长正在走廊里谈课程时间。其中一个管理员看到理查德和卢弗的时候，用食指指向一扇门。这些非洲男人们的的确确已经坐在了大教室的桌前。他们要填一个问卷，让负责分班的老师弄清楚谁能读写拉丁字母。对理查德来说，要承认自己不会写字，在这个以写字为必备条件的世界，不比在医生面前脱衣服牺牲的隐私更少。他想立即走开，特里斯坦突然问他，是不是这里也要填？而且奥萨罗伯没有笔。上了年纪的德语老师听不太懂他们的非洲英语。能不能拜托您之后帮我收一下问卷，让他们把名字填对？好的，当然。于是他坐在旁边的一把椅子上，男人们非常安静地尽力填好手中的问卷，上了年纪的女教师坐在桌旁安静地整理她的文件。

终于，所有人都填完了。拉希德说：I can help you（我能帮你）。他认得这里所有的人。他和理查德挨个桌子询问，弄清并记录哪个是姓，哪个是名：这是来自加纳的阿瓦德·伊萨，这是来自尼日尔的萨拉·阿尔哈岑，这是来自尼日利亚的伊桑巴·阿瓦德，这是来自马里的约瑟夫·伊德里苏，这是来自布基纳法索的穆沙·亚当，这是穆罕默德·易布拉希姆，如此继续。他们的姓是父亲的名字，所以很可能一个难民的名，是另一个人——比方说名叫伊德里苏——的姓。让人更迷惑的是，有时候有些男人会先说姓，就像在南德和奥地利很常见的那样。理查德还清楚地记得，莫斯特尔·托尼，维也纳一家葡萄酒酒馆的老板，他和妻子造访过一次他的店，之后好几年都从那里订雷司令。克里斯蒂尔。他们终于把名单弄完了，理查德现在知道了——虽然和他毫无干系——这四十个男人中有五个完全不会读写拉丁字母，其中包括了近视的、穿着金色鞋子的赫尔墨斯，穆罕默德最好的朋友卡里尔——他闪闪发光的金链子肯定不是真的，还有阿不都拉沙木，那个歌手。

回去的时候，拉希德理所当然地坐上了理查德的车，有谁听说过雷神自己坐城铁回家的？阿不都拉沙木也要加入他们，理查德将后座上的空瓶子放进后备厢，但因为后排能坐下三个人，拉希德迅速朝瘦高的伊桑巴眨了眨眼，他进车的时候得低下头，car is more better than S-Bahn（汽车比城铁好多了）！这三个尼日利亚人挤在后座有说有笑，卢弗，威斯马的月亮，安静而严肃地坐在前排理查德的身边。回去的路上理查德才知道，拉希德不仅会开车，还会开挖掘机，但他的驾驶证在这里不被承认，因为他既没有居留证，也没有能证明身份的证件。阿不都沙拉木开始唱歌了，理查德说，有一首德语歌唱的就是现在路上的情景，他开始唱：我的车里载着，满载着非洲人！他当然知道原版的小曲唱的不是非洲人，而是年轻和年老的女人，但根据音节数，把"非洲人"放在这里很完美。到了一个红灯，理查德还在扯着喉咙唱歌，他身后的三个男人跟着拍手、欢呼，连卢弗也跟着节奏点头，旁边一辆车里的人恰好看见了理查德，那是一个年轻的家庭：父亲，母亲，两个孩子，他们都把头转向理查德的车，沉默而迷惑地看着几个开心的摩尔人和一个显然已经疯掉的白人。绿灯亮起，理查德再度出发，唱着驾！白马！身后传来汽车喇叭的齐鸣声，旁边那家人仍然震惊地待在原地。

32

第二天,理查德在家收拾了一些东西,把垃圾带出去,这就差不多十一点半了,他换了床单,从储藏室找出卷尺。中午去难民那边肯定不合适,于是他吸了地,既然已经开始干,又打扫了厨房和浴室,明天客人过来弹钢琴的时候,一切都会干净整洁。他还以为自己看错了时间,但确实已经到晚上了。球赛,一场谈话节目,里面的嘉宾生怕被人抢去说话机会,一场赛车表演,烧着的火车,两个接吻的人,晚间新闻,天气预报。差不多到了上床睡觉的时间,他才在网上搜了两组关键词:埃塞俄比亚和语言教师。他打这些字母的时候,当然知道这有多幼稚。

第二天上午十一点十分,电话响了,是奥萨罗伯,他在附近的一个十字路口,但想不起来怎么去理查德家了。理查德说:你现在站着的地方,那个路牌上写的是什么？然后他说：我去接你。可要是其他人遇见这种情况，该怎么办？赫尔墨斯、卡里尔或阿不都拉沙木，他们既不认得路牌上的字，也不认得地铁站的名字。

奥萨罗伯站在十字路口，理查德离很远就看到他了。他完全不知道理查德会从哪个方向过来接他。他在那儿就像一个盲人，理查德想。我脑子不聪明，奥萨罗伯和他打了招呼后说，用手指敲了一下自己的脑袋。这姿势让理查德想起奥萨罗伯在咖啡馆如何撕掉手上黑色的皮。这和聪明没关系，理查德说。Life is crazy.（生活很疯狂。）奥萨罗伯的脑袋里除了郊区的一些街名外还有什么，理查德大概能想到。

音阶、C大调、上转指和下转指，之后是非常简单的左手伴奏。解释：什么是音符，乐谱上的音符对应着哪个琴键。这中间，理查德时不时走出琴房去别的房间，也没什么特别的事要做，只是因为有另一个活着的人也在这所房子里，他发出的声音——现在是这些音符——把这里流逝的时间变成了日常生活。今天的午饭是南瓜汤配面包，奥萨罗伯依然吃得很少，只喝直饮水，饭后理查德把两把椅子搬到客厅，放在写字台旁。坐吧，他说，自己也坐了下来，他给这个年轻人看视频，示范一个优秀的钢琴家是如何演奏的。

奥萨罗伯惊叹地摇着头。他惊叹的是肖邦吗？还是那个漂亮的年轻女人？她在弹完这个狂野的作品之前，就在微笑着享受自己的表现。他还想听别的钢琴家演奏吗？好啊，很愿意，另一个钢琴家连手表都没摘掉，但他能把舒伯特理解得如此深刻，是不是很妙？是的，最后一定要再听一个，没问题，他坐在琴凳上弹琴时，一直看着自己的手指。有好一会儿，一老一少就这样并肩坐在书桌前，看着也听着三位钢琴家用黑白键讲述与琴键颜色毫无关系的故事。

理查德已经很久没有和别人一起听他的音乐了，也很久没有人对他所钟爱的这些录像表现出兴趣了。就这样过了两三个小时，奥萨罗伯说，我该走了，好吧，理查德从门口衣架上取下他的薄外套。

你能认得回去的路吗？

No problem.（没问题。）

理查德目送他离开，看他走对方向了才回屋去。对这个来自尼日尔的年轻人来说，第一次听巴赫的定音鼓和小号会是什么感觉？他又坐到电脑前，定了两张柏林大教堂圣诞清唱剧的门票。

33

理查德第二天去养老院的时候,从保安那里得知水痘流行期已经过去。今天男人们要打包,明天真的要搬家去斯潘道了。

这时过来几个非洲人,对理查德说 how are you(你好吗),又从之前理查德和拉希德坐在堆叠的椅子中间谈话的储藏室中取出压扁的搬家纸箱。

去,去了,去过了。

当天,理查德绕着湖散步,一圈下来需要两个半小时。他在红砖房短暂逗留后没有马上回家,而是直接在路口右拐。或许散步路线会将某些东西联结在一起?湖?溺水的男人?他绕着那个在湖里躺着或已经消解的男人转了一圈。绕着湖里和浅滩周围的鱼群转了一圈,他一直都知道这些鱼群的存在,却从未亲眼见过,它们被满溢的湖水藏了起来。他还绕着白冠水鸡和天鹅转了一圈,它们的巢在苍白的芦苇丛中若隐若现。他散步时还把紧邻湖边的房子绕进了圈里,房子通向湖岸的栈桥像朝外伸出的舌头。他继续走,右边是草地和树林,左边是房子。他继续走,继续走,旁边房子里的某个女邻居此时若是从厨房窗口抬头向外看一眼,可能会看到他走过。某位正在花园里耙扫落叶的邻居,或是站在梯子上固定房顶油毡的邻居会看到他。他散步时也把那些看不到的东西绕进了他的圈里:在房子里睡觉的狗,坐在窗前的小孩,或是某个在地下室收拾酒瓶的晕乎乎的酒鬼。

斯潘道。

可能这对他们来说是个好事,晚上西尔维娅在电话里跟他说,搬家意味着他们现在应该被接受了。至少,就像你说的,斯潘道是给避难申请者的宿舍。

我不知道,理查德说。

市政府一定是想让圣诞节期间一切都好。

或许吧,理查德说。

我让德特勒夫讲电话。

好的,好的。

我们什么时候再约个斯卡特*,你觉得怎么样? 德特勒夫说。

---

* 斯卡特(Skat),一种起源于德国的纸牌游戏。

好主意。

周五?

周五可以。理查德说。

新的高速路修好之后,去斯潘道会更快,德特勒夫说。

我知道。

你会知道的,等你路熟了,肯定只需要一半的时间。

你知道吗,昨天那个来我家的,当时可能还不知道搬家的事。

可能他很期待搬家。

或许吧,理查德说。

34

拉希德住的是单人间,所以他正坐在伊桑巴、扎伊尔和另外一个正在后边床上睡觉的人的房间里。三张床,三把椅子,一张桌子,一个柜子,一个水池,一台电视,一台冰箱。

It's normal here(这里很正常),拉希德说。we're happy(我们很开心)。

Normal(正常)?你的意思是?理查德问。

这里有孩子,拉希德说。我们很开心。我们周围很久没有小孩和家庭了。

扎伊尔问理查德,你有几个孩子?几个孙子?

没有。

真的吗,你没有孩子?扎伊尔问。

理查德耸了耸肩。

我真的很抱歉,扎伊尔说,用一种似乎有人去世的语气,显然觉得像理查德这个年纪的男人没有孩子,只能是一种莫大的不幸。

我太太和我,我们自己决定的。

真的吗?扎伊尔说。之后他沉默了。理查德看得出来,他理解不了为什么一个人决定要孤独终老。

刚才出去了一会儿的高个子伊桑巴,这会儿又回来了。把一个盛着冒热气的饭菜的盘子端给理查德:肉、米饭和菠菜。他又从冰箱里取出一盒果汁。

理查德还清楚地记得他们每天五欧元的生活费。他被感动了,但他无法忍受自己被感动的感觉。非洲人喜欢德国的自动售票机,越野车里的德国人喜欢摩尔人的热情好客。

这么多是给我一个人的?他问,可其实他并不希望这份让他感觉自己很傻的热情会停止。

不,不,吃吧,越多越好,这可是真正的非洲菜——富富(Fufu)。

理查德过来的时候感觉像是去探监,而现在,他坐在斯潘道避难申请者的宿舍,还在吃午饭。饭菜很可口,外边院子里有孩子追逐嬉戏的声音,罗马尼亚、叙利亚、塞尔维亚、阿富汗的孩子,还有几个孩子来自非洲。告别的时候,拉希德把理查德送到门口,就像是在自己家送客一样。

It's normal here(这里很正常),他说过。

接下来的两周,拉希德帮他的同伴找到了几份志愿者的工作。他们无偿为柏林的公园扫落叶,为幼儿园和学校打扫卫生,在社区俱乐部刷盘子。我们很高兴有事做了,拉希德说。

可是,理查德每次来到这栋三层楼的房子都忍不住想,有自杀念头的人从这里跳下去是死不了的。夏里特医院最高的那层住的是癌症晚期患者,他的母亲就是在那里去世的,那儿视野很好,但窗户打不开。

外管局开始组织第一批申请难民身份的面谈了。

尊敬的某某先生,您已经被注册为"奥拉尼亚广场协议参与者"某某号。

理查德想起一份四分之三页的纸。

出于审核您的居留申请需要,请您按此文件的要求,于某日某点钟来我办事大厅 C 06 室参加面谈。

什么是祭奠星期日?卡里尔在祭奠星期日那天问理查德。

怎么问起来这个了?理查德问。他上午还去了柏林潘科的墓园,他的父母下葬的地方。

我们常去的那家夜店,昨天晚上没开门。

什么样的夜店?

我们去跳舞,能免费进。但昨天门口立着祭奠星期日的牌子。

在祭奠星期日不能跳舞,电影院也不开门,理查德说。

为什么?

因为人们要思念逝者,死去的人。

这样啊。

一张昨晚想去跳舞的年轻人的脸,变成了一张越洋逃难、不知父母死活的年轻人的脸。被赶上船的那天,卡里尔和他们走散了,拉希德最近跟理查德讲过。卡里尔不知道他们是否还在那里,是被枪杀还是坐上船走了,不知道他们去了哪个国家,如果他们还活着的话。

理查德最近总读到难民船在地中海翻覆的新闻。意大利的海滩上几乎每天都有冲上来的尸体。他们会被葬在哪里?有人知道他们的名字吗?有谁会告诉他们的家人,他们没有顺利到达欧洲,而且再也回不去了?网上一个叫我无所谓的人写道:真正让我同情的是救援队!为什么是他们把这些尸体拉上岸?另一个叫战神的人写道:反正这个星球的人已经够多了,之前都是大自然(流感、瘟疫等)自己调节的。就在柏林的这个区域,二十五年前四处还张贴有写着无产阶级国际主义的横幅,如今贴的是一个越来越受欢迎的政党的竞选海报：宁可把钱给祖母，别给辛提罗姆人*。每次理查德看到这样的意见表达，都会想到布莱希特那首诗，诗中一群战后的柏林人从一匹倒下的马的骨头上撕下肉来，这匹马还活着，还没有完全死去。这匹马被活活肢解时，还在为杀害它的人担心：怎样的冰冷／降临在这些人身上／是谁给了他们如此的打击／让他们从里到外冷漠至此／救救他们吧！要尽快！† 但直到现在，人们还在经历着什么战争？

我看到他们是怎么淹死的，奥萨罗伯不久前说。坐在钢琴前，手还放在膝盖上，摇着头，似乎他不愿也不能相信这是真的。让他痛苦的是和他一起偷渡时死去的朋友吗？不，他只是在电视报道上看到了一艘船最近失事。只是。看到了淹死的人，在淹死的人中认出了他自己、他的朋友和当时坐在他身边的人。

大约一百年前，年轻的革命家尤金·莱文直面审判席的最后一次讲话中——其实他直面的是枪决的行刑队——称自己和自己的同志为放假的死人。在欧洲和非洲之间的这片海域被淹死的难民，和那些没有被淹死的人之间的区别，完全靠偶然性。这么说的话，这里的非洲难民既是活人也是死者，理查德想。

---

* 辛提罗姆人（Sinti und Roma），德国官方承认的四个少数民族之一。
† 来自布莱希特的诗歌《哦，法拉达，你被绞死了！》（"O Falladah, die du hangest!"）。

上午去斯潘道之前，理查德去父母墓前摆上了冷杉，这是每年在第一个基督降临周前那个周日他都要做的事。理查德还小的时候，和母亲去墓地已经是例行项目，只是父亲从不同行。他还小的时候，会帮母亲将祖父母墓前的沙地耙整齐，后来他力气大了，要从墓园的井里打满满一壶水，或从墓园花店背一袋土到编号 A XIV/0058 的墓地。春天，母亲在墓前种上三色堇，夏天种海棠，秋天把枯萎的花修剪掉，在祭奠星期日放上圣诞节摆件。后来，她的丈夫，理查德的父亲，长眠于地下，几年后她自己也是。现在，理查德一个人修剪着小坡上的灌木，用之前母亲修剪用的剪刀，用小时候就握在手里的小铁耙，依旧耙着墓前的同一片沙地，入冬前夕把枯萎的花朵和枝条修剪掉，在祭奠星期日这天，为他的父母摆上圣诞摆件。他知道，母亲喜欢称这天为永恒星期日，有时候也叫它最后审判日。他小时候总是很害怕这一天，因为总觉得未来某年十一月的某天一定也会轮到他——面对永恒的审判。他和母亲之前坐在教堂里，听钟声敲响，听神父读教区去世的信徒名单，他的名字也随时可能出现在里边，他和别人一起坐在那里安静地聆听，直到钟声消失：我们静听钟声回响，它提醒我们，有一天，我们的肉体也会化为尘土。

基督降临周前最后一个周日的冷杉，墓碑前的一根蜡烛，之后风会将它熄灭，然后是冬眠期，再过几周，只有覆雪的黄杨树是绿色的——过去六十年来一直如此。能如愿拥有一块三代人安息在一处的墓地是件奢侈的事情，理查德最近几周才有这种想法。在灵魂最深的角落，他希望非洲人能够少哀悼他们的死者，因为那里总是有那么多的死亡。而现在，他灵魂最深的角落被一种羞愧占据，他生命中的大部分时间过得太容易了。

35

圣诞节前夕,整个城市的商店早在几周前就把圣诞树从仓库取出来,摆在去年同样的位置,装点上彩球和彩带。到处都是蜡烛、小彩灯和电动旋转的圣诞金字塔。理查德从地下室拿啤酒的时候,看到架子下层的两三个纸箱上有他妻子手写的字:降临节。

理查德借给卢弗,威斯马的月亮,但丁的第一部。

跟上次一样,伊桑巴的鱼汤好喝极了。I'm a little bit fine.(我还可以。)

第一个降临周来了。

拉希德最后总会把理查德送到楼下,就像在自己家一样。有一次他们在楼下遇到一个短发女人,拉希德和她握手问候。她是市议员,他对理查德说,然后对她说,理查德是一个 Supporter(支持者)。女议员低声用德语告诉理查德,外管局从最上边得到指示,对身份审核要尽可能严一点,她很担心。理查德想,她会不会也同样把这件事告诉拉希德。不过也可能只是传闻罢了。

理查德跟阿波罗说：知道吗，千万不要说利比亚难民营那段，在你的祖国，尼日尔，你是在那里被迫害的少数族裔——图阿雷格人。去面谈的时候，你就这样说。我参加面谈，就是说出我的故事。对，理查德说，你也可以提起义军。我就如实讲出那段故事。不得不走的时候，我走就好了，阿波罗说，我不需要养家。我很自由。我在意大利的街上待过六个月。

理查德想，在德国，他一定在很多情境下听到自由这个词。

第二个降临周来了。

天上下起蒙蒙细雨。

想不到山羊肉这么好吃，理查德说，他又坐在满满一盘菜前，伊桑巴做的，那个厨师。

现在已经有人用德语跟他打招呼了：你好，怎么样？理查德说，很好。

特里斯坦托理查德帮忙给律师打电话，问问他这种情况该怎么办。理查德给律师打了电话，对方说：

这个人是从意大利过来的吧。

对，理查德说。

你看，问题就在这儿，律师说。

我知道,理查德说。

他是在加纳出生的。

对,理查德说。

加纳被认定为和平国家,没多大帮助。

但是,理查德说,他在利比亚长大。

很遗憾,这些都很难作数,律师说。利用相关部门的程序漏洞能为他多争取一点时间,但可以预见到以后会很困难。

卡里尔,那个不知道父母身在何处的年轻人,不太会写字,就在本子上画出他出逃的地方。理查德看到了一艘船,像一弯细长的新月。下边是水。

另一个难民,扎尼,年纪大一点,有一只眼睛坏了,理查德第一次去奥拉尼亚广场的时候,他正靠在公园的长凳上,扎尼给理查德看他从报纸上复印下来的文章:大屠杀——理查德翻页的时候看到——大屠杀,大屠杀。都在我的家乡城市,扎尼说,所以我逃到了利比亚,在这里能找到这些文章不容易,但为了面谈我必须得有证据。

整个降临节期间,理查德都非常清楚《都柏林第二公约》只规定了管辖范围。但他什么都没说。

36

虽然天已经很冷了,男人们还是常常坐在院子的椅子上看着孩子们,有时候还和他们一起踢足球。

在得知德国不再对任何难民施行遣返拘留的那天,他们的情绪变得很激动,理查德不明白为什么。厨师伊桑巴挥着他长长的手臂,扎伊尔和特里斯坦在讨论,而雷神拉希德反常地十分安静,像一尊石像一样坐在桌旁。理查德问他怎么回事,他说,是的,虽然遣返拘留被取消了,但我们也更清楚,理论上来说遣返还是可能发生。

他们真的不欢迎我们,他说。他们真的不欢迎我们,然后摇了摇头。

过了一会儿,他站起身,把理查德送到外边。

温度第一次降到零下,特里斯坦说,我真庆幸能在一栋房子里睡觉,去年冬天我们有些帐篷被雪埋了。

有一天,他们围坐在一个笔记本电脑前看电影,电影里一个牧民在屠宰小羊之前,把它们的耳朵盖在它们的眼睛上,让小羊安静下来。小羊们就这样毫不反抗地让人抓住脚,躺下,非常安静地等待着它们的结局。

一个阿富汗小女孩从门前经过,伊桑巴给了她一颗糖果。

后来,理查德又接奥萨罗伯过来练了两三次琴,有一次还把特里斯坦带过来扫落叶,两小时,二十欧元。工作,工作。

他的朋友安妮,那个摄影师,在电话里告诉他,她母亲的保姆圣诞节要回波兰和自己的家人过节,现在还没有人回应她贴在卫校门口的招工启事。我一个人肯定抬不动我妈妈,安妮说。理查德跟她说了阿里的电话号码,他那个德语进阶班的、以后想做护工的学生——如果哪个欧洲国家愿意接收他的话。

外管局的信开始陆续到达,现在每个人都在等待面谈,或者已经完成面谈,人们对时间的感受也不一样了。有一次,理查德刚开始谈话,问在沙漠里是怎么埋葬死者的,但就好像有一位隐身的导演在给舞台提示,就在这一刻,警报响了。看样子是不会停下来了。这警报——本身显然是种折磨——会不会是警告他们折磨就要来了?还是空袭?是奥博鲍姆桥和亚历山大广场之间的房子失火了吗?当时理查德还是个婴儿,母亲带着他待在柏林的防空洞里。理查德想起的是那个婴儿的恐惧,还是母亲的恐惧?没事的,雷神说,他们有时会这样。就是一场演习,刚被警报吵醒、还在床上的扎伊尔说。理查德堵住耳朵,但没多大用处。这警报的声音太要命了。是哪里失火了吧?理查德跑到走廊上,一个胖胖的女人正懒散地朝厨房走去。你闻到煳味了吗?哪儿失火了吗?可理查德堵着耳朵,听不清那个女人的回答,她耸了耸肩,去了厨房。厨房里有十个并排的灶眼。没有东西着火,那个胖女人开着水龙头,同时操持着几口锅。警报继续尖叫着。理查德几乎小跑着冲向门口,就在他刚到门口的那一瞬间,警报停了。刚才真的失火了吗?没有,宿舍入口的那个男人说,只是演习,总有人忘了关火,这可不行,他们得汲取教训。另一个宿舍工作人员从后院冲过来朝他的同事喊道:振铃线被掐断了!没过多久,亚亚和有蓝色刺青的朋友穆沙激动地从房子里跑了出来。他一边比画一边在喊着什么。很快就有几个人把他围住了。宿舍工作人员朝这几个人喊着:他想逃跑!要给他下门禁!是他刚才恶意剪断了振铃线——谁来赔?

在沙漠里,死者到底是怎么被埋葬的?

虽然不该这么说,但理查德心里很高兴亚亚把这杀人的警报声切断了。杀人的是个恰当的表达。婴儿能想起战争吗？特里斯坦说过，欧洲的战斗机在的黎波里丢炸弹的时候，我们正待在板房里，害怕有哪颗会落在我们这里。院子里，那个工作人员和刚剪断振铃线的亚亚大吵着。

理查德回到了他刚才要开始谈话的房间，高个子伊桑巴刚烧好热水，扎伊尔还躺在床上。这一天的上午才刚刚开始，如果不把另一半睡过去，它会很漫长。

37

　　第三个降临周来临前,理查德已经非常熟悉从柏林郊区到斯潘道难民申请者宿舍的路了。

　　哪怕是青香蕉,油炸后也是美味。Is more better.(会更好。)可以在非洲商店买到,就在这附近,伊桑巴解释道。

　　一次一次的拜访后,拉希德依然把理查德送到大门口。

　　这中间,安妮和阿里——理查德德语进阶班的学生——见了面,将他介绍给她母亲。她在电话里说,一开始我妈妈和阿里见面时有点害怕,因为他是黑人,不过后来就好了。理查德说,他德语惊人地好,你不觉得吗?是的,她说,你别忘了,他可完全是另一代的人。理查德点了点头,电话那边的安妮自然看不到。要不然我真不知道今年圣诞节怎么照顾我妈,她又说,谢谢。别客气,理查德说。

理查德周末又去宿舍的时候，用红色信封装了一张周日圣诞清唱剧的门票带去，但奥萨罗伯不见了。

他去哪儿了？

意大利，更新证件。

理查德突然想起，拉希德几天前像是在告别，他说：他们真的不欢迎我们。他们真的不欢迎我们。如果钢琴手就此永远离开了呢？如果他出了事怎么办？他拨通奥萨罗伯的号码，没人接。给他的圣诞礼物已经在理查德家了：一个可折叠的钢琴键盘。它可以装进小背包里，理查德当时是这样想的，万不得已时他或许能在街上弹琴挣点钱。这可真是个不堪的礼物，理查德现在心想，手里还拿着红色的信封。欢庆喜悦吧。*假如他自己有个儿子的话，折叠键盘有可能是他对儿子的未来规划吗？一个65.9欧元的未来？他是什么时候从一个对人类满怀憧憬的人变成了一个布施者？柏林墙倒掉时肯定还不是这样，是在那之后的某一刻，在那个过程中的某一刻，他屈服了，现在他只是试图在小范围内做好这件或那件事，就像人们说的，在所有可能的地方，在这里和那里。他真的彻底放弃所有希望了吗？

---

* 欢庆喜悦吧（Jauchzet, frohlocket），巴赫《圣诞清唱剧》的第一部分。

38

我想家。

我只能靠自己。

只有上帝能审判我。

有几个难民有能上网的手机,理查德最近才知道他们通过一个免费运营商发短信、照片和语音。他们上传头像,在状态栏写下自己过得怎样。有人每天都更新,有人几周或几个月都是同一个状态。

我想念和我最好的朋友巴沙在一起的时候。

不要担心别人对你的看法。

在学校。

最近理查德开始把这些句子记录下来。若有人爱上了一个绝无可能和他结婚的柏林女孩,上面会写道:

我只是想和你在一起。

有时候他们也会写类似这样的句子:

忠于自己。

或者：

错误就包含在选择中。

我可不可以问你几个问题？在第四个降临周来临前，理查德问阿波罗。

可以啊。

你为什么用得起这么贵的能上网的手机？

我没有家人啊。我不需要给任何人寄钱。

理查德看到冰箱里那个用锡纸盖着的盘子还在。它两周前就在那儿了，上次理查德问他里边是什么，阿波罗揭开锡纸给他看，是他做的饭。盘子里盛着类似古斯米*的东西，一小份，只吃掉了四分之一。理查德不禁想起一大份堆得很高的菜，是他过来做客时伊桑巴盛给他的。

这能吃好几天了，阿波罗说。

就这一盘？

对。吃太多的话，就变成婴儿了。

变成婴儿？

会被惯坏。

明白了。

---

* 一种粗麦粉，是阿尔及利亚、摩洛哥东部、突尼斯和利比亚地区的常见主食。

没人知道会发生什么。很有可能又要过没吃没喝的日子，到时候得挺过去。

理查德曾经在电视上看到一个纳粹时期生活在柏林的犹太女孩，她已经知道自己不久后就要被流放到东欧，于是她在零下十二度的天气穿着单鞋而不是靴子去学校——为了去波兰，我要锻炼自己，她在给父母的信里这样写道。两天前，阿波罗给他看盘子里只吃掉四分之一的一小份饭时，理查德就想到了她；那个餐盘就像一张表盘，阿波罗每天吃掉一刻钟，此刻理查德看到它依然在那里，再次想到了她。

我没有家人。我不需要给任何人寄钱。

理查德从未见过阿波罗喝除了水以外的饮料。水龙头里的直饮水，不带气。这里的男人从不喝酒。没人抽烟。没人拥有自己的房子，甚至没有自己的床，他们的衣服来自捐赠。没有汽车，没有立体音响，没有健身房的会员，没有郊游，没有旅行。他们没有妻子，没有孩子，甚至不指望有。事实上，所有难民拥有的只有手机。有的屏幕已经裂了，有的是比较新的型号，有的能上网，有的不能，总之每个人都有一部。Broke the memory（掰断记忆），特里斯坦跟理查德讲过，在利比亚，士兵是如何掰断所有俘虏的手机卡。

明白了，理查德说。

特里斯坦说，我父亲的朋友有可能还活着，可能逃到布基纳法索去了。一个熟人给他发过一条信息。确实是同一个名字，现在他希望这个熟人能搞到这个男人的电话号码。布基纳法索。要是我父亲的朋友真活着的话……特里斯坦说到这里便停下了。

拉希德说：我和我妈妈十三年没见过面了，有时候，我们只能用脸书打电话。她有电脑吗？她没有，是一位邻居的。拉希德要打这种电话的时候，用某种姿势坐着，这样母亲就看不到他眼睛上边的疤了。你怎么样，儿子？很好。有时候她打给我，我不想接——两年了，我要对她说的话从没变过。

我还帮卡里尔在脸书上找他的父母，有两年了，拉希德又说。最近他又坐到我房间哭。理查德想起卡里尔画的画：一艘船，像一弯浅浅的新月，船下是很多很多水。

每一次造访，理查德都感到对这些人来说，比起他们身处其间、等待未来降临的某个国家，在无线网络中更有家的感觉。跨越大陆的由数字和密码组成的网络，为他们永远失去的东西，也为那个未能到来的新起点提供了补偿。属于他们的东西是不可见的，凭空造出的。

拉希德是看到我的手机才认出我的，瘦男人说。他的手机是廉价的塑料壳，用胶带缠着，粉红色，那是个被丢弃的女孩款式的手机。在兰佩杜萨我就拿着它,快三年了,他把手机举高。不过现在有时候会接触不良。他通讯录里有意大利、芬兰、瑞典、法国、比利时的号码,和他一样,都是在欧洲游荡的非洲朋友:有的来自加纳,有的是在利比亚的工地上一起干活儿的,有的是和他乘一艘船来欧洲的,还有他在兰佩杜萨岛的难民营、火车站和某个福利院里认识的人。由于没有工作,所有朋友都没有房子,没有能登记的住址,他们临时证件上的姓名也都只是囫囵转写成拉丁字母的。

要是没有电话号码,怎么重新找到他们呢?

瘦男人今天没有拿扫把,他靠着阳台门,背后的黑色矩形挡住了白天被理所当然地叫作花园的地方。

刚到欧洲时,我和我最好的朋友决定各走各的路,他说。我们的考虑是,如果我们中有一个人走运了,至少能帮助另一个。

理查德想起了小时候很喜欢的格林童话,在那些故事里,兄弟们被父亲派往四方,寻找各自的幸福——他们要找到一位美丽的公主,解决难题,然后赢得遗产。有时候,兄弟们往四个方向射箭,跟随箭矢的方向出发。有时候,王子们在十字路口分道扬镳。还有一些故事里,父亲将儿子们送上马背,大儿子骑黑马,二儿子骑栗色马,小儿子骑白马,他们策马而去，要去天地间证明自己。然后有一天，他们回家了，行装里带着他们斩下的恶龙头颅和黄金，他们已经成为男人，身前的马鞍上坐着他们的新娘。有的故事版本中，他们在外被诅咒，在一片陌生的森林里被变成了动物或石头，或不能说话，或被女巫分尸了煮汤，等待其他兄弟前来解救。在这些童话中，世界总是从分岔路口开始的：故事从那一点开始，走向北、南、东、西。在这些童话中，拯救总会出现。当剑锋开始生锈，你们便知道我有难了。王子们不需要护照。理查德想，就在不久前，外出寻找幸福还是一个德国故事。

39

男人们跟住在他附近的郊区时一样,手机是他们勉强称得上奢侈品的东西,确实是一种奢侈品,但理查德不明白难民为什么需要交通月票。对一个没工作也没钱去博物馆的人,他们为什么不能,比方说,在湖边散散步?如果他们真的要进城,为什么不能黑过去,逃票呢?对啊,这些黑人,他们可以黑过去呀——一想到这儿,他自己笑了起来。退休以来他经常发现自己会这样做。他现在知道原因了:在等待申请结果的这几个月,市政府为难民安排了德语课,有关部门安排了必须参加的面谈,政府要负担他们的交通费。只负责这一段时间,当然不会更久。

我们不会免费赠送任何东西,法律说,铁面的法律。

那么,比方说那个拿笤帚的瘦男人——他拿到了五十七欧元,但不用这钱买车票,而是寄给加纳的母亲,又会怎样?

如果一个黑在这儿的黑人打算在巴士、地铁或城铁上黑过去，头一次被抓到时，他必须和其他初犯一样交四十欧元的罚款，法律这样说。如果第二次被抓到，法律说，会收到处罚令：他得坐牢或者按日计罚。每日罚款要交多少，根据违法者的收入水平来定，最穷的穷人有时候只需要十欧元。第三次被抓住逃票，假如被罚六十个罚款日、每日十欧元，对某个愿意交钱而不愿坐牢的德国人来说，算是很轻的惩罚了。一个德国人受到的处罚要超过九十个罚款日才会被记为犯罪。而对于外国人，满五十个罚款日就会被驱逐——也就是说，一个难民一旦被罚，他的避难申请都会受影响。对外国人来说，哪怕是数目最低的罚款也根本算不上从轻处罚，因为从收到六十日或更少罚款日的那一刻起，他的避难申请就已经被裁定了。

这一切，铁面的法律都知道。

这几周，理查德看到了男人们是如何度日的，他知道在这样的生活中，月票并非奢侈品。

我们和朋友打电话约见面，男人们说。

理查德想起来，清空广场的时候，这群人被分到了三个不同的住处，郊区的养老院只是其中之一，另外两个在腓特烈斯海恩区和威丁区。他们是在奥拉尼亚广场的帐篷里住了半年的朋友，不论是否下雪，不论每天有没有吃的,哪怕某个德国人袭击了救护车,哪怕 476 个人只有四个厕所,而不再是八个。哪怕在慈善协会的大楼里洗澡需要报名排队。哪怕帐篷下有老鼠洞。

你们见面时都会做什么呢?

我们一起做饭。聊天。或者去亚历山大广场,那里有市场。

圣诞市场?

对。

你们在那儿坐过山车和旋转木马吗?

不,他们说,太贵了。但市场很漂亮。

有个男人的头像是一张照片,上边是他和几个朋友一起站在香肠摊前,围着火炉暖手。

我们夏天常去体育场,那里会有人踢球。不过多数时间去奥拉尼亚广场,帐篷现在还在那里。

他们说的是咨询处的帐篷,它的存在是市政府协议上的一部分。帐篷已经被排外的德国人点着了三次,之后又被重新搭建起来。

你们在那儿干什么呢?

站着聊天。

我会永远敬重奥拉尼亚广场,理查德第一次找特里斯坦谈话时,特里斯坦就这么说过。

还有两天就到圣诞节了。理查德打开报纸的时候，想起那个所谓的协议上写着，在不了解欧洲法律的前提下，如果他们在别的国家已首次提交了避难申请，也可以由柏林进行审核。这样他们就可以暂留柏林了。

如果可能的话，协议是这样说的。

当然也只在：法律允许的情况下。

铁面的法律。

遗憾的是，法律不允许。离圣诞节还有两天，法律站起身，关节咯吱作响。理查德在报纸上读到：依据庇护法被划分到马格德堡市的，或位于汉堡市郊集装箱宿舍的，或巴伐利亚某山村的第一批难民，将在年初回到相应的所属地。

几周前刚弄清楚法律规定的理查德当然明白这条规定意味着什么：难民必须前往马格德堡、汉堡或巴伐利亚山村，在那里他们很快就会收到通知——由于他们是经由意大利来到德国的，那么意大利就是唯一一个允许他们生活和工作的欧洲国家。理查德估计，最多只需两三个月，他们就能集齐并分析乌鸫、鸠、雀和椋的指纹。再过两三个月，某个来自马格德堡、巴伐利亚山村或汉堡市郊集装箱宿舍的难民，就能成为一个合法的避难申请者，每个月拿三百欧元，但之后必须一次性永久回到意大利。

男孩女孩同行，回到他们来的地方，网上的大众论坛里写道。

某个难民在他的申请——其实根本不是申请,而是他的人生——被审核的两三个月里,是随便住在某个宿舍,远离自己所有的朋友,还是跟其他人一起留在柏林,这样真的有区别吗?

显然有。

因为这些家伙、这些疯狂的"黑人"说了,他们不愿意拿着这笔鼓励金搬去另一个城市,他们会谢绝这两三笔三百欧,宁愿把钱丢到风里。他们可是有钱得很,这些人都是些毒贩,非洲的黑社会。

是一起住在柏林,还是先被分成三拨,再慢慢继续被分散:其中的区别显而易见。

否则何必要将铁面法律从睡梦中唤醒?

很明显,有区别。

朋友,一个好朋友,是这个世界上最美好的事。男人们的确说过他们宁愿不要钱,如果有必要,甚至愿意非法居留在柏林。但要作为一个集体留下。

罪犯,违法者,这个国家在网上论坛里写道。

在 1930 年大萧条时大唱"朋友,一个好朋友"的男声六人组乐团,有一半成员是犹太血统。三个成员逃到美国得以保存性命,另外三个被当时的帝国文化部收编。从此无人再提友谊。

这些牢骚鬼混在一起,就是气人,柏林的政治人士说。政治人士还说：不能有例外。他们说：不能开先例，不然三天后又多出两百人坐在那广场。

柏林市长每四年选举一次。

我们想要的不只是我们自己的解决方案，拉希德说，是为了在欧洲的所有难民。所以，我们之前在广场上的营地叫抗议营地。法律不能维持现在的样子。

可法律张开它的大嘴，继续张大，大笑，却不发出任何声音。

它诡异地笑够了，充分考虑了所有可能性，然后，铁面的法律说：

在另一个联邦州——比如说柏林——进行延期申请的唯一正当理由是家庭团聚。

可惜这些男人没一个在这里有家人啊，我亲爱、美丽的法律。只有几个朋友。

朋友可不算家人，法律回答说，开始咬牙切齿。

亲爱的法律，你打算怎么样？你到底想要什么？

你觉得呢？

今天的晚餐，法律将吞食手、膝盖、鼻子、嘴巴、脚、眼睛、脑子、肋骨、心脏或牙齿。都一样。

40

德特勒夫和西尔维娅要去他的儿子家，和儿子、前妻及其现任丈夫一起在波茨坦过圣诞节。你们所有人要坐在一棵圣诞树下？德特勒夫两任妻子，德特勒夫第一段关系的儿子，还有两位丈夫。哎呀你知道的，西尔维娅说，一切都过去很久了，况且马尔库斯从中国回柏林了。

考古学家朋友彼得答应他二十岁的女朋友去班贝格，要第一次和她的父母一起过圣诞节。他说，她爸妈比我小五岁。好吧，理查德说，但班贝格应该非常漂亮。当然，彼得说。

那个日耳曼学家莫妮卡和她的大胡子丈夫约克，由于儿媳不打算请他们去过圣诞节，两人订了去佛罗伦萨的机票。你能想象吗，她甚至不收我自己烤的饼干，但我后来悄悄把那盒饼干给孩子了。之前他们俩经常跟理查德和克里斯蒂尔一起度假，后来，自从理查德一个人生活，就没再问过他，可能是因为两个男人对莫妮卡来说太难了。

摄影师安妮把理查德进阶班的学生阿里留在她家已经好几天了，因为还没到第四个降临周，原来的波兰保姆已经起程回老家。

那么怎么样？理查德问。

你想象一下，他从来没有一个人单独住过一间房。

我没法想象，理查德说。别的呢？他能帮上忙吗？

我们俩一起能抬得动我妈。他跟我学了不少东西。

明白，理查德说。

他很好，她说，真的。就是我妈一直害怕他。

都怪该死的纳粹教育，理查德说。

可能吧。

这些东西在上了年纪后会表现得更强烈。

可能吧。在这点上他很努力了。你想象一下，他还吻了我妈的额头，因为他看见我是这样做的。

然后呢，你妈有没有尖叫？

哎呀。我跟他解释了，在德国，只有女儿才能这样做。

理查德知道这是什么感觉，那还是他第一次去美国出差的时候。你好吗？我很好，谢谢，您呢？他礼貌地答复后，售货员、门卫或服务员早已去别的地方了。在超市收款台，买的东西会被无数个袋子包装起来,他帮着打包的时候,收银员无比惊诧地看着他。直饮水很难喝。窗户只能往上推二十厘米,不能完全打开。四月初,大别墅前会直接铺上新的草皮,前后不过一个小时,一切又重新变绿。两三天后,理查德已经完全被陌生感弄晕了。他自己知道如何照顾一个非洲的祖母吗?

纳纳?

去年圣诞节,理查德是和热爱荷尔德林的安德里亚斯一起圆满度过的。没有圣诞树,没有烤鹅,他们一起吃了饭,喝威士忌,看《热情似火》*。这部电影永远看不够,他们在这一点上始终意见一致。安德里亚斯十二月初就出发去疗养了,要待到明年一月底。虽然理查德早就知道,但直到十二月二十三日,看到超市里的空冰柜,他才明白自己是所有朋友中唯一独自过平安夜的人。

通话结束时,拉希德说 no problem(没问题),理查德说 fine(好的),挂断电话没一会儿,他已经站在门口系鞋带,还看了看表,希望某个圣诞树商店还开着门,什么地方会有一只因为很贵而没人买的有机

---

* 《热情似火》(*Some Like it Hot*),1959 年上映的美国电影。

鹅。圣诞树不用太大，但必须有，一棵在客厅里的、真正的冷杉树，一个从尼日利亚来的人一定没见过。那棵冷杉树一点都不小，所有地方的鹅都卖光了，不过至少还有几只鹅腿，带着酱汁打包好，配上即食面丸子*，一罐施普雷瓦尔德紫甘蓝——浇一点醋和两只丁香，味道就像自己家做的，这是妻子健在时，年复一年的圣诞台词。二十三号晚要摆上圣诞树，让它伸展开，这是他自己直到五年前的圣诞台词。理查德嘴里咒骂着，哪怕已经用斧头把树干削尖了，树还是放不进沉重的铸铁底座，他总会匍匐在树下，把树枝最长的那侧转到旁边，这样就不会挡住去阳台的门。把纸箱从仓库拿上来，五年前去世的克里斯蒂尔的笔迹还在纸箱上：降临节。把天使摆在房子各处，还有胡桃夹子、星星。所有这些动作他都记得很清楚，他对这些本来永远不会再做的动作依旧惊人地娴熟。在最终的结束降临、一切归于黑暗之前，那些本无机会从储藏区被翻找出的记忆当中，还有什么在暗影里伺机等待着他？

虽然第四个降临周已经过去，但为了明天和那位异乡人解释什么是降临节，他还是往那个在客厅里放

---

* Serviettenknödel，一种用土豆或面粉做成的小饼，常出现在德国的圣诞餐桌上。

了五年的玻璃花环上插了四支红蜡烛。二十四号上午，他装饰了圣诞树，鹅腿进了烤箱，终于开始搭厄尔士圣诞金字塔了。金字塔放在桌上，最顶上的螺旋桨比他还高出十厘米。木质的小天使们在最上层，中间那层是圣母玛利亚、约瑟夫，牛、驴、羊羔、牧人、东方三博士，当然还有马槽，里边有一个很小的耶稣。在金字塔不见天日的部分，是一座矿工小教堂，那是金字塔最大、最基础的一层。如果搭的时候没有平衡好，一个不平衡的天使就会将一切——包括矿工——甩出去；相反，如果一个矿工比另一边工友的横笛重几克，那么这个矿工不仅会让他的工友们，还会让玛利亚、约瑟夫甚至是天堂上的人物都坍塌下去——是的，如果手不灵巧，掉下去的人物会从一个脆弱的分层板波及另一个，从上到下或从下往上，殃及圣家族，羊羔压到小耶稣身上，玛利亚掉入矿井，身着浅蓝色圣母服的身影落入由已经滑下去的厄尔士号手、鼓手和乐团指挥组成的混乱中，然后跌向一旁，乐手的乐器和天上掉下来的脸蛋红彤彤的小天使们的圣光交叠在一起——而这一切只是因为理查德一时走神，或因为他的手比已故的妻子那双负责搭金字塔的手大太多，在忙碌中碰到了哪里，或者只是因为他错估了人物的重量。

41

平安夜即将到来的这个下午,世界像是被清扫一空。在避难申请者宿舍到柏林市郊的路上,拉希德看向车窗外:这块地是属于政府的吗?不,我觉得应该不是,理查德说。容克之地交于农民之手。*他解释得了什么是土地改革,但1989年后民主德国的土地政策发生了什么变化,他自己也不知道。社会主义集体能如此轻易地变成有限责任公司吗?计划经济和康采恩有相似之处吗?有机会的话,他一定要向他的经济学教授朋友托马斯问清楚。理查德家车库的铁门自动打开时,拉希德说:我之前装过这种门——这就是我的工作。拉希德看到了门前的湖,问:这湖多长时间了?理查德没明白这个问题。我是说,这湖是什么时候做的?有谁会做一个湖呢?那是政府做的?不,理

---

* "二战"后,德国的苏占区进行了土地改革,为了打击容克地主,提出该口号。

查德说,这湖已经存在几百万年了,上一个冰河期就在这儿了。几百万年,真的吗?拉希德问,不可思议地摇着头。

此刻,母亲是新教徒的无神论者理查德,和他的穆斯林客人,站在一棵点亮的异教圣诞树前,在上边,按理查德和妻子之前的规定,只插真正的蜡做成的蜡烛。托马斯教堂合唱团开始唱歌,鹅腿正在保温,丸子马上就漂起来了,醋和丁香很快会加进紫甘蓝。现在,因为他没准备礼物,他让这位客人从衣柜里找一件夹克出来试穿。他找到了一件,理查德穿着总是嫌大,但很适合雷神,他很喜欢。Thank you, I really appreciate that.(谢谢,我真的很感激。)为了方便,他们坐在厨房吃饭,哪怕不太有节日气氛——no, what do you think, I like it, it's nice here, very nice! But what about the burning candles on the tree?(怎么会,你怎么这么想呢,我喜欢,这很好,特别好!不过树上点着的蜡烛怎么办?)拉希德说。别怕,蜡烛燃尽会自己灭掉的,理查德说,表现得似乎对这西边的发明早已习以为常。拉希德应该很喜欢这饭菜,尼日利亚长紫甘蓝吗?之后,理查德带着客人像在逐间参观圣诞博物馆:一个又一个天使,这颗星星是什么意思,什么是降临节花环,他跟他解释着,最后,他点燃了窗户旁圣诞金字塔上的蜡烛。拉希德显然难以相信,这个神奇的物件竟然只是靠蜡烛的热气运转的,他看了看摆着金字塔的桌子后边,试着找到插头、电线。理查德跟他解释热气上升的原理,展示带动旋转的螺旋桨上的薄片。拉希德看了好一会儿,看矿工、家畜、牧人、东方三博士、圣母玛利亚、马厩里的孩子、约瑟夫和最上边的天使如何在他面前转了一圈又一圈。

You know, Jesus also is a prophet in the Quran. (你知道吗,约瑟夫也是《古兰经》里的先知。)

我知道,我知道,理查德说,想到伊斯兰教的五支柱。

而且有一个人是黑人,理查德指着三博士中的一个说。

对,加斯帕,拉希德说。

这金字塔是你做的?拉希德问。

不是,理查德说,蜡烛熄灭了,他向拉希德解释厄尔士金字塔线锯工艺的独特之处。

他们走到外边的露台上待了一会儿,透透气。

几年前有一次,妻子把烤鹅放在外边,放在一张紧靠窗户的桌子上晾凉,因为烤架放不进冰箱。他们要热鹅的时候,发现那鹅连架子不见了。他那时想到,统一后的几年里,德国真的有人太穷了,穷到要偷别人家过节的食物。两栋房之外的邻居家的烤架也不见了。小偷在雪里的足迹清晰可见,但他和邻居没有报警。

今年的圣诞节没有下雪,气温也有零上好几度,昨天下了小雨,今天的夜空很晴朗,刚出现的星星都清晰可见。

我儿子快三岁,女儿也已经五岁了,拉希德说。

他们还在那边吗?理查德问。

我是从卡杜纳出逃的,先到阿加德兹,打算从那儿出发去利比亚,那时我甚至不知道工匠用阿拉伯语或英语怎么说,拉希德说。我是一个工匠。

我们回屋吧?理查德提议。

在的黎波里,我们也有一个这样的客厅,跟这里一样的会客厅,还有三个卧室、走廊、浴室和厨房,拉希德说。他们进屋坐在沙发上。金字塔静止不动了。拉希德不喝啤酒,理查德便煮了一壶薄荷茶,他点燃了四根红色蜡烛,哪怕降临节已经过去了。

早餐总会有山药、青香蕉或者鸡蛋。

我们八点出门,我送孩子上学。阿迈德,他快三岁了,还有阿米娜,五岁。从家到学校差不多相当于从奥拉尼亚广场到威丁区。我太太要去另外一个城区上班。

我的公司就在学校附近。两栋楼,楼的外墙没有刷水泥，不过里边有。还有个院子。差不多和我在卡杜纳工作的公司一样大。月租是五百第纳尔，大概相当于三百欧元。

十二点半或者一点钟，孩子们放学，来找我。阿迈德和阿米娜。为了在我这儿玩耍，他们脱下校服，换上平时的衣服，玩到回家。我总是很小心，不让他们去车间玩，怕金属的粉尘会进到他们的眼睛里。

有时候我妻子会在下午接上我们，有时候我们到家才见面。

晚饭都是我做。我让小儿子从我盘子里多吃一点。之后孩子们上床睡觉。我们大概在十点半也会去睡觉。有时候夜里，小儿子会过来找我们一次。儿子总做梦。阿迈德。我就让他睡我身边，夜里剩下的时间，我太太去儿童房和我们的女儿一起睡。阿米娜。

他的薄荷茶恐怕已经凉了。理查德安静地坐着，完全忘了还有那杯茶。他知道，拉希德讲的这种故事就像一个礼物。

之前有一次动乱，我们在家里待了五天都没出门。

但那一天，刚开始一切很正常。我做了一扇车库入口用的金属大门。做这样的大门我需要两天。刚到下午，门被取走，我拿到了第三笔尾款，五百第纳尔。孩子们在院子里玩。

之后太太从她上班的地方跟我打电话，说那边出了事，她不敢一个人回家。我说：我去接你。我那时不知道，我公司所在的那个区已经被封锁了。我们出不去。士兵把我、我的孩子们和另外三个黑人同事带到他们的营地。当时阿迈德快三岁了，阿米娜五岁。

理查德正听到的这些内容，以前他曾听到过破碎的只言片语，是特里斯坦告诉他的：街上到处都是尸体。到处都是血。板房。不只有男人，还有女人、小孩、婴儿和老人。Broke the memory.（掰断记忆。）拉希德说，士兵们把我靠那扇门挣来的钱，还有裤兜里的所有零钱都拿走了。我还穿着工装。其实当时我在利比亚还有一个银行账户，可能现在还在。账号是2074。

理查德看着静静燃烧的红色蜡烛，点了点头，虽然这个点头没有任何意义。

我们在板房里住了五天，欧洲人在空袭，我们很害怕，担心轰炸机会把我们的营地当成军火库。孩子们吓坏了，我不知道该怎么向他们解释为什么妈妈不在。

五天后，我们不得不上船。一共八百个人。当时扎伊尔也在。欧洲人轰炸我们，我们就用黑人轰炸他们，卡扎菲说。我们用黑人去轰炸欧洲。

拉希德看上去非常疲惫，理查德忍不住问他，需不需要躺一会儿。

不，不，拉希德说。我晚上经常睡不着觉，但是没事的。

有一个人从船上跳下去，试图游回岸边，他们把他击毙在水里。

刚开始的七天，船上的食物和水还够。本来不多，最后我们成年人不吃不喝，把剩下的都给孩子们。

接着指南针坏了。

有三天时间，我们只能漫无方向地转圈。夜里，船长没注意到那些浮标，船蹭到了一块岩石，发动机坏了。恐慌开始了。

船剧烈地摇晃了两天，我们无法控制方向，不知道会去哪儿。

一共五天没吃没喝。所有人都很不好。有几个死了。还活着的完全没了力气。我太虚弱了，太虚弱了。我看一切都是模模糊糊的。

之后一艘救生船突然出现了。

开始骚动。救生船想帮我们，给我们扔过来一些食物和矿泉水，所有人都抢着接东西，船开始剧烈地摇晃。

然后船突然翻了。

就是这样。

一瞬间的事。

太快了。

不到五分钟，不用更久，五分钟之内，几百个人，几百个人死了。那些刚才还坐在我旁边的人，还和我说过话的人。

Cut（切断），理查德想，Cut（切断）。

我不会游泳，但我抓到了一条绳子。

我有时候在水上，有时候在水下。

在水下时我能看到很多尸体。

拉希德沉默了一会儿。理查德不需要问什么。降临节蜡烛在燃烧。金字塔很暗，立在那里。

八百个人里大概有五百五十个淹死了，大部分人不会游泳。甲板下的人没法立即出来，那里很快灌满了水。渔民们开着快艇来帮我们，但当时很多人已经死了。由于那些残骸，大救生船无法接近。渔民把我们拉到船上。所有人都在哭和喊。我们，渔民。一个男孩被救起来了，但他的父母兄弟都被淹死了。很多人在找丈夫、妻子。所有人都在哭和喊。

到岸上一周后，我夜里醒来还会以为自己在水里。我妻子，当时在的黎波里我没能接她下班，联合国把她从一个办公室里救了出来。我不得不在阿格里真托的电话亭里告诉她发生了什么。一年前她跟我离婚了。

现在她住在卡杜纳,有了新的丈夫。她又怀孕了。

直到今天我还时常想,我们的孩子会不会突然推门进来。

一阵很长的停顿,两个男人盯着漆黑的电视屏幕,似乎那上边有什么可看的。理查德说:

你能不能给我画一下那天你刚做完的门?

当然可以,拉希德说,这以前就是我的工作。

他在理查德从书桌取来的小方格本上开始画第一条线的时候,说:

You know—the measurement is always the first thing to do.(你知道——测量永远是要做的第一件事。)

然后他画,修改,继续画,直到理查德清楚地认出门的样子,这是拉希德作为工匠最后一次受委托制作的门,那扇门一定还在守护着利比亚的某处房产。

And in the end I put the design in the middle.(最后,我把纹饰放在正中间。)如果你能看到我工作,拉希德说——理查德现在意识到,这个工匠一直被自己称呼为"雷神"是完全有资格的——如果你看到我工作,你会看到一个完全不一样的拉希德。A complete other Raschid.(一个完全不一样的拉希德。)你知道吗,他说,这份工作对我来说就像呼吸一样自然。

42

跨年夜前,波兰保姆回到柏林安妮家工作了。

安妮说,她是想和家人在波兰多待几天的,但你知道的,我妈妈和阿里——

好吧,太遗憾了,拉希德说。

圣诞节那天其实挺好的,安妮说,我给你发张照片。

晚上理查德在电脑上看到了那张照片:左边的圣诞树旁是安妮九十岁的母亲,在轮椅里坐着,一条毯子搭在膝盖上,她的头转向一边,让人觉得似乎正透过厚厚的镜片开心地看着坐在圣诞树右边的阿里。阿里微笑着。这张圣诞混搭照看上去一派和气,即使里面有一位来自东方的黑皮肤皇帝,它依然和其他纯种白人阵容的德式圣诞节的照片一样,从中绝无可能看出按下快门瞬间的前后,人们避忌或争执着什么话题。

安妮在邮件里说,有一次她问阿里为什么他德语讲得这么好，阿里这样回答她：因为德语是他通向这个国家的桥梁。他说的真是的通向这个国家的桥梁，她写道。他真有难以置信的天赋。要是有条件的话，他可能早就开始学医了。

圣诞节到元旦的那周，莫妮卡和约克从意大利回来了。他们请理查德、德特勒夫和西尔维娅去喝咖啡，向他们展示照片，分享佛罗伦萨的见闻。他们讲了乔托钟楼，讲了米开朗琪罗美丽的大卫，讲了那里的教堂四处都搭建有圣诞马槽：布景很完整，就像是火车模型世界！他们讲了那里吃的东西：提供四十种水牛莫泽瑞拉干酪的餐厅！还讲了圣诞节那天酒店布置得如何美妙：大大减少了我们自己的工作量！装饰一整条街的灯带——看着它们真的会让人头晕目眩！那些巨大的圣诞树——装饰得太梦幻了！不过，有很多非洲人。到处都是。去阿雷佐时，他们说，我们租了一辆车，约克无论如何要去看皮耶罗·德拉·弗朗切斯卡的画，当时我们想，经过托斯卡纳的沿途风景应该会很美，我们专门挑了一条国道，路上甚至还有雪。不过你们知道吗，在一个很偏僻的地方有几个黑皮肤女人站街揽客，非洲女人！在根本没人路过的地方。她们穿着靴子和短夹克。就这样在那么冷的天，在雪里站着，好几个人！可真有点吓人。

理查德最近也认识了一些在这里勉力维生的难民,西尔维娅说着,把存照片的平板电脑递向她丈夫。

啊,真的吗?大胡子约克说。

莫妮卡加了一句:你一定要小心,她们会携带传染病,肝炎、伤寒和艾滋病。至少我这么听说过。

他们都是男人,西尔维娅说。

这样啊,莫妮卡说。

理查德没说话,他看着德特勒夫刚递给他的屏幕。照片上的女人远离彼此分散地站着,就像棋子散布在广阔的雪地风景中,排布在路边或微微凸起的小山丘顶上等待着。

那里一个顾客都没有,莫妮卡说。

下一张图换成了阿雷佐一个教堂的湿壁画:一个女人跪在另一个女人身后,后者的裙子有长长的白色裙裾,人们只能从她的手势读出她问对方的问题。

我从没想过,就这么开车去了那个教堂,约克说。

这可是真正的旅行自由啊,他的妻子莫妮卡说。

圣诞节到元旦的那周,考古学家也从二十岁的女朋友家回来了。他和理查德一起坐在沙发上,手里拿着一杯威士忌,说:跨年夜跟我一起去玛丽女友家的派对吧,不然我就是那里唯一的老年人。

她家人怎么样?

不好说,他说,我觉得他们把我当成变态。

毕竟是他们的女儿。

反正她父亲很嫉妒,彼得说,她母亲好像对我颇有好感。

那幸好他们住得很远。

是,那是肯定。彼得喝了一口。

最重要的是,你们俩相处得不错。

你说得对。那你跟我一起去派对吗?

没问题,理查德说。

圣诞节到元旦的那周,奥萨罗伯也终于从意大利回来了。

理查德请他到家里来,用钢琴为他弹《雪花静飘》,并尽他所能为他唱歌。痛苦和伤害安静地沉默,他唱着,并为奥萨罗伯翻译歌词。圣诞节应该是个高兴的节日,他说。

Okay(好的),奥萨罗伯说。

你在意大利怎么样?

就那样,奥萨罗伯说。

你去了哪个城市?

米兰。

很好啊,理查德说。

就那样,奥萨罗伯说。只要我在他们旁边坐下,地铁里的意大利人就站起来,坐到别的地方去。

理查德想起,他和奥萨罗伯第一次见面时他已经跟他说过了。

他们觉得我是个罪犯。所有黑人。

我不这么觉得。

可事实就是如此。我们到底是不是罪犯,没有什么区别。

当然有区别,理查德说,至少你在意大利拿到证件了吧?

对,八周后就可以去取了。

怎么——还得再去一趟?

对。

要花多少钱?

坐大巴要一百欧。

往返一共两百欧?

对。奥萨罗伯突然弹了几个高音。Marca da Bollo(税单)八十欧。

因为那些证件?

对,奥萨罗伯说。扑铃,扑铃,扑铃。另外还得有一个意大利住址。

什么意思?

有人会给我一个住址,还要花两百欧。

私人向你们收费?

就是某个有房子的 African guy（非洲人）。我之后去那儿住，住到预约好的日子，有人要去查。

理查德真想知道，供需关系是否也是自然法则。

这就意味着，他对奥萨罗伯大声说，来回两趟的路费，地址和手续费，一共需要六百八十欧？

对。

那你吃饭靠什么？

奥萨罗伯耸耸肩。

这可比你在这儿两个月拿到的生活费还要多。

去年春天我的 permesso（许可）就到期了。可是我当时一点钱都没有。

什么许可？

就是那个证件，那个许可，意大利的 permesso di soggiorno（居留许可）。

真的需要这个证件吗？

不然我们就没有任何身份证明。没有 permesso（许可）就没有医疗保险。

你们是在意大利人的医保？

对。

明白了，那么你就住在那个 African guy（非洲人）那里？

住到预约那天。

之后呢？

就那样，奥萨罗伯说，敲了几下低音，生活很疯狂。

你睡在街上吗？

奥萨罗伯没有回答。扑铃，扑铃，扑铃。六百年前，西方音乐传统中就已经禁止了平行五度音。

理查德这才想起来，他为这个未来的街头音乐家准备了一个圣诞礼物——折叠钢琴。他差点忘了。

I appreciate that very much.（真的非常感谢。）

他们在餐桌上把它展开，插上插头，试了几个音色：打击乐、英国管、萨克斯管和竖琴。

这琴也可以装电池，理查德说。

Oh, very good.（啊，太好了。）

用这个键，可以设置一个节奏，比如恰恰和探戈，理查德说。

在华尔兹和进行曲的停顿间隙，门铃响了。是西尔维娅和德特勒夫，他们说突发奇想，决定来拜访他。

你在干什么呢，开探戈舞会吗？这是西尔维娅和德特勒夫，他一边带他们进厨房一边对奥萨罗伯说，我认识最久的两个朋友，这是奥萨罗伯。

奥萨罗伯起身和他们二人握手，但他的眼神飘忽不定，在这两个陌生人一起进门的时候，他似乎想去别的地方。

你继续弹吧，理查德说，我们去客厅聊一会儿，然后我送你回家。

不，不，奥萨罗伯说，it's okay（没事）。我坐城铁。

你有月票吗？

奥萨罗伯摇摇头。

奥萨罗伯在门口穿鞋的时候，理查德从钱包里拿出来六十欧——最便宜的月票是五十七欧，适用于每天上午十点前要坐公交和地铁的人。对"哈茨四号"方案的失业者和避难申请者会有优惠，但不适用于没有避难申请资格的难民。他往奥萨罗伯手上塞了两张纸钞，把装着折叠钢琴的包递给他。

你认得路吧？

认得，认得。奥萨罗伯看着地板，说：God bless you（上帝保佑你）。

别客气。

圣诞清唱剧怎么样呢？理查德回到客厅，问他的朋友。之前那位年轻人的突然离开让他感到失落，他就把那两张票给了朋友们。

哇，真的太棒了，西尔维娅说。

那个有回音的咏叹调唱得太好了，德特勒夫说，他们安排了另一个女歌手站在唱诗班旁边的小台子上。

好主意，理查德说。

43

跨年夜的前一天下雪了。理查德为拉希德、阿波罗和伊桑巴这三个他已经得知在一月一日过生日的人准备了三件颜色不同的毛衣作为生日礼物。他拎着大购物袋,踏着沉重的步伐,正准备从宿舍门口穿过院子,就认出了那个在寒冷中坐在长椅上的身形,是个瘦男人。How are you?(你好吗?)Good.(很好。)在外边的长椅上坐着不冷吗?我在等你。他们已经好几周没见了,这个瘦男人怎么知道他今天会穿过院子?不过无所谓了。

Can I show you something?(我可以给你看个东西吗?)

当然。

瘦男人从夹克胸前的口袋里拿出一张警察的传讯:接受身份鉴定。

到底发生什么了?

他们前天在亚历山大广场查了我的证件，还说照片上的人不是我。

他和照片上的男人看上去真的完全不一样，可能这个瘦男人之前不像现在这么瘦。理查德看到上面的名字：卡隆·阿努伯。

你真的叫卡隆？

对，瘦男人说。

中心警察局，一〇四房间，吕普科女士，周一到周五，上午九点到下午四点，无须预约——纸上这样写着。

我开车送你去，理查德说。

与柏林的第一场雪后一样，今天城里堵车，有轨电车大敞着门停在轨道上，后边的汽车司机大嚷着。尖锐的鸣笛声和烟花突然炸开的声音此起彼伏，有些人等不及过跨年夜了。理查德带着卡隆，花了一个半小时穿过柏林，从斯潘道去中心警察局。请右转，请左转，请直行到转盘处，从第二个出口出去。

谢谢你带我过来，卡隆说，不然我还得买车票。

你有月票吗？

Noramlly I sent 150 Euro to my mom, my sister and my brothers.（我平时每个月给我妈妈、姐妹和兄弟汇一百五十欧。）但这个月我还要多汇五十。我弟弟在地里干活儿被镰刀伤了,他得去医院。

我很遗憾。没有别人能帮他吗?

Culture(文化),瘦男人说。

文化?

就是说,这是应该的:长子必须照顾家人。

因为妻子的缘故,理查德曾作为家属参加过匿名戒酒互助会,那里的男人和女人也讲了类似的故事,总是从某个简单的点开始,总是以困难结束。那只仓鼠溜进嵌在墙里的衣柜不出来,所以必须彻底拆掉那面墙,在很多年都没人看到的最下面那层,在那些衣服下面,有什么?——酗酒的日子留下的无数空酒瓶。突然间瘾又上来了。

影响都是间接的,从不是直接的,理查德想,过去这段时间他经常这样想。

你弟弟多大了?

十三岁,瘦男人说。

米特区的中心警察局发出的传讯上写着:周一到周五,上午九点到下午四点,无须预约。他们到的时候是周二下午三点二十五分。窗口的女人说,吕普科女士今天不在。为什么不在?出警去了。但这里写着:周一到周五,上午九点到下午四点,无须预约。理查德生气极了,气得他按缩写读出了vorh,把h用气口大声读了出来。*我已经跟您说过了,吕普科女士不在。那怎么办呢?您得再来一趟,抱歉。今天要是阿努伯先生自己一个人过来的呢,从斯潘道?一来一回,从A区到B区?我非常抱歉。理查德看得出来,这位警员不觉得抱歉,更别说非常抱歉了。今天和吕普科女士肯定是说不上话了。

他们回到斯潘道的时候,天已经黑了,理查德已经没有心情为三个寿星提前过生日,在回去的路上他就决定把送毛衣推迟到新年后。瘦男人在宿舍楼门口下车之前,他们坐着聊了几分钟。

如果面谈后不能留在德国,我该去哪儿呢?卡隆说,我在意大利什么地方能找到工作?我怎么养活母亲和兄弟姐妹?这世上哪里能有一个给我安静躺下睡觉的地方呢?这是个大问题,卡隆说。我没有妻子和孩子,他说——我很渺小。但问题却很大,它有很多妻子和很多孩子。

非洲人得在非洲解决他们的问题,理查德最近总听人这样说。他还听说:德国接收了这么多难民,真是非常慷慨。同时他们又说:我们可养不起整个非洲。

---

* "无须预约"的德语原文为 ohne vorh. Anmeldung,其中 vorh. 是 vorherige 的缩写形式。

还有：经济难民和申请避难的骗子挤占了真正的战争难民——也就是直接到德国来的战争难民——在避难申请者宿舍的位置。

最好把问题在非洲解决。理查德设想了一下他这几个月认识的男人们的待办事项会是什么样：

他自己的待办列表会写：

安排修理工修洗碗机
和泌尿科大夫约时间
查电表

而卡隆的列表会写：

在加纳废除贪污、裙带关系和非法童工

阿波罗的是：

提起对阿海珐集团（法国）的诉讼
在尼日尔设立不受外资控制和压榨的新政府
成立图阿雷格国家阿扎瓦德（和约瑟夫谈谈）

拉希德的会有：

> 尼日利亚不同信仰的人互相和解
>
> 说服博科圣地放弃武力

最后还有不识字、穿金鞋的赫尔墨斯和未来要成为护工的阿里,他们一起考虑这两个任务:

> 禁止向乍得出售武器
>
> 禁止在乍得开采石油和出口

理查德问卡隆,要想在加纳独立养活一家人,需要有多大一块地?

卡隆想了想,然后说:大概三分之一个奥拉尼亚广场那么大。

这块地要多少钱?

卡隆又想了一下,说:我觉得需要两三千欧。

一年半以前,理查德差点就买下一个冲浪板(1495欧),但他还没做出决定,秋天就到了,而上一个夏天,那个男人的溺水和失踪成为他买冲浪板的最大阻力。用这笔钱买个扫地机器人(799欧)一定是个好主意,或者为他和朋友安德里亚斯的电影之夜买个投影仪(1167欧)。要是克里斯蒂尔还在,他们可能会在圣诞节买一个摄影机(1545欧)或者买个内存够大的平板电脑(709欧),旅行的时候比电脑更便携——

这些东西他都能轻易放弃。而他的计划，在春天买一辆除草车（999欧到2999欧），其实已经确定了。

至少五分钟前还是这样。

你刚才说你家有几口人？

我妈妈、我姐姐和两个弟弟。

就是四口人？

对。

他们在这样一块地上会种些什么？

大蕉，木薯。

这些就够他们独立生活了？

我母亲会把收成的一部分卖掉，或者拿去换她需要的东西，剩下的留着自己吃。

如果我为你家人买这么一块地，你觉得怎么样？

理查德期待的是这个非洲人先是不相信，接着激动得说不出话，最后非常快乐——因为减轻了负担而蹦起来拥抱理查德，或者至少感动得落泪。

但他期待的没有一样发生。

卡隆非常冷静、严肃，看上去他在努力思考。

你至少不用再担心你家人了。

卡隆还是什么都没说。

怎么了？

到第一次收成，还要等一年。

卡隆说得很有道理。

但理查德明白了另一件事：卡隆的担忧已经完全吞噬了他，他甚至会对希望感到害怕。

44

跨年夜。彼得二十岁女友的年轻朋友们一直在跳舞，喝酒，聊发型、国际影院上映的新片、一位女歌手的胡子、理查德从未听说过的乐队，还有理查德·瓦格纳、哈利·波特、克尔凯郭尔、弗吉尼亚·伍尔夫、英俊的男人，以及亚历山大广场的新购物中心。有些客人在热吻，几小时后开始闹别扭，一个女孩在临近午夜时哭了起来，需要她最好的朋友安慰和拥抱，一个年轻男人喝多了，在去阳台的路上绊倒在门槛上，摔倒，流血不止，于是在旧年的最后一刻，他的鼻子上横着贴了一块创可贴。理查德像这么年轻的时候，是多久以前？他的朋友彼得状态很好，和他的女友——她有个动人的名字叫玛丽——伴着皇后乐队的《我们是冠军》跳舞。这首歌会让她年长三十岁的男朋友回想起自己的青年时代，理查德想，玛丽放这首歌是出于好心，还是她真的喜欢？

十二点，香槟的软木塞准时弹开，客人们互相拥抱，烟花绽放，仙女棒摇曳。一年的开始意味着什么呢？理查德站在那儿问自己。他一直不太明白，在那决定性的最后一秒，究竟是什么东西离一个人远去了——而与此同时，一些完全未知的新事物突然出现。过去几年，他经常试着在午夜把精神集中于这一刹那即将到来的未来。可人怎么能专注于一件还不知道的事？谁将死去？谁会出生？他年纪越大，越是庆幸他和别人一样对可能发生的事情知之甚少。

新年的第一天是个周三。柏林外管局大部分工作人员都借着跨年试图把两天的假期变成将近一周。直到周一，也就是一月六日，他们才回到办公室，把滚动印章上的年份推一格，翻动纸张和文件夹，往电脑里打字，周二寄出一些信。周三，八号，斯潘道的宿舍、腓特烈斯海因和威丁的宿舍收到了第一批的一百零八个名字，他们必须在十号即周五的早晨离开居住的宿舍，回到马格德堡市、汉堡市郊的集装箱或巴伐利亚州的山村，回到两年多前不懂欧洲和德国的规定时，随意提交了避难申请的地方。两年前，他们从这些地方动身来柏林，因为不被允许独立生活乃至在德国流动（在申请程序期间）而发起抗议。法律一直都是那个法律，只不过在周五早上八点，它开始行动了。

虽然不能强制将名单上的难民送往负责接管他们的地方,但至少,清空他们如今在柏林的宿舍是警察的事了。

拉希德拍下这个名单,周四发给了理查德。斯潘道宿舍有十二个人在名单上,包括眼睛有点斜视的歌手阿不都沙拉木,他才刚开始学写字,还有和拉希德在一条船上的扎伊尔,船翻后他扒住船舷的栏杆才得以幸存。还有一个名字,理查德实在不愿意看到:奥萨罗伯。理查德现在才明白,为什么和市政府签协议的时候列出难民的名字是个很重要的条件:只有知道了名字,他们才能把名字填到这样的名单上。只要他们知道了难民的名字,就能做出一份这样的名单。从周四到周五的那晚理查德睡得不安稳,五点就醒了。奥萨罗伯现在要去哪儿呢?

理查德来到斯潘道的时候将近八点,已经有二十辆警车停在宿舍门口,还有几辆在附近的车位,金属围栏将宿舍的入口围住。几个当地居民站在门口的人行道边,其中还有女人和小孩。不行,现在不能进楼,门卫说,你到底要找谁?找拉希德,他说,指着他看到的雷神,他正站在院子里一群难民中间,边比画着边说话。不行,今天这里不允许任何访客进入,有人告诉理查德。就在这时，拉希德发现了他，还注意到自己的客人不能进来，他开始怒吼。他来这儿又不是探监！我不是罪犯！你们不能禁止朋友过来拜访！这时，楼前的警车里下来几个全副武装的警察：作训服、带面罩的头盔、警棍和手枪。他们前进时，大地在他们脚下隆隆震动。他们在难民申请者宿舍门前站成四排。理查德想，就为了把十二个非洲难民抬出这样一个宿舍，真的有必要派出四十个重装警力吗？更不要说旁边还有约一百五十人在车里等待行动信号。此刻他就知道，明天的报纸上会登出这次行动的开销，而这笔开支会被人人皆会计的国民归到被转移的对象头上，正如曾经的德国在转移另一些人时所发生那样。

理查德想，一条界线也可以在某个地方突然被标出来，可以在一个本没有界线的地方突然出现——过去几年在利比亚国界引发战争的东西，也曾在摩洛哥或尼日尔的国界出现，而现在它就在柏林斯潘道。之前只有一栋房子、一条人行道和一种日常生活的地方，这么一条界线突然开始萌芽，蔓生，如此突然，就像疾病。

跨年那晚，他和彼得站在玛丽朋友家的阳台上回望旧时光的黑暗，它即将成为新一年的黑暗，彼得告诉他，对于印加人来说，宇宙的中心不是一个点，而是一条线，把宇宙分成了两个部分。理查德在难民宿舍入口处看到的或许也是一条这样的线。对峙的两群人，是否就像宇宙的两边，本属于一体，却不可避免地被分开？难道那条裂缝其实是个无底深渊，因此它能释放出如此激烈的湍流？它分开的是黑和白，贫穷和富有，陌生人和朋友？没有父亲的人和父亲还活着的人？鬈发的人和直发的人？把自己的食物叫作富富的人和把食物叫作红烧肉的人？喜欢穿黄红绿色T恤的人和喜欢系领带的人？喜欢喝水的人和喜欢喝啤酒的人？还是一种语言和另一种语言？在这样一个宇宙里究竟有多少界线？或者说，真实的、决定性的界线是什么？也许是生与死的界线？星空和我们每天行走其上的大地之间的界线？一天和下一天的界线？还是青蛙和鸟的界线？水和地的界线？布满音乐的空气和没有音乐的空气之间的界线？影子的黑和煤炭的黑的界线？三片叶子和四片叶子的幸运草之间的界线？皮毛和鳞片之间的界线？还是每当人们把某个人、某个动物或植物当作一整个宇宙时，里与外的界线？理查德跟他体内的器官和血肉迄今相处和谐，它们让他得以维持生命，不仅是他自己，还有他脑子里的各种想法，关于海伦之美，或者切洋葱的最佳方式。

如果细细查看所有可能的界线，会发现一个人和另一个人之间的差异小得可怜，那条突然出现在柏林某避难申请者宿舍门口的界线，也根本不是什么天堑，在宇宙的层面想必根本不存在任何区别，也不该被分开，因为在各种语言中被所有人叫作皮肤的材料，毕竟只有为数不多的几种颜色，这里正在上演的暴力根本不是宇宙中心风暴的预兆，它的基础只是一种怪异的误解，一种将人们一分为二的误解，这种误解让人们看不清一个星球的呼吸比他们中任何一个人的呼吸要长多少。人的躯体上穿的是救济院送的裤子、夹克，或名牌毛衣，是一条便宜或昂贵的裙子，是制服加头盔面罩，无论怎样穿着，衣服下面都是赤裸的，并且，很可能也都会享受几次阳光，几次风霜雨雪，品尝到美味佳肴，离世之前会爱上一个人，或许也被爱。世界上生长和流动的一切一向足够所有人用，可从那二十辆警车可以看出，这里正进行着一场生存之战。被安排到这里的警察，真的是为了那些贫穷的德国人，穷到把偷来的烤鹅摆上节日餐桌的人吗？应该不是，理查德想，不然他肯定早就能在某处银行门口看到二十辆警车和全副武装的警察将贪污百万巨款的经理带出来。是的，他想，这里发生的一切就像戏剧，这就是戏剧——一个人造的场景，遮蔽了真实存在的场景。观众们朝被献祭的人喊着剧场提示语，角斗士应提示语将自己真实的生命带进角斗场。难道柏林人竟然忘记了,界线不只是出于双方体量的悬殊,界线也制造出对手?

拉希德大喊他受够了,他要烧掉一切,把这栋房子摧毁,把它炸上天,打碎家具,掀开房顶,踹开房门。拉希德在院子里喊着这样的话,理查德在外边站着,听到宿舍主管和他的助手小声商量,现在是不是时候把这个疯子撵出去。接着,四十个全副武装的警察组成的队伍开始移动了。他们迈着整齐的步伐,却没有迈向拉希德,而是提前转弯,迅速消失在前边的那栋楼,理查德知道那里没有难民住,只有一个管理员办公室。几分钟后,他们迈着整齐的步伐又出来了,站在大门前他们之前占据的地方。拉希德在哪儿?那个最近才来过宿舍的女议员说。她就站在他身旁,他却完全没发觉。他和她一样,也不知道愤怒的拉希德可能去了哪儿,特别行动队犹如一块海绵抹去了画面,雷神完全不见了。不知道,他说。他有严重的心脏病,女议员说,我很担心。理查德又想起来,拉希德参加养老院集会时在手腕上缠着一条带子,上边写着夏利特。当时他很惊讶,之后又觉得可能是哪个救助机构,和柏林最大的医院一样叫夏利特,意为博爱。他在柏林治病?理查德问。对,那个女人说,他三个月前就得做手术了,但他从手术准备室跑了,因为要帮朋友办事。之后他得重新预约。

我们给他打电话吧,理查德说。

从今天早晨信号就断了,女议员说,我刚才试过。

什么信号?

就是难民们用来打电话的那个。

就发生在今天。这真的很少见,理查德说。

对,这很少见,女议员说。

约瑟夫突然来了,就是理查德进阶班的那个洗碗工,正从宿舍出来。理查德很久没见他了,他用一种非洲语言朝外喊,然后是法语、意大利语和一些蹩脚的德语,喊道:该死的,别烦我们。他朝每个试图跟他讲话的人挥拳头,也打了试着让他冷静下来的理查德。我受够了,他喊,他像小矮人一样原地转圈,生气地斥责警察,但警察没有打破沉默,只是用警盾墙挡住他。理查德想起来,他学会洗碗工这个词时有多么骄傲,他说以后想做工程师。可他现在是一头野兽,如果他不冷静下来,很快会被塞进束缚衣里带走。

拉希德不知什么时候又出现在院子里。他不再暴怒,也不再大喊,看上去累极了。他能出去,当然了,保安说。就这样他走到楼前的广场,来到他们这边。

It's really bad(真的糟透了),他说,真的,今天真是糟透了,他分别与女议员和理查德握了手,依旧没忘记问候二人how are you（你好吗）。

Good（很好），理查德很配合地说。

Good（很好），女议员也说。

他们待我们就像对待罪犯。可我们做什么了？

理查德耸耸肩。

拉希德从裤兜里拿出他的小手机，按了几个按键。

手机还是用不了。

对，我们也发现了。

你们待会儿一起去游行吗？我们会从奥拉尼亚广场走到市政府。

理查德和女议员点点头。

拉希德走到约瑟夫那边，约瑟夫还在朝武装警察的盾墙怒吼，同时用食指指着他们，就好像面罩后边是一群固执的中学生。拉希德友好地在他的肩头拍了几下，说，it's okay, it's okay（没事，没事）。约瑟夫朝今天早晨安在宿舍门口的金属栅栏踹了一脚，又回转身朝着全副武装的警察咒骂了几句，才重新回了宿舍。

他也在名单上吗？雷神回来找他的时候，理查德问。

没有，但这一切让他压力太大了。卢弗圣诞节期间已经去了一趟精神科。

啊，我的天哪，理查德说。

对。现在他出院了，但他不太好。

他得了什么病？

他吃不下东西。不能也不愿张开嘴巴。

理查德一瞬间突然有点慌张。这一切真的无可挽回了吗?

那十二个人究竟在哪儿呢?女议员问。

有几个昨晚已经走了,另外几个马上过来。

他们自愿走的?理查德问。

难道他们还要继续抗争?他们可是从另一场战争逃出来的人。

之后,有几个男人出来了,背着背包,手上拎一个旅行包或几个塑料袋。他们从很多辆警车边经过,往公交车站走去。奥萨罗伯不在,扎伊尔也不在。阿不都拉沙木,那个歌手,与理查德和女议员握手道别,还抱了一下拉希德,然后去追其他人。名单的任务已经完成了。

45

原则上,德国是允许游行的。但有三个重要问题:

一、谁发起游行?

二、在哪里游行?

三、口号是什么?

登记游行的人要有德国的身份证件。来自利比亚的战争难民很少有人符合。一个德国同情者,那个站在后边的高个子光头男人,用自己的证件为他们做了申请。您要去哪儿游行?拉希德说:市政府。十分钟过去了,人们都告诉拉希德,这没有意义,因为周五下午那边的办公室里没人。女议员走到他跟前说,无论如何是不能进大楼的,最多只能在前边的广场。警长过来说:如果您现在去勃兰登堡门游行的话,就要封锁一条完全不同的路线了。拉希德:为什么去勃兰登堡门?是他说的,那边那个登记游行的光头。哪个光头?我之前从没见过他。十分钟已经过去了。拉希德说，如果我们不能去市政府，那就去美国大使馆。什么？警长问。对，美国大使馆。啊哈。拉希德走到后边和光头说话。又过了十分钟。光头走到警长那里说：我要取消登记。警长说，如果没人提供身份证和住址的话，是不能游行的。理查德说，这是我的证件。另一个警察走过来，在拉希德身旁他看上去更像一个矮人了，他问：游行的口号是什么？我们现在终于要行动了，拉希德朝所有人大声喊。他根本没注意到矮人在问他游行口号的事。口号是什么？矮人又问。我们出发了！这是口号？不，理查德说。拉希德咆哮道：我们不想再等了！这是口号？矮人问。不，拉希德说。矮人：没有口号就不能注册游行，没有注册我们不能开始封锁。理查德：难道现在封锁还没开始？矮人：没有，没有口号就不能开始。又一个十分钟过去了。理查德不假思索地说：口号是我们该交朋友了。说完才想起来，这是1973年世界青年联欢会*的口号——或者2006年世界杯的口号？警长朝理查德走来，说：您就是登记游行的人？理查德说，是的。您不能直接去美国大使馆门前，明白吗？为什么不行？理查德问。很简单，安全禁区，警长说。他问矮人：口号到底是

---

* 又叫"世界青年与学生和平友谊联欢节"，是以苏联为首的国家不定期举办的国际青年活动，由总部设在匈牙利布达佩斯的世界民主青年联盟主办。1973年世界青年联欢会在东柏林举行。

什么?我们该交朋友了,矮人说。好的,警长说,要等这段路完全封锁,至少还要半个小时。拉希德问:他在说什么?理查德翻译道:五分钟后出发。拉希德说:好的,然后他把朋友叫来了,他们中有一些已经和警察激烈地争上了。与此同时,警长已经走到街对面,坐上他的专车,朝对讲机说话。We start(我们开始吧)!拉希德大喊,We start(我们开始吧)!不,这样不行,您还得等一下,警长回来喊道。理查德这才发现刚才为了安慰拉希德而故意翻译错,现在这话却起了反作用。警长又喊:不能这样!然后走了。警察站成笔直的一排,游行的人无法穿过他们,背景是街上来来往往驶过的汽车,那条街一百年前还是一座桥。拉希德朝警长怒吼:God will punish you(上帝会惩罚你的)!幸运的是,警长显然没听懂英语,只是朝自己嘟囔着:早就跟他们说过了,去之前整条路线都要清空。理查德想,想要这里的每个非洲男人都保持耐心不爆炸,那真得靠奇迹了。God will punish you(上帝会惩罚你的)!但警察对发不发生奇迹不感兴趣。女议员说,拉希德的心脏病真的很严重,我很替他担心。理查德过去和拉希德说:做什么都行,但不要扯上帝,不然他们会觉得你是恐怖分子。但拉希德没听到他说话,忙着朝警察怒吼:We are no criminals(我们不是罪犯)!理查德说,马上就能出发了,但雷神正专注于雷霆之怒，完全听不到他的话：Change the law（改变法律）！长时间这样下去，会把我们搞垮的，女议员说。理查德看到，一个非洲人朝一个有点想推他的警察伸出手去，并说：Don't touch me（别碰我）！理查德看到，一名冲突降级队的警察对一个骂他的非洲人友好地点着头倾听，就像他们在冲突降级培训时训练的那样。理查德看到，一个年轻的同情者高举着一块自制的牌子，上边写着：肯尼亚男同和女同万岁！时间比计划出发的已经晚了九十分钟。女议员和理查德观察到，不断有非洲人突然挤到拉希德面前，挥舞拳头，包括平时一直非常友好的阿波罗、特里斯坦或高个子伊桑巴。他们喊着：We want to stay（我们想留下）！或者：We are no criminals（我们不是罪犯）！或者：Give us a place（给我们一个地方）！过了一会儿理查德和女议员才明白，这是拉希德的朋友在试着至少替他喊几分钟。必须得有人领导，挥拳和怒吼，面对警察推迟游行的态度，让抗议能够进行下去。拉希德得以站在后边休息了几分钟。朋友，一个好朋友，是世界上最美好的事。比原定出发时间晚了两个半小时，游行队伍终于开始移动了。古典文学系退休教授理查德平生第一次登记游行，选定口号，欣慰地看到男人们平和地前进，而压制了他们这么久的警察突然在前边紧紧排成一排来开道。看到这队伍的行人,一定会觉得警察和难民一直都是这么融洽。理查德跟着队伍走了两百米,到莫里茨广场,然后从那里坐地铁回家了。

46

晚上,他听新闻里说从昨天八点起,住在柏林腓特烈斯海因区的奥拉尼亚广场的难民占领了宿舍顶层,抗议将他们逐出柏林的安排。有几个人爬到房顶,威胁要跳下去。这就意味着:这栋楼所有楼层要疏散、封锁。

理查德第二天早晨去斯潘道的宿舍时,只有拉希德一个人在房间。他躺在床上,理查德跟他打招呼:How are you(你好吗)? 很好,别人都去腓特烈斯海因了,去支援朋友,但他去不了。他举起一个装满药盒的透明塑料袋。

你认识那房顶上的人吗? 理查德问。

当然,拉希德说,我们之前一起住在奥拉尼亚广场。他们已经一无所有了。

接下来要怎么做?

I don't know.(我不知道。)过去的八周我试过三次，想找警察局长面谈。男人跟男人谈。三次。

然后呢？

他要么在开会，要么不在楼里。我们甚至书面请求约见，但他从不回复。

能逼得火暴如雷神的人去做违背他意愿的事情，这真是相当高明的外交手段了，理查德心想。父亲被杀、孩子溺亡，这些无法跟经济学和社会学学位相提并论，一群难民算不上人民，一个为自己人挺身而出的头目也不是国家元首。法律很实用的一点是，不是某个个人制定它的，因此不需要任何个人对其负责。如今，一个想要修改某条法律的政客自然可以竭尽全力去推动，但对此毫无兴趣的人也绝对无损形象——甚至可能更显优雅。

或许昨天我们该在斯潘道这边抗议，理查德说。

我们也考虑过，拉希德说，但这里有孩子。

明白，理查德说。许久没说话。

在这一刻的静默中，拉希德闭上眼睛，睡着了。

理查德在他身旁坐了一会儿，就像几年前坐在他还在呼吸的母亲身旁那样。

过了一会儿，他站起身走了出去，轻轻关上了门。

回家的路上安妮给他打电话：你有没有听说昨晚有人在房顶上抗议？理查德说，听说了。她说，有个难民，从上往下撒尿，接着所有人都变得特别激动，你听说了吗？理查德说：没有。

冬雪带来的气息令人舒适。发霉的落叶上有新鲜的雪。打开花园的门，深吸一口气——二十年了，每次他回到家都这样做。过去的二十年，冬天来到这个花园的二十年，总是散发出同样的味道，他总是这样打开花园的门，再在身后关上。

理查德知道，自己属于世上为数不多的想从正在参与的现实中寻找真相的人。

第二天，他从报纸上读到占领房顶的人被断电断水。理查德看到一张照片，一个男人站在房顶张开双臂，看上去像个稻草人。因为霜和雪，房顶变得很滑，情况很麻烦，图片下的说明这样写道。理查德想知道一个国家任人灭亡的速度与其声望有没有关系，为什么一个难民从房顶上跳下来对国家声望造成的负面影响要比他们在潦倒中慢慢死去更严重？或许因为这种时刻必定有摄影师在场，在跳下的瞬间按下快门。这之所以是桩丑闻，或许是因为这些人想要掌控自己的死亡，不再让一个不愿接受他们的国家接管自己越来越无望的人生？生命权力的问题，首先是权力的问题，而不是生命的问题？默然忍受命运的暴虐的毒箭／或是挺身反抗人世的无涯的苦难／通过斗争把它们扫清

/ 这两种行为 / 哪一种更高贵？*

一家德国大报的网站上登出一篇关于房顶上的难民的调侃文章——《柏林总有新鲜事》。理查德读到：抗议在哪里结束？威胁从哪里开始？有一瞬间他理解错了这个问题，还以为这里的威胁指的是警察通过停水停电迫使房顶的人离开宿舍。可他马上就明白了，报纸指的是将那些把自己的生命推入险境的人，将他们看作勒索者。报纸的读者们赞扬这篇文章，评论里充斥着抱怨，只有难民有特权站在房顶以自杀相威胁。当然还有撒尿。

刚到德国，做的第一件事是从楼顶撒尿！

第一件事，理查德想，呵，他们逃到欧洲又等了三年了。

您什么时候见过"难民事件"中的诸位先生或他们的支持者有过正经工作，或者创造出一点价值？反正我是没有。

一边禁止他们工作，一边指责他们无所事事，理查德认为这样的论调在逻辑上就完全站不住脚。

刊登文章的这家重要的报社——和过去的地位一

---

* 出自莎士比亚的《哈姆雷特》。译文引自《哈姆雷特》，朱生豪译，人民文学出版社 2002 年版。

样,是新德国的喉舌——描写了难民支持者们的生活和活动:他们在房子前建起声援营地,他们唱歌,他们跳舞,他们祈祷。寒冬里站在房顶上的难民,事实上成了这些同情者们的牺牲品,成了他们实现政治目标的工具,只是难民缺乏洞察这一点的智慧。理查德想到游行那天一个年轻人举的牌子:肯尼亚男同和女同万岁!和面前摊着同一份报纸的其他读者一样,理查德坐在一间温暖的房子里吃早餐,桌上摆着吐司、茶、橙汁、蜂蜜、奶酪,与此同时,真切地看到黯淡的未来正在降临德国:假若这个支持者得到难民的助攻,成功地进入了联邦总理府。这些难民出于年轻莽撞和政治无知,站在房顶上撒尿。

47

令人不悦的评论文章被卡隆的一条短信打断了,理查德觉得来得正是时候。

Hi(嗨),瘦男人写道,how are you(你好吗)?

理查德回复:Fine, how are you(我很好,你好吗)?

接下来的短信说:瘦男人要去区政府参加面谈。

理查德写道:有人陪你去吗?

卡隆回复道:I have no body(我没有身体)。

没有身体,他就是这么写的:我没有身体,不是没有人*。理查德不由得想起——他最近常常这样想——他在这里认识的男人们,这些放假的死人,本来极有可能正躺在地中海的海底;而相反,所有死于所谓第三帝国的德国人,他们的幽灵依然居住在德国。有时他甚至想象,所有这些死去的人与他们从未出生

---

* "没有身体"的英语原文为 no body,"没有人"为 nobody。

的子子孙孙在一起，就在熙攘的大街上，走在他身边，要去上班或是拜会朋友。他们隐形地坐在咖啡馆里，散步，逛公园，上剧院。去，去了，去过了。幽灵与活人的界线一直很模糊，他也不明白自己为何总是这样想，或许因为他还是个婴孩时便经历过战乱，险些和家人走失，堕入亡者之地。

晚些时候，他和卡隆坐在区政府长长的走廊等待三〇八六号房间叫号，他问：在加纳怎么买地？

一个穿着高跟鞋、腋下夹着厚厚一个文件夹的女公务员，从众多门中的一扇出来，向走廊深处走去，脚步声慢慢变弱，这时卡隆才开口。

村里每个人都知道某块地属于谁，之前可能属于谁，因为所有人从出生起都互相认识。卖地必须经过国王的同意。

国王？

是的，卡隆说。然后要带三个证人，签合同的时候到场。这几个证人的孩子长大后，也要跟孩子说这块地属于谁。父母去世了，这些孩子依然知道谁是这块地的所有者。

就是说证人身份也会被下一代继承？

对，卡隆说。

你们怎么确定一块地具体有多大？

简单地说:从这棵树到那块石头,或者到这栋房子、那条河。证人能记住。

你去问一下,你们村子里有没有大小适合你家的地,理查德说。

三〇八六号的门开了,一个工作人员探出头,说:阿努伯,卡隆?

两天后,理查德收到了一张卡隆的朋友发给他的照片:很多绿色,也有很多裸露的土地,背景是几棵树。最前边立着一块牌子,上边用炭写着 Plot for sale(此地出售),标价一万两千加纳塞地,下边是两个电话号码。朋友还给旧的交易合同拍了照片,合同不到四分之三页纸,跟市政府和奥拉尼亚广场难民签的合约长度差不多。Sharing common boundaries with the proerties of Kwame Boateng, Alhassan Kingsley and Sarwo Mkambo.(与卡瓦美·博阿滕、阿哈桑·金斯利、萨尔沃·米卡姆博的地产相邻。)这块地真的存在吗?这个村子到底在哪儿?加纳塞地的价值是多少?

旧合同上,四个人中有三个用紫色墨水按了手印作为签字。

理查德还清楚地记得,墙倒几年后,他和妻子决定把民主德国时期一直租的房子买下来。他们的一些邻居已经被卷入所谓旧房产的诉讼了——那些房产曾属于战后逃离苏占区的家庭。原东德公民在统一后很快发现,新德国的立法与东边按照资本主义原则运行的最后时间点——也就是1945年——衔接上了。从财产法的角度看,这样是理所当然的。1945到1990年的这些年只是以失败作结的这部分德国所进行的另一种产权关系的尝试。现在,1945年的房产簿又被拿出来了,人们沿用战争结束时的登记,并且,若无可避免地牵涉中间那段无法被承认的时间,要按战争结束时的登记走诉讼程序。有一个计算机术语对应着类似的过程:撤销(undo),这是他第一次上计算机语言课就吸引他的词。撤销,似乎人们可以把已经发生的时间逆转,让经历不再存在,似乎人们可以决定什么应该被忘记、什么不该,可以编程安排什么事有结果、什么没有。所谓的转折年之前,理查德和妻子从未听说过地产簿这个词。幸运的是,他们那块地产的所有者在墙建起来之前没有逃到西德,之后也一直待在东德,现在他很高兴能将房子卖给租了多年的房客,让他有资金在这块曾经是自己的,而如今陌生的国家安度晚年。为了申请贷款,理查德和妻子需要提交工资证明,为转账开了一个信托账户,为了咨询合同是否符合要求,还找了一个公证员。整个过程花了几个星期,哪怕在产权交接结束后,他们依然收到很多和买房有关的账单,得结了这些账合同才能生效。

现在,理查德平生第二次准备购置地产,这次是在加纳,面积一万平方米,价格三千欧元,在阿散蒂区一个土地肥沃、降雨充沛的村子里,和柏林郊区的价格比简直像白送的。这么远的地方的一块地,交接到新的所有者手上需要多长时间?正如理查德几年前希望银行能给他期望的贷款额度,现在他希望加纳的某个国王能够允准这桩买卖。理查德想象他是一个手执长矛、脚腕铃响的酋长,另外他还知道:如果这个国王真的权力很大,那他一定穿着巴萨足球俱乐部的球衣。

国王同意了。就这样,在柏林一月中旬的一个阴天,理查德将三千欧的百元纸币塞进外套里层的口袋,坐快轨进城——必须是现金,卡隆说。和卡隆一起走了一段雪后泥泞的路,人行道的信号灯变红了,然后变绿,汽车按喇叭,出现一个彩票店,一个卖便宜手机的店,一个土耳其肉饼小吃摊,两个街角后,卡隆敲了敲一个店的门,卷帘门关着,有铃铛在响,这一定是这家店还是肉铺或面包房时的铃铛。他们跨过门槛,但在这儿什么是里边,什么是外边?屋子里烟雾缭绕,理查德慢慢才看清周围的环境。房间四周的木桩上缠着彩色的穗带,木碗里高高地堆放着奇异的水果,有一些带刺,有一些果皮是透明的,有的看着像鸡蛋，有的像肉。水果被摆成祭台的形状，一个头发凌乱的非洲女人坐在屋子中间的三角凳上，面前的油毡地板有一条裂缝，蒸汽从裂缝里冒出来。下边是开凿的防空洞吗？年轻的男人和女人沉默地靠着贴了彩色印花布的墙，用一大片干棕榈叶为那个坐着的女人扇风——或许只是为了扇开裂缝里冒出来的蒸汽，以便看见屋里的东西？卡隆和一个男人讲话，那个头发凌乱的女人半闭着眼睛，前后晃动着身体，卡隆向理查德翻译刚刚那个男人跟他解释的内容：理查德得把钱给这个女人。

理查德问：怎么给？

Just like this（就像这样），他说，把钱放在她大腿上。

理查德从外套里层口袋掏出装着纸币的信封，放到女人的大腿上，那女人依旧半闭着双眼，让信封保持原样，她没有清点数目，而是张开双臂，让信封掉进了裂缝里。

钱！理查德喊道，试着接住，但卡隆拦住了他，说：No problem.（没问题。）

至少能给我开个收据吧？

然后那个女人开始笑，能看到她嘴里几颗很尖的金牙。哪怕她在笑，她的眼睛也是半闭着的，没有看理查德。

一个年轻男人从裤兜里拿出一颗口香糖，剥开糖纸，把糖塞进嘴里，在皱巴巴的糖纸上写下一长一短两行数字，把纸条递给了卡隆。

这些数字是什么？理查德问。

好了，卡隆说，我们可以走了。

卡隆很熟悉这里，有那么一瞬间，他不再是难民，而是一个和别的男人一样的男人。在战后的柏林，曾有一个德国家庭主妇在这家店里买完菜离开，门口那只铃铛响了，现在，理查德刚在这里买入一块加纳的地产后，它又响了。

现在呢？理查德问。

现在我要给我妈妈打电话，把号码告诉她。

然后呢？

然后我妈妈会拨第一个号码，打到泰帕，说她要去取钱。

然后呢？

然后她要坐一小时车去米姆，从那里拼车花一小时去泰帕。可能要等，等到出租车凑够乘客。也就是说一共可能要三个小时。然后她用第二个号码在泰帕取钱。

然后呢？

然后她要拼车从泰帕去米姆，从那里出发回村。

她要带着三千欧元的现金一路穿过加纳?

对,我们那附近没有银行。

这样啊,然后呢?

然后她得找来她的三个证人,联系那个要卖地的男人,然后去他家把钱给他。

然后呢?

然后他们俩会签一个合同,那块地就归我们了。

理查德和卡隆坐在咖啡馆里,等着加纳一个村子里的老妇人找到人载她去米姆,在米姆找人拼车去泰帕,在泰帕找到那家店,在那里用一个五位数字的号码取出一万两千加纳塞地。那个头发凌乱的女人可能并没有把钱从油毡地板的裂缝丢进防空洞,而是通过最短的路径,穿过地壳,直接丢到了加纳。理查德想到一篇文章,讲所谓的虫洞思维,从苹果中间啃过去的虫子的路径,要比从同一地点在苹果外边绕圆形走的虫子,短得多。

你想喝点什么?

我不知道,卡隆说,我从没进过咖啡馆。

从没?

没有。有一次我坐在意大利一个火车站里的餐厅,因为我要等车,他们给了我菜单,但当时我看不懂,于是就站起来走了。

一开始找的那家泰帕的商店关门了,然后去了另一家,刚好也没有人在,但后来有人了,一切成功后,卡隆把电话递给理查德,理查德说:Hello(喂),然后加纳的一位老妇人说:How are you(你好吗)!

这是我妈妈唯一会用英语说的句子,卡隆说。她非常开心,想要亲自感谢你。

晚上,理查德收到了新的交易合同的照片,写明了卡隆现在是加纳这块地的所有者。他母亲替大儿子为所有权转移手续按了手印。从理查德今天早晨把钱放进外套内侧口袋、坐上城铁,到他的朋友卡隆拥有一块地、他的家人从此能以此为生,才过去不到十四个小时。

第二天早晨,卡隆发给他一条短信:Hi richard. i just want to see how are you doing, richard. I don't no how to thanks you. only God no my heart but anyway wat I can say is may God protect you. always Good morning. karon.(理查德,我就是想问你好,理查德。我不知道如何感谢你。只有上帝知道我的心但无论如何我想说的是希望上帝保护你。永远都早上好。卡隆。)

永远都早上好,理查德想,给朋友的祝福还有什么能比这个更棒呢?

48

理查德终于有时间去市里看看腓特烈斯海因的情况了。宿舍的顶楼和房顶已经被难民占领一周,没有任何救助机构被允许给男人们送食物和水。那里有很多同情者,黑皮肤的和白皮肤的,年轻人和老人,女人和男人。根据理查德的观察,没有人在唱歌、跳舞或举行祈祷。有几个人原地跺着脚,不是为了好玩,只是因为太冷了。特里斯坦和亚亚,穆沙和阿波罗,还有卡里尔、穆罕默德、扎伊尔和高个子伊桑巴,他们围在紧靠警戒线的一个火炉旁暖手。房顶上看不到任何人。警察站在封锁街道的栏杆旁,行人走过被压缩得很窄的步行道,嘴里小声抱怨着,不清楚要为这愤怒负责任的是难民还是阵仗太大的警察。对了,扎伊尔说,虽然信号又恢复正常了,但昨天他们的手机都没电了,因为楼里没有通电。那你们和上边的人完全失联了?对。他们很快就没水喝了,因为水停了,特里斯坦说。这就像利比亚人过来时坐的船,理查德想。只不过他们之前起码能用矿泉水瓶舀海水喝,现在连这都做不到。理查德又在火炉前站了一会儿。接着他看到了卢弗。

卢弗,威斯马的月亮,坐在一条长椅上,椅子上的雪没有擦。卢弗身上也落满了雪,雪花沾在他的头发和外套上。他安静地坐着,看上去就像一尊雕塑。

卢弗,你好吗? Come stai(你好吗),卢弗?

卢弗想抬头看理查德,但他做不到。

理查德在他面前蹲下,掸掉他身上的雪,可卢弗只是直勾勾看着前方,嘴里喃喃地说着什么,理查德没听清。

什么?你想说什么?

Tutto é finito(一切都完了),卢弗说,tutto é finito(一切都完了)。

不是这样的,卢弗,不是的,理查德说,一切还没有结束。总有一天一切都会好起来,你会看到的。

卢弗说了些什么,用的是一种理查德听不懂的语言。

跟我一起走吧,卢弗?

看着前方。沉默。

我们去读但丁吧,第二册?

看着前方。沉默。

我给你做点吃的,我们一起吃!

Si(好),卢弗终于说。

你看,理查德说,一切都会变好的。

理查德试着扶他站起来。卢弗像老人似的小心翼翼地一步一步往前走,靠在搀着他的理查德身上。

前边就是地铁站了!

卢弗用力地朝前看,当他发现他不是要坐理查德的汽车,而是要一起乘地铁回去的时候,他摇了摇头不再走了。

太吃力了吗?你是不是还是想待在这儿?

Si.(对。)

理查德把他带回长椅,这个二十四岁的老人。

卢弗,你是不是吃什么药了?

卢弗缓慢地把手伸向裤兜,掏出一个小纸包,里边包着一片黄色的药片。

这是什么药?

Non lo so.(我不知道。)

你怎么会不知道呢?

他看着前方。沉默。

卢弗,以后不要吃这个药了。听到了吗?

Si.(好。)

我明天早晨去你宿舍,你得给我看看药的包装。明白了吗?

卢弗点了点头。

有朋友照顾你吧?

Si.（是的。）

理查德又去找别人问了卢弗的情况。

我们不能把他一个人留在宿舍，他的情况真的很不好。

你们会和他一起回去吧?

Claro.（当然。）

卢弗听从了理查德大夫的要求，没有再吃裤兜里的黄色药片。第二天早晨他看起来精神一点了，脑子也清醒了一些，能看着理查德跟他说 Buongiorno（早上好）。理查德在本子上记下了药盒上的名字，里边的说明书已经不见了。

回到家，理查德上网查到了这个药的副作用：嗓音异常、呼吸道堵塞、讲话困难、吞咽困难、咳血、由吸气进入呼吸道的食物所引起的肺炎。他突然想到了巴赫的康塔塔，为什么会这样? 或许是因为约瑟夫，那个发疯的、未来的工程师，在斯潘道宿舍门口大喊"我受够了"! *主要将我 / 从生命的枷锁中救出 / 啊! 这就是我的告别 / 我带着喜悦，世界，对你说：/ 我受够了。*病毒感染、耳部感染、眼部感染、胃部感染、鼻窦炎、膀胱炎、皮下感染、非正常心室去极化。疲愈的双眼，安睡吧／平静幸福地睡去吧！世界，我不再在此停留／这里没有什么／可以感慰我的灵魂。站立后血压下降、低血压、活动后产生晕眩感、心跳加速或减慢、思维混乱、乏力、肌肉无力、肌肉疼痛、颈部酸痛、行为异常。在此世我只有痛苦／但在那里，那里我将看到／甜蜜的平静，和寂静。胸口疼痛、皮肤发炎、行走障碍、食欲减退、平衡失调、语言障碍、打寒战、因光敏产生疼痛。我的上帝！美好何时到来：现在！／因为我将平静地起程／在冰冷的土中／在那里在祢的怀抱安息？／我已告别／世界，晚安！面部、腿部和胳膊麻木、语言混乱、中风、面部、腿部和胳膊不自主活动、耳鸣、虚弱无力、失去意识。我期待着我的死亡／啊，希望他马上到来。／我能逃离所有／我在这世间承担的痛苦。*

全身沾满雪的卢弗是怎么说的？

Tutto é finito.（一切都完了。）

理查德作了一番心理斗争，还是给约克打了电话——他是莫妮卡的大胡子丈夫，是个精神科医生。

这种药一般我们只开给老人，那些有躁狂症和多动症的，还有在敬老院有攻击行为的，或者晚上睡不

---

* 本段内的仿宋体字内容是巴赫康塔塔曲 *Ich habe genug* 的歌词。

着觉的。

但他一直很安静啊,理查德说。

可能他有癫痫吧。

不管怎样,这个简直就是毒药。

他还在吃,对吧?

这个……

怎么,你让他停药了?一天之内停药?这可不好。

理查德说了下情况,解释了前因后果。

这样啊,约克突然说,是个"老黑"吧?我猜。

对,所以呢?

这样就简单多了:这些家伙可是信巫医的!围着他跳几圈舞,病就全好了!

约克开始大笑。

理查德和约克、莫妮卡一起旅行过几次?民主德国时期,他们总是去匈牙利,后来又去了法国和西班牙?他们有多少次一起喝酒,抱怨这个或那个政府,散过几次步,逛过几回博物馆?医生是要致力于服务全人类的,但现在他可以自由选择为全人类中的哪一部分服务。比方说,某个塔勒医生,在大约两百年前的维也纳,按照弗兰茨皇帝的最高许可,在尼日利亚人索利曼死后将他扒皮,扒掉这个曾在战场上救过洛布科维茨王子的男人、一个名叫索利曼的黑人的皮;扒掉列支敦士登的皇家家庭教师、一个名叫索利曼的黑人的皮；扒掉献身真实与和睦的共济会会员、一个名叫索利曼的摩尔人的皮；扒掉莫扎特和西卡内德的共济会兄弟、致力于将科学家伊格纳斯·冯·伯恩吸纳入会的担保人、一个名叫索利曼的非洲人的皮；扒掉一个能流利地说六门语言、有家室的维也纳人的皮，这个人的女儿后来和福伊希特斯勒本男爵结婚，他的孙子爱德华在十九世纪成为了一位著名诗人；扒掉当时在维也纳社交圈富有声望，但曾经是一个非洲孩子的、一个名叫索利曼的人的皮；扒掉一个早年被带去奴隶市场换一匹马，又被卖到意大利港口墨西拿，一个叫索利曼的、出身低微的、一度为奴的人的皮。那张皮被鞣制了撑在人形木架上，并且，无视他女儿的请求，希望能够取回父亲的遗体，能让他依礼下葬入土，无视那个父亲被制成了标本的女儿的请求，为了开阔维也纳市民的眼界，放入了皇帝标本陈列室四楼的展柜。在那里，这个摩尔人身上穿的皮草短裙来自南美的印第安人，虽然从科学的角度来看完全不合理，但标本的异域风情却凭此得到了更好的彰显。

有一瞬间，理查德想象在开罗国家博物馆的一个展柜里放着，比方说，考古学家海因里希·施里曼的人体标本，身上穿着西班牙斗牛士装或者一件由羊皮和丝绸做的蒙古袍。这些野蛮人——在这样的情形下，人们有充分的理由对埃及人这么说。维也纳的那个贵族野人后来什么时候从橱窗里被取了出来,可没有下葬,而是被放进了仓库,在那里被尘封、遗忘,直到1848年,人民起义中的一场大火让他的遗体得以解脱。

世上既有黑鸟,为何不能有黑人?对理查德来说,歌剧《魔笛》里的这句话已经说尽了关于肤色差别的一切。与此同时,一场关于尼日尔病人的对话便足以向他说明,谁该继续做朋友,而谁不再是,对此他也并不感到惊讶。

卢弗没有意大利的医疗保险,因为他的 permesso(许可)已经到期了,他病了太久,也没法去意大利延期。

卢弗也没有德国医保卡,因为他不能在这里申请避难。不过,如果有严重的病痛,社会服务处会批准申请,但病人首先要提交申请并证明自己有病痛。理查德没有问卢弗是否去了社会服务处提交申请,找到证据支持自己的说法。

我来付检查费,理查德说。

不用担心这个。他们正在距离理查德之前工作的学院一步之遥的精神科诊所,年轻的助理医生这样回答。

谢谢,理查德说。

您哪里疼吗?大夫问卢弗。

理查德翻译。

卢弗点了点头。

具体哪里疼呢?

卢弗指着头。太阳穴、耳朵和下颚。

能张大嘴吗?

No.（不能。）

为什么?

卢弗指了指嘴里的牙。

我可以看一下吗?医生说着,把一个小镜子放进嘴里。他照亮了黑漆漆的口腔,然后说:右边的一颗牙上有个大洞。

牙上有洞?

对,牙上有洞。

卢弗在柏林一家医院的封闭精神科病房度过了平安夜,出院时拿到了一盒药,一种据理查德估计几乎让他死掉的药,现在事实表明这一切或许只是因为他的牙上有个洞。

正如这次检查所表明的,一切往往取决于有没有问对问题。

卢弗一定从没看过牙医,可能甚至不知道世上有牙医这种职业,在理查德的牙医诊所,他顺从地坐在椅子上,牙医只花了几分钟就把洞补好了。

所有来我这儿看牙的人,牙上有这么大个儿窟窿的，个个疼得发疯，牙医说。这种痛感太过强烈，痛得他们自己都说不清位置，这通常也让诊断变得困难。

我要付您多少钱？理查德说。

没事，就这样吧，牙医说。

49

奥萨罗伯去哪儿了?

去,去了,去过了。

已经一周了,理查德一直尝试电话联系他。您拨打的号码暂时无法接通。也没人能告诉他这个年轻人在哪里,从上周五他就消失了。所以,当看到奥萨罗伯给他发的信息 Hi(你好),理查德马上回了电话。

你现在住在哪儿?

在一个 friend(朋友)家。

什么 friend(朋友)?

一个科特迪瓦人。

你怎么认识他的啊?

在奥拉尼亚广场,他找我说过话。

这样啊。

He's got papers.(他有证件。)

Okay.(好的。)

Do you have work for me?(你有工作给我吗?)

没有,理查德说。冬天没有落叶让奥萨罗伯清扫。

I need work, work(我需要工作,工作),奥萨罗伯说。

我明白,理查德说,但现在真的很难。

Okay.(好吧。)

奥萨罗伯刚认得从红砖房到理查德家的路,就搬去了斯潘道。现在,他刚学会坐城铁从斯潘道到理查德家,又住去了柏林莱尼根多夫区的一个科特迪瓦人家。几个月前,他们开始学 C 大调,学到简单的布鲁斯低音伴奏时,他搬去了斯潘道,后来他们复习了 C 大调,复习了简单的布鲁斯伴奏,这时一月初第一批要搬走的名单来了,奥萨罗伯的名字也在里边。现在,若他要继续学,就又要从 C 大调开始,然后是简单的布鲁斯伴奏。

时间对人是有影响的,因为人不是一台可以开开关关的机器。当一个人不知道自己的生活如何才能成为一种真正的人生,时间会把这样一个空虚的人从头到脚都填满。

早上,理查德收到了法兰克福一个座谈会的邀请,问他能不能做一场题为"斯多葛派哲学家塞涅卡作品中作为火的理性"的报告。座谈会就在两周后举行,于是他知道,他被邀请是因为另一个演讲者临时来不了。关于塞涅卡,理查德之前在学院工作的时候写过两部书,他觉得整理出一个报告应该不是难事。但他把邀请函放在了一边,顺着台阶走出去,他想看看湖。

湖面已经完全冻住了。自上冻后还没下过雪,冰面就像黑色的玻璃。理查德看到冰里冻住的芦苇秆、枯叶和水藻,冰面以下的深处,在湖水还在流动的地方,甚至有一条大鱼在缓慢地游动。前几年,他和德特勒夫、西尔维娅常常在冻住的湖面上走,但今年没人提议这样做。仿佛那个淹死的人会试着从冰下呼救,而他们会在脚下看到他张着嘴,用双手敲打冰面,想找到一个出口,可就算他们取来斧头把冰面凿碎,那个人一定早就又沉到湖底去了。

你想来弹琴吗,他问奥萨罗伯。

Okay(好啊),他说。

明天可以吗?

No problem.(没问题。)

挂了电话,理查德发了封邮件,答应去法兰克福。他想象了一下两周之后,之前的同行们在一个大厅里坐着,作报告,听报告并讨论,他也会坐在那里,作他的报告,听别人的报告,讨论。一天六场报告,他是第二个，茶歇时前厅的保温桶里会提供咖啡、橙汁、矿泉水和小饼干。

这还是他的生活吗？

这曾是他的生活吗？

过去的二十五年，通过所谓的统一他突然跻身西方人之列，进入了新成员的圈子，至少直到现在，若有人缺席，他还是会收到邀请。但他离开这个世界所引起的关注，远不如他来到这个世界时多。最终，总有一个邀请会成为他学者生涯中的最后一个——幸运的是，这一点被注意到的时候，也是人们回顾他一生的时候，那时的他早已无法知觉这一切。

有几个去法兰克福参会的同行他可能还认识，连那个塔西佗专家也会来，他们在年初的大会上有过一次愉快的交谈。其他人还会一起去晚餐会，那些聪明人、怪人、有野心的人、害羞的人、无聊的人、偏执的人和虚荣的人，而理查德那时应该已经毫无遗憾地坐上回柏林的火车了；当别人的脑袋还枕在法兰克福酒店的枕头上时，他已经穿过树与树之间的黑暗，又回到自己的房子里了。当别人为第二天的研讨会穿上另一件熨好的衬衫时，他已经看着这片湖了。

你现在的生活来源是什么？第二天，理查德问奥萨罗伯。

奥萨罗伯耸了耸肩。

我有时候帮他们打包快递。他说。

在邮局?

不,寄到非洲的包裹。

是一个救助组织?

对,差不多吧。

有工资吗?

一天二十欧。

一天几小时?

一整天。

一周去几天?

上周我就去了一次,可能一两周后我再去一次。

这样啊。

之前在奥拉尼亚广场的时候,总有人过来给我们活儿干。现在没人找我们了。

我们要被看见,理查德想起。

我三月要去意大利。

去意大利哪里呢?

奥萨罗伯耸了耸肩。

你在那儿有工作吗?

奥萨罗伯又耸了耸肩。

奥萨罗伯离开前,他们只剩六到八周的时间上钢琴课了,想到这里理查德又感觉到一阵慌张。或许他可以教会他几首简单的曲子,这样他就可以用折叠键盘在街上挣点钱了。

德特勒夫和玛丽昂的儿子马尔库斯十五岁的时候,他的继父在晚餐时考他元素周期表;他十六岁的时候,德特勒夫帮他在一个工程师那里找到一个实习机会;他高中结业考试之前,玛丽昂为他准备带有新鲜苹果碎的麦片当早餐。现在马尔库斯在中国建桥。

奥萨罗伯十五岁的时候,看到自己的父亲和朋友被打死。

三年了,奥萨罗伯看到这个世界不需要他。

你还记得 C 大调吗?理查德问。

50

起初,理查德打算从他那两本关于塞涅卡的书里找点内容做改写,可他刚开始翻看塞涅卡的《灵魂的宁静》,就有一些新的想法出现,他意识到工作依旧能给自己带来乐趣。要让同行们看看,他们让一个头脑多么灵光的人物退休了。若理性真的是火,正如第欧根尼最初所宣称的那样,那么人们能无比清晰地看到几百年间一个思想者如何汲取另一个人的思想,并试着将自己的思想加入其中,让它永葆生机。理查德在塞涅卡的作品中读到:请注意,你称作奴隶的人和你同源,和你为同一片天空而愉悦,和你一样呼吸、出生和死亡;而塞涅卡在柏拉图那里读到:世上没有不源于奴隶的国王,也没有不源于国王的奴隶。时间的飞逝、世事的变迁将一切打乱,命运让一切数次逆转。奥维德《变形记》的结尾不也写了和恩培多克勒同样的想法吗?——万物的形状也没有一成不变的。

大自然最爱翻新，最爱改变旧形，创造新形。请你们相信我，宇宙间一切都是不灭的，只有形状的改变，形状的翻新。所谓"生"就是和旧的状态不同的状态开始了；所谓"死"就是旧的状态停止了。* 对于理查德，还有他的朋友德特勒夫、西尔维娅，或者热爱荷尔德林的安德里亚斯来说，一切都在永恒流变，所有人类的构造都是转瞬即逝，任何现存的秩序都容易被颠覆，这些被他们视为理所当然的事，也许是因为他们在战后度过的童年，或者是因为他们见证了那个制度的脆弱，他们在其中度过了大半生，而它在几周内就崩塌了。

新一代的政客们显然认为我们已经来到历史的尽头，可以用强力来压制任何进一步的运动和变革——这是否应该归咎于这些年来长久的和平？是不是他人的战争离自己太遥远了，以至于不受其困扰的人，缺少对战争的经验，患上了一种情感上的贫血症？人类一直热切希望的和平，如今只在世界上的很小一部分实现了，难道人们生活在和平中，就必然导致他们拒绝与避难者共享和平，反而如此激烈地守卫自己，以至于守卫本身看上去就像一场战争？

---

* 引自奥维德《变形记》第十五卷，杨周翰译。

理性之路是否也可以和这些男人的经历相比较？你是怎么去利比亚的？他问站在他身边的伊桑巴，他正在火炉上暖手。越过阿尔及利亚的边境，在遍布岩石的荒漠里赤脚走了三天。有的人直接倒下，不行了。你把他们丢在身后。你继续走。除此以外你还能做什么呢？在那里所有东西都变得很重，他说，你会丢掉上衣，这样！他边说边用胳膊做出大幅度的动作，扔掉鞋子，这样！他继续演示着，如何在阿尔及利亚和利比亚边境炎热的石漠里扔掉了自己最后一双鞋。所有东西都太重了，走了三天，唯一一件必需品是水壶。理查德抬头看了一眼宿舍，只能看到一个人，靠着烟囱，只是站在那里。他是不是也在石漠里走过？男人们已经在上边待了十三天，坚持让政府兑现协议上的承诺：帮助以及支持他们职业方面的发展，等等。理查德看着那个男人，高高站在这座城市的上方，他想起了躺在湖底的那个死者，突然间他觉得这种等待就像一对括号，把地球上发生的一切都囊括了进来。

记忆是否也可以和这些男人的经历相比较？在荒漠里怎么埋葬死者呢？他问阿波罗——他那天刚提出这个问题，警报便突然响起，阿波罗没来得及回答——找一座沙丘，把正中间的沙推到两边，挖出一条道，把尸体放进去。人们做祈祷。祈祷什么？理查德和阿波罗一起往大门口走了几步,那里能为他们挡住刺骨的冷风。把手叠在一起,看着地面,然后做追悼祈祷。他们脚下是一副格栅,上面还有德国战争年代刻的字,曼内斯曼牌空气开关。然后呢?然后再把沙土推回去,堆到死者身上。会用什么方式标记坟墓吗?不会,但你永远都知道那个地方。

或许这些男人的经历也反映了权力与无权是怎么一回事。理查德问正把树枝捅进炉子的卡里尔,他是怎么穿过地中海来欧洲的:我唯一害怕的东西就是水,所以待在甲板下。我的一个朋友在上边,死了,因为太阳的照射太强了。他是渴死的。然而理查德还记得,在拉希德的船翻覆的时候,甲板下的人没有一丝得救的希望。那里很快就灌满了水,圣诞节的晚上拉希德这样说。理查德看到警察在换岗,所以有几分钟的时间,那里不止一百个警察,而是两百个。

第二天早晨,理查德正准备把在被占领的房子前做的笔记加进演讲稿,他得知市政府和难民签署的协议将被视为无效。一个康斯坦茨的法学家被请来做顾问,很遗憾,很遗憾!这份文件缺少一个重要的签名。理查德知道,各种国际人权组织已经在抗议柏林市政府对占领宿舍房顶的难民采取的做法,他能想到,这位来自远方的法学家做出的鉴定也和这些批评有关。如果协议没有约束力,便没有合法的理由对违约进行抗议。在难民们翘首以待几个月，如今承诺即将被兑现的一刻，一封康斯坦茨来信上的几个字母宣布一切作废。

后来，在电视上，理查德看到拉希德和另外几个人被警察带离了奥拉尼亚广场，他们试图在那里用雪搭建一座冰屋，作为对之前的报道的抗议，用这种方式合理收回他们那一方在协议上的承诺。理查德想，这里上演的暴力，其根源是近亲繁殖，法律和释法的近亲繁殖，不过是几页纸上的几滴墨水。理查德就要第一次去见伊桑巴的律师了，他答应明天和他一起去，现在的状况让他对这次见面更好奇了。

51

教皇本笃十六世在请辞时说过,欧洲建立在三大支柱之上:希腊哲学、罗马法律和犹太-基督教。高个子伊桑巴的律师对他的罗马法感到非常自豪。他站起身接过伊桑巴的档案时,理查德看到他真的穿了一件长礼服,这件古董衣袍的下摆已经有些褪色了,可依旧在轻盈地随风摆动,在这么一个又闷又暗的办公室,这风的来源很难解释。在德国,人们都是吃纸的!律师说道,然后咯咯笑,同时坐了下来,整了整自己的袖套。在德国,人们都是吃纸的!他又说了一遍,控制不住地继续笑。人吃纸,德国人吃纸!他突然说道,已经笑出眼泪了。他期待地看着理查德和伊桑巴,但伊桑巴没有笑着回应,因为他听不懂律师在说什么。理查德想,可能律师是指刚才那件事:他们和几个越南人、罗马尼亚人和非洲人在等候室的折叠椅上坐着,伊桑巴看到女秘书的柜子里数不过来的档案，对理查德说：人是不能吃纸的。可律师怎么可能透过两扇通向办公室的平开门听到这句话呢？我已经七十二岁了，他说，突然间他看上去像一只雕鸮，七十二岁啊！他又开始笑了，似乎这是他玩给当局的一个漂亮把戏，他早就可以退休了，但他没这样做，而是抗议社会服务处只为避难申请者付二百八十欧，而不是平时的三百六十二欧，抗议意大利外管局扣下非洲难民在意大利的证件，为了强迫他们离境，离开的人出示车票后才能在对应的海关重新拿到意大利证件——他们根本无权这样做！这是意大利的证件！——其余让他大为不满的还有，偏偏是首都柏林，将带着孩子的塞尔维亚吉卜赛人在零下的天气遣返到贝尔格莱德的难民营，而没有在别的收容所给他们安排位置。他只是顺便一提。他们遣返孩子！他又喊了一句，孩子啊！能给整个广阔的世界带来安慰的只有新教皇，他的名字叫方济各是有道理的：有怜悯和明智的地方，就没有浪费和欺骗！* 律师从方济各直接跳到古罗马人：邻家失火，也会殃及你的房屋！† 当理查德赞同地点头，并立即小声翻译成德语，律师看上去相当满意。

---

* 原文引用的是圣方济各的话，他是方济各会的创办者。
† 原文为拉丁语。

高个子伊桑巴非常安静地在旁边坐着，这两个老男人说的他一个字也听不懂，他不知道他们为什么笑，只能坐在那儿等着，等有什么需要他做的或想的。理查德能看出来，伊桑巴看到架子上和桌子上的无数档案，感到恐惧，他之所以能静静地坐着，只是出于这个原因。几百张彩色标签从档案里伸出来，对应着几百个决定命运的要素。伊桑巴有时候也开口，他和"社会"约了一个时间——他指的是社会服务处——说"外国"，其实指的外管局。但过了一会儿理查德才明白，哪怕只是提及这些预约对象，对伊桑巴来说已经相当可怕了。在利比亚边境，没有军事巡逻队敢盘问他，他在酷暑中走了三天穿过荒漠，在到达兰佩杜萨的第一天便要被遣返（只是意大利人做不到），但伊桑巴，这个有一只义眼、身高一米九的男人，被柏林官方信笺上的几行字给吓坏了（信笺右上角是勃兰登堡门的信头，左下角是一个雄鹰印章）。

也许他应该庆幸自己还不明白对方传达给他的那些内容是什么：

不实信息会导致居留申请被拒，或临时（容忍）居留中止，或驱逐出境。

根据获批的福利的规定，如与接受援助相关的事实发生变动，您有义务及时告知。

在此强调，此证明并非延长居留的证明。若符合驱逐条件，任何时候，包括在外管局面谈之前，您仍有可能被驱逐出境。若您未按照《居留法》第一页第八十二条第四款的要求离境，您必须亲自前往外管局。如果您没有充分的理由而未能遵守此规定，您可能会被强制出境。

现在律师翻看着档案，在这里或那里做一些标注，夹进黄色、绿色和粉红色的便签，用极快的速度往录音笔里口述写给不同部门的信，理查德和伊桑巴并排坐着等待。一个德国小孩，律师突然喊道，是唯一能帮到他的人！一个德国小孩！难道他没看到那里坐着的是两个男人，而且其中一个已经超龄了吗？他继续翻看文件，说着"敬爱的同事""请您注意""来自同事的问候"，等等。

但是，比如容忍居留，也可能是好事，对不对？律师放下录音笔的短暂间隙，理查德问道。我听说，这样的话，他们至少能有九个月的时间找工作，是这样吗？

九个月！律师重复，又一次张口大笑。

不，理查德说，我说的是容忍居留。

我明白，我明白，律师说，翻翻这儿，翻翻那儿，但没有回答理查德的问题。

我是说，之后他们就可以找工作了，理查德重复道。

是可以找，律师说着。翻翻这儿，翻翻那儿。

那么？理查德说。

听说过优先权的规定吗？律师说，突然不再翻看档案，抬起头，透过厚眼镜片锐利地看着理查德。他看上去真的像一只雕鸮。

没有，理查德说。

优先权是说，只有当德国籍和欧盟籍的人都不想要某个工作机会，我们这位——雕鸮看了一眼档案——阿瓦德先生，才有机会。

好吧，理查德说，但至少有机会。

是，但在他能够找工作之前，必须由外管局批准他能申请哪些工作。

这种情况一定会被批准吧，理查德说。

可能吧，律师说。

什么意思？理查德问。

外管局会把他的工作申请发给工作介绍所，委托他们检查是否有优先权。这个审核要很久。究竟为什么，没人知道。等介绍所的审核终于结束后，外管局那边会再进行审核。总共要三个月，或者四个月。审核结果总是有好有坏。

怎么会有不通过的呢？

这您得去问外管局的女士和先生们。

当两位老先生讨论着高个子伊桑巴的未来时，他坐在那儿沉默着，目光朝前。他有一只义眼，到处堆着的文件可能没有那么立体，理查德想。

即使有关部门批准了，律师说，在这整个程序之后，还得有一个空余的工作岗位，这需要一个很有耐心的雇主。

明白，理查德说。

理查德注意到，律师办公室的木窗很明显被过去一百年的炎热和潮湿侵蚀了。刷到四米二高的墙漆也已经泛黄，地上只铺了漆布。理查德不久前打电话询问律师的女秘书，伊桑巴是否应该提前交两个月的咨询费，她回复：不用了，就这样吧，先交一个月的。一个月是五十欧，那么九个月的总额就是四百五十欧，这是根据律师收费法（RGV）能给避难申请者的最低价。从这个办公室的状况就能清楚地看出，这位律师的工作理念与收回成本乃至营利都没什么关系。

不过，不是还有一些紧缺岗位吗？理查德说。他答应了工匠拉希德帮忙问一下律师。他在网上看到，这些德国急需的专业工人可以马上得到容忍居留。

没错，律师说，但外管局还是会要求他们出具一个出生国的护照来证明身份，至少得有出生证明。

之后呢？理查德问。

之后，他很有可能得到本国护照。

这可真是不错，理查德说。

只要他们不打两面牌，就有可能。

什么是两面牌？理查德问，同时他听到了高个子伊桑巴在桌下按手指，关节骨咔咔作响。

有时某些国家的政府想从德国得到政治利益、贸易协议或者武器，作为回报，他们有义务让这些在德国只有容忍居留但拥有出生国护照的人回国去。

这样说的话，德国会很欢迎这种做法，至少可以摆脱那些技术工人了，这样理解对吗？理查德问。

您可以这样说，律师说。

他说什么了？现在伊桑巴也在问。

我一会儿跟你解释，理查德说。

但您不要忘了，律师又说，这些之前驻扎在奥拉尼亚广场的先生们可连容忍居留都没有，就算他们有，那个证明也不算正式居留。

那算什么？

容忍居留只是暂—缓—遣—返。律师十分享受地说出这个名称，就像当初约瑟夫说出洗—碗—工这个单词。

理查德感觉到头痛正一点点从额头、太阳穴侵蚀到后脑勺。可他的清单上还有一条没问：

那么第二十三条呢？他问。我在网上看到，如果某个国家、政府或市长愿意的话，他们可以不管欧洲的法规，将某个寻求避难者简单地当作个人接收，哪怕在一个法律规定了不必为他负责的国家。

听到律师这样回答,理查德并不特别意外:

如果。

明白了,理查德说。他有种感觉:今天的拜访已经用尽了他的力气。

您没有看到市政府的声明吗?律师语气温柔地对他说,就像良言劝说病人服下苦药。

什么声明?

昨天所有的报纸都登了,律师说,并背出引用的条款:

特此声明补充,根据《居留法》第二十三条第一款,给奥拉尼亚广场的抗议者派发居留许可,无助于联邦德国的政治利益。

没有,我没看到这些,理查德说。

所以,雕鸮说,一个国家的发达程度越高,成文的法律就越会取代常识的位置。据我估计,德国法律中有三分之二的内容——容我这样讲——是与本国人民的感情需求相连的。还有三分之一是已经发展得非常完备的、纯粹的法律,其叙述如此干净,以至于情感基础都变得多余,在实用层面也就没有存在价值。两千年前,没有人比日耳曼人更好客了。您一定知道,塔西佗的《日耳曼尼亚》里那段对我们好客的祖先的优美描写吧。

是啊，理查德点点头说。

容我和您一起短暂地回顾一下？

当然。

律师起身走到书架前——衣袍下摆随着一阵无从解释的风摆动——从书架里取出塔西佗，翻开小书里一处用便签标记的地方。

伊桑巴看到和律师的谈话快要结束，小心地收起自己的文件，将它们整整齐齐地叠在一起，放回专门为此准备的文件夹。理查德朝他点点头。律师开始朗读：对日耳曼人来说，把任何人拒之门外都被认为是一种罪过；主人用他力所能及的最好的饭菜款待他的客人。如果没有食物储备，这个刚才还是主人的人，要把客人送到别人家，他们自己也会同行，他们会在没有被邀请的情况下进入另一个院落——接待者会和刚才一样热情。就宾客的权利而言，熟人和陌生人没有任何差别。主客之间不分彼此。律师合上了书，问理查德：现在呢？

现在呢？理查德问，感到一丝微弱的希望。

现在，两千年后，我们只有《居留法》第二十三条第一款。

律师像演完一出短剧似的，把手放在心口的位置，然后鞠躬。接着他把平开门打开，说：请允许我——？以此暗示约谈结束了。理查德非常清楚外边还有多少罗马尼亚人、越南人和非洲人在等着。他和伊桑巴路过衣帽间的时候,看到帽架上真的挂着一顶大礼帽——他的犹疑几乎一丝不剩:这个让他想起一只雕鸮的律师,一定是从之前某个世纪飞到二十一世纪的,来到这个崭新的,同时已经如此苍老的世纪,这里的无尽人潮曾在真实生活的浪涛中幸存下来,如今却淹没在档案组成的河流与汪洋中。

52

很快到了理查德去法兰克福的那天。上午奥萨罗伯练钢琴的时候,他把自己的讲稿打印出来,校对,然后给奥萨罗伯看。哪怕他看不懂德语。

This is for a newspaper?(这是给报纸写的?)

不,这是一个报告,我会读这个。

人们来你这儿?

不,我今晚去法兰克福。有人邀请我在那里读这个报告。

然后呢?

然后我们讨论。

这样啊。

你知道法兰克福吗?

不知道。我只知道维尔茨堡。

维尔茨堡——理查德想起来了,两年前,第一批难民就是从那里出发前往奥拉尼亚广场,他们还没发起游行就已经上了头条，因为其中一些人为了引起人们对他们困境的关注，缝上了自己的嘴。他不由得去看奥萨罗伯是否有伤疤，他的嘴看上去很正常。

后天就回来了，理查德说。

好的，奥萨罗伯说。

我们喝杯茶？

好的。

于是他们第一次坐在厨房里一起喝茶。

第二天，理查德已经站在法兰克福会议大厅的讲台前，在一圈古典文学学者面前作他的报告——《斯多葛派哲学家塞涅卡作品中作为火的理性》。但他不仅讲了理性，还讲了记忆、权力和无权。他不知道这样一场报告和他之前还在学院工作时所作的报告是否一样。中途茶歇时，前厅有大保温桶盛着咖啡，还有橙汁、矿泉水和饼干。

可惜那位塔西佗专家没来，其他一些理查德认识的人问候了他，拍着他的肩膀：嘿，您退休后在做什么呢？什么，您不在学院了？好久没见到您了——多久来着？对了，我下周飞波士顿。那谁谁可真是个很有趣的人。您听说了吗？某某的书有新译本了。没有人评价他的报告，理查德也不知道这是不是个好现象。学者中有三位是女性，其中一位穿着高到令人惊叹的高跟鞋,他没跟她说上话。其余的人都和这类会议上的人一样,聪明的、笨拙的、古怪的、有野心的、害羞的、沉浸于专业的、虚荣的。大家回到酒店休整片刻,稍后碰面去吃晚餐,而理查德已经带着他的小行李包前往车站,坐上了火车。当别人的脑袋还枕在法兰克福酒店里的枕头上时,他早已在柏林中央火车站的停车场里找到自己的车,开回郊区,穿过树与树之间的黑暗回到了他的房子里。他进到家里时,屋子里非常冷。是他忘了把哪扇窗户关上了吗?现在可是隆冬——怎么可能?

书桌的抽屉都被拉出来了,横七竖八地躺在地板上。四处都是文件和照片,一只旧八音盒的木制外壳被蛮力破坏得很严重。理查德从一个房间走到另一个房间:地毯上散落着一些英国钱币,钱包落在一旁,一扇柜门大敞着,二楼卧室里,妻子的首饰散落在地板上,浴室里那个他装药的纸箱被倒扣进水池。最后,他返回楼下时才想到这究竟是哪里来的冷风——音乐室的窗户被撬开了。为了确定真的只有自己一个人在房子里,他关上琴房的门,走到地下室,又在一楼转了一遍。至少,能被轻松搬走的电脑和电视都还在。理查德让一切保持原样,上了楼。他躺到床上,关了灯,有一瞬间,他试着想象如果只用一把手电照亮这些房间，它们会是什么样。或许就像一片看不到全貌的风景，黑暗中的东西充满了敌意，哪怕只是几把椅子，一摞书，一盆室内植物，衣架上的一件外套。不久之前，他不是还在漆黑的房子里漫游过一次吗？

第二天早上，两个警探来收集证据，在小偷一定会碰过的物件上涂上黑色标记。您有怀疑的对象吗？有可能是谁？没有。本来会比这更严重的，您很幸运。是吗？是的，一般这样入室抢劫的，会把所有东西翻出来，衣服、书籍。很明显他不需要那些英镑。电脑也还在。对，另一个警察说，能看出来，这是一次有礼貌的抢劫。有礼貌？理查德问。是啊，可以这样说。您这几天再好好查看一遍，确定一下少了什么。这是理赔单，找保险公司的时候用得到。

修理工晚些时候来了，用螺丝把玻璃完好无损的窗户重新装回窗框。先这样，您不用害怕了。我不害怕，理查德说。

直到午后，他才给德特勒夫和西尔维娅打电话，告诉他们家里发生了什么。哎呀，德特勒夫说，这可真是糟糕，还好那晚你正好不在家，到底什么被偷了？理查德收拾被丢在地上的便宜首饰时一眼就看出少了什么——他母亲的戒指。那是他母亲从西里西亚逃难到柏林的时候带过来的唯一一件首饰,他小时候有时把那猫眼石放在光下,石头里红色和绿色的线会闪烁。在他的婚礼上,母亲把这枚戒指作为传家宝送给了克里斯蒂尔,但她从来没戴过:太不方便了,总会挂住其他东西。消失的还有那只金手镯,是他妻子有一次从乌兹别克斯坦带回来的。还有那个戒指,是她在理查德之前的那个情人、名叫克劳斯的牙医,送给她的礼物,中间镶着蓝宝石,周围是一圈碎钻。

牙医克劳斯是去年年底去世的。

为了不用总去银行,理查德习惯将百元纸币保存在一个信封里,它没有被小偷发现,还在衣柜里的袜子中间放着。

来我们家吧,德特勒夫说。

有人知道你那晚不在家吗?有,理查德说。一个非洲人?西尔维娅问。对,理查德说。是谁呢?那个弹钢琴的。若真是这样,那太遗憾了,西尔维娅说。但这不能证明一定就是他,德特勒夫说,我们这一带盗贼不少。那边的邻居家,你还记得吧,去年他家整个储藏室的工具都被偷走了。谁干的?钓鱼协会主席拉尔夫的侄子。对,西尔维娅说,克劳迪娅家,就是那个药剂师,她也被盗了,她整个圣诞假都在旅行,最近告诉我的。理查德时而点点头,时而说着对或不对,喝了两杯威士忌,然后回家了。

第二天上午,他给安妮打了个电话,新年后他们还没联系过。

西尔维娅跟我说了你那里发生的事,她说。你看,其实,理论上说,住在我家的阿里可以把家里的东西都偷走。他也有可能杀了我。或者我妈妈。然而最后,我们想再多给他点酬劳,他都不要。

你和他有点什么吗?

安妮笑了:他才二十三岁!

理查德有一瞬间已经忘记安妮和他一样年纪,有一瞬间他也忘了自己的年纪。离他和一丝不挂的安妮在乡下一间房子里躺在地板上,真的过去快五十年了吗?那时她的头发太乱了,她说:我的头上像不像有个鸟窝?

最好还是弄清楚,是不是那个弹钢琴的人。

他经常问我有没有工作可做,理查德说。可能他真的到了山穷水尽的地步。

这么说你已经觉得就是他了。你都没给他辩解的机会,就下了判断,这可不大好。

那怎么才算好?

直接问是不是他。

如果是呢?

你也说了，小偷把你母亲的戒指也偷走了？

对。

这就很严重了。

是这样。但我本来也不知道怎么处理那些首饰。

理查德，你这是在给自己找借口。

理查德听到，安妮和往常一样，边打电话边洗涮。她一定是把电话夹在耳朵和肩膀之间，时不时还把一绺头发吹到一旁，以免说话时它掉进嘴里——她的手是湿的。他能听到吹气还有水流的声音。

要真是他偷走了戒指，你要朝他大喊！告诉他，你他妈得要回你的戒指！必须做出姿态！

为什么？

因为你必须认真对待他。如果你为他的背叛找借口，那你就变成那种只会说大话、只想扮演道德上位者的欧洲人。

无论是安妮还是他，五十年前都没有考虑过他们俩是不是能在一起，为什么会这样？

那么，如果真是他，之后我就必须报案？

也不用这样，安妮说，要像对一个笨小孩一样有耐心，这和警察一丁点儿关系都没有。重要的是，他做的事情对你来说并不是无所谓的。

明白了。

接着是一阵沉默。

理查德,你还在吗?

你说,为什么我们从来没在一起?理查德说。

你喝多了?

他挂了电话,给奥萨罗伯发了一条信息,就像和平常一样:

Tomorrow?(明天?)

Okay.(好的。)奥萨罗伯回复。

At 2 p.m.?(下午两点?)

Okay.(好的。)

理查德戴上橡胶手套把警察留下的标记都擦掉了,让一切复归原位,抽屉放回去,琴房窗户的百叶窗也放了下来,这样就看不到窗框破掉的边角了。

那天剩下的时间他都坐在电脑前。他在搜索框里输入自己想到的任何东西:

概率

概率(又称可能性)是对某种说法和评判的确定性(肯定性)的度量。尤其适用于预言的确定性。

确定性

在日常用语中,确定性通常是指主观肯定性,对于特定的被确信为合理的事物,比如,在自然和道德领域可被认作事实的事物。也指某些元素在主观确定性形成的时候扮演了某种角色,比如"证据""专家意见"的可信度,以及外界因素,比如论点出现的频率,和类似情绪稳定性的内部状态。

薛定谔的猫

一只猫被关入一个钢制容器,并在容器内放入以下机器:一台内有极少量放射性物质的盖革计数器,少到在接下来的几个小时内可能有一个原子衰变,也有可能没有原子衰变。如果发生衰变,盖革计数管就会做出反应,通过继电器启动一个小锤子,小锤子会打破装有氰化氢的小烧瓶。让系统运行一小时,这就意味着,若中间没有原子衰变,猫就会活着。第一次原子衰变会把它毒死。

猫的状态

在普遍意义上和在量子力学中,两种足够不同又与经典状态相似的相关态的叠加,被称作猫的状态。为实现这种状态,有必要将系统从环境中隔离。

量子自杀

一位科学家坐在一个一旦某个特定的放射性原子衰变就会引发炮弹发射的炮筒前。一旦衰变发生,科学家就会死掉。

量子永生

根据多重世界的诠释,炮弹会在不同的平行宇宙的不同时间发射,科学家幸存的几率因此高于他死去的几率。观察整个系统的话,科学家在这个实验中不会死去,因为存活的概念永远不可能为零,因此,他会在某一宇宙一直存活下去。如此看来,科学家就是永生的。

第二天上午,窗户公司派了一个工人来量尺寸。

下午两点,理查德等着有人来按门铃,但铃没有响。

两点半,他看了一下手机,有一条短信:

I can't make it today.(我今天来不了了。)

他还看到了别的:奥萨罗伯换头像了,不再是他的照片,而是一幅浅蓝、玫瑰色和浅绿的水彩画,画面上是正在赐福的耶稣,旁边跪着一个低着头的赎罪者在祈求宽恕。也或许只是在祈祷?

I can't make it today.(我今天来不了了。)

晚上七点钟,荷尔德林的读者、终于从疗养院回来的安德里亚斯来拜访理查德。本来他们要一起看电影。现在他俩坐在厨房,喝啤酒。

问题是,现在不能确定是不是他,理查德说。

树林里的橡树也如此生长;如此苍老,已不认得,彼此[*],安德里亚回答他。

---

[*] 原文出自荷尔德林的戏剧《恩培多克勒之死》。

你知道薛定谔的猫吗?

那只被关在炼狱里的猫?

对,正是。它死去的可能性是百分之五十。你觉得是不是那个弹钢琴的人?

我说不好。

两天前我还在这儿和他一起吃饭。我们第一次一起喝了茶。

安德里亚斯点点头。理查德从自己的杯子里喝了一口,安德里亚斯也喝了一口。

我们一起喝茶时,我觉得是第一次,他可能会想是最后一次。

安德里亚斯点点头。

可能是,理查德说,但也可能不是。

我昨天又骑自行车了,安德里亚斯说,没想到我还能再骑车。

理查德点点头:去了又来,去了又来,总有一天有去无回,但你永远不知道是什么时候。我现在明白了为什么这叫波函数。他们直接把死亡称作波函数坍缩。

波函数坍缩,安德里亚斯说,这非常荷尔德林。

那只猫会知道它是死还是活,理查德说。

可以这样想,安德里亚斯说。

但薛定谔说,盒子打开前,这二者同在——死了,并且活着。你明白吗?

安德里亚斯喝了一口啤酒。

理查德注意到那个八音盒,它的木壳被小偷——无论他可能是谁——在找钱的时候弄坏了。他会不会失望,当他看到里边只有一个带弯曲锯齿的铁盘?转动手柄上发条,八音盒能演奏《弄臣》中公爵那首咏叹调《女子皆善变》。

东西是否还存在,不取决于打没打开盖子,理查德说。

或许吧,安德里亚斯说,你怎么知道?

理查德看上去很沮丧。

我理解,他说,又喝了一口。他的妻子在生命最后的时光一直很爱喝香特邑*,因为价钱便宜。

我在疗养院的时候经常去海边散步,安德里亚斯说,那里从来没有波函数坍缩。

理查德又两次尝试约奥萨罗伯见面。

有一次,他提议去他们第一次聊天的面包房。奥萨罗伯答应了,等理查德一个人捧着薄荷茶,他又收到短信:Sorry, I can't make it today(对不起,我今天来不了了)。店员收款的时候,上下看了看他,说:

---

* 香特邑(Chantré),一个德国的葡萄酒品牌。

两块八。

晚上，他看到奥萨罗伯又换了一个新头像。是一幅画，上边是狮子洞里的丹尼尔。他手被捆着，站在不敢吃他的狮子前。If God is for us who can be against us?（神若帮助我们，谁能抵抗我们？）

最后一次联系他时，理查德写道：

如果你有什么想说的，我明天在亚历山大广场等你。世界钟*，下午三点。

Okay—see you tomorrow.（好的——明天见。）

理查德坐快轨进城，他希望自己为见面所做的努力，今天能有一些成效。可三点零五分的时候，奥萨罗伯发信息给他：

Home now, is snowing.（在家，下雪了。）

是的，确实下雪了。理查德拿着手机站在世界钟下面，这是他年少时朋友们经常约定见面的地点。马加丹，杜拜，火奴鲁鲁。尼亚美现在是几点钟，尼日尔的首都呢？

到家之前，他还撑得住，不让自己崩溃，后来他坐在书桌前，对着黑黢黢的电脑屏幕。他知道，奥萨罗伯的灵魂已经飞向宇宙，飞向一个不再有任何规则

---
* 世界钟（Weltzeituhr），位于柏林米特区亚历山大广场，建于1969年。世界钟根据时区划分为二十四个部分，同时显示世界各地的时间。

的地方,在那里你不必考虑其他人,也将决绝、永远、彻底地孤身一人。但理查德仍然留在地球上,和莫妮卡、大胡子约克这样的人在一起。他看到他们像奥萨罗伯头像里的狮子一样露出牙齿——记得我们怎么跟你说的吗!

理查德哭了,自从妻子去世后,他还没有这样哭过。

或许那根本不是奥萨罗伯呢?

53

鬼魂只跟到意大利的海岸，卡隆说，他们不会到欧洲。刚到兰佩杜萨的时候，他做了三次梦，之后再没有过。在路上，鬼魂还会索要给他们的供品，他说。因此，阻止一个在海上失去理智而投水的人是没有意义的。只有一次，卡隆说，奇迹出现了。有一个人落水了，船长怕浪费时间不想开回去，但他好歹关了发动机，停了一分钟等他。有人喊那个男人的名字，所有人一直张望着，看他是否在水里的什么地方，可我们真的看不到他了。之后是一瞬间的安静，海面突然平静了，看上去像镜子一样，突然有两只海豚游了过来，它们离得很近，把那个虚弱的人抬在它们中间，带到船这边来了，于是其他的乘客把他拉上来，之后男人又恢复了意识。一个奇迹。不久后，发动机突然坏了，那个男人是唯一懂船并会修发动机的人。

不然我们所有人都得死，卡隆说。

卡隆像突然从密集的大雪中凭空出现在理查德书桌的窗前,紧接着,他敲了敲阳台的门。现在他们坐在客厅的桌旁,面前各放着一杯热柠檬水。

理查德说:我差点忘了,你的朋友给我发了一张你家人的照片。

就像之前那块地以及合同的照片一样,昨天理查德的手机收到一张卡隆的母亲、两个弟弟和青春期的妹妹的照片。两个女人都穿着鲜艳的衣裙,母亲的裙子是深紫色的,一直拖到地上,她看上去严肃而消瘦。妹妹没看镜头,是羞涩还是骄傲?好一个妹妹,理查德想。

她叫什么名字?理查德指着年轻女孩问。

萨拉·马图,卡隆说。

和这两个女人相比,站在中间的两个弟弟看上去很寒酸。他们穿着T恤和破洞牛仔裤。大一点的男孩左肩比右肩高,可能是身体畸形。小一点的T恤上印着卡拉哈里,从卡拉哈里沙漠到卡里尔的家人住的地方,差不多有巴塞罗那到明斯克那么远,理查德觉得这件T恤应该不是横穿非洲到达弟弟那儿的,更有可能是来自慈善旧衣回收,再绕道——比如说——汉诺威、弗莱堡或者柏林夏洛滕堡。卡隆的母亲和他的三个弟弟妹妹站在一栋灰墙房子的房檐下,房上有两扇门，斜着装在门轴上，房子没有窗户。

卡隆坐在客厅的沙发上，拿着理查德的手机久久注视着手机屏上的照片，外面大片的雪花正在落下。要摇晃玩具雪球才会有暴风雪，和外面的景象正相反，理查德想，雪球里的冬天都在玻璃罩下面。

那个廊柱，卡隆说着，指着撑住房檐的柱子，那是我自己修好的。我还记得。

确实，理查德也看到了，廊柱坏掉的地方用板条固定住了。修理很简陋，对卡隆的家人来说，卡隆给家里修理房屋是过去时，也是现在时，只有对卡隆自己来说已经变得触不可及。

卡隆指着屋檐下的枕木，说：雨季积水太多，要把房子抬高。房子有三个房间，可雨季只有一间能住人，另外两间没有屋顶，会被淹。我父亲去世前没能把房子盖完。

你们之前是怎么盖房子的？

用黏土。可如果黏土裂了，蛇会爬进来，这很危险。就算把缝填上也撑不了太久。我们之前的屋顶是芦苇和棕榈叶做的，只要有人点一根火柴，整个房子都会被烧掉。

为什么会有人在那儿点火柴？

这你没法知道。

现在的屋顶是用瓦吗？

不，是铁板。但这也不容易，如果雨季来一场很大的风暴，我们就得从房间里面固定住房顶。必须得由我们五个人一起抓住。风暴来的时候总是很可怕，如果待在外边，所有东西都在乱飞乱走；待在里边，怕屋顶被掀开，我们被一起卷走。

54

二月初,所有在德国未提交避难申请,但依旧待在奥拉尼亚广场的男人都收到了外管局的信。现在,每份个人申请都挨个得到审核、裁定了。去年秋天清空广场时就已经知道的事又一次得到证实:只有意大利需要为那些在意大利登陆的人负责。

来自乍得、之前在安妮家打工的阿里,得走。

不知道自己的父母在哪儿、不知道他们是否还活着的卡里尔,得走。

眼睛坏掉、收集关于家乡那场大屠杀的文章的扎尼,得走。

来自马里的洗碗工、想要成为工程师的约瑟夫,得走。

穿金鞋的赫尔墨斯,得走。

斜视的歌手阿不都拉沙木,得走。

为了时髦让裤子垮到臀部的穆罕默德,得走。

剪断了报警器电线的亚亚,得走。

还有卢弗,带着牙里的填充物。

要走的还有阿波罗,他的家在尼日尔的荒漠,法国人开铀矿的区域。

特里斯坦要走。

卡隆也要走,那个瘦男人。

连厨艺精湛的大个子伊桑巴也得走。他们要求他离开房间时,他当着所有工作人员的面割腕,然后被送到了精神病院。

拉希德也得走。

在收到信的那个周一,他在奥拉尼亚广场给自己浑身浇上汽油,要自焚。

一个人不知道能去哪儿的时候，他该去哪里？

一个人不知道能去哪儿的时候,他该去哪里?

教会给七个男人提供了一处位于柏林北边的一室半的公寓,那是一位教友慈善捐赠的。在比较大的一间房,他们在地上放了七张床垫,在小一点的房间放背包、小包和袋子。因为公寓在一楼,教堂的人这样说,他们最好不要把窗帘拉上去,这样就没人能看到里边住着谁了,人们不会知道发生了什么。

教会为十五个人安排了一艘夏季游船,那艘船冬天停靠在特雷普托的施普雷河河岸。有几个人分到了双人舱,其他人住在一间公共休息室,睡在捐赠来的高低床上,他们也在里面做饭。当然,冬天在这样的游船上,供暖是很困难的。

还有十一个男人获准住进一家基金会在柏林米特区运营的简易房:一个带厨房和餐桌的大房间,旁边一圈是一个挨着一个的床垫。

十二人住进了柏林十字山的教会礼堂。

十六人住进了柏林安道尔舍夫的教会礼堂,但最多到三月。

十四人被牧师和教会成员收留到自己家。网上有人骂他们是蠢货和蛇头。

二十七人住在非裔朋友家,是在柏林有合法居留身份的朋友。

一人获准在柏林新克尔恩区一家尼日利亚餐厅打地铺过夜。

一人住在一位保险中介的沙发上。

一人住在一个学生的合租公寓里,他要去剑桥交换一学期。

一人住在一个戏剧导演的公寓里,他正在国外巡演。

在被询问能否提供帮助时,有人这么说:听说这些男人都有心理创伤。我怎么知道他们不会毁了我们的公寓?

说:就算我们帮忙,也不可能解决整体上的问题。

说:就算我们收留了他们,也帮不上多大的忙,这周围太多纳粹了。

说:就算他们在我们这儿过夜,可他们靠什么生活呢?

说:如果只是一段时间,是可以的。但这情况没有要结束的迹象。

说:我们这儿或许可以住一个人,但这么做有用吗?他们人实在太多了。

内政部代表全体柏林人表态,重复了一遍两年前男人们刚从意大利到德国,住进奥拉尼亚广场的帐篷里时他们就已经说过的话,半年前男人们在广场解散营地时他们已经说过的话——如果不能遵守一条规则,那《都柏林第二公约》这种界定管辖权的条款还有什么意义?——说,既然我们有使用第二十三条的自由，那我们也有不用它的自由。

476份申请里只有十二个是特殊情况，其中三个是理查德的朋友：

特里斯坦凭心理医生的证明得到了六个月的容忍居留，还在一间宿舍得到了一个床位。宿舍床位很紧张，他作为唯一一个黑皮肤的人能被安排进柏林利希滕贝格区的流浪者收容所，该为此感到高兴。这里之前是一所学校，现在他和两个德国酗酒者住一间房，和另外三十个人共用厕所。It's not easy（不容易），他说，It's not easy（不容易）。三张床，一张桌，一个柜子，一扇窗。理查德看到特里斯坦的室友占据了桌子的三分之二，上面全是剩饭、酒瓶和食物碎屑，特里斯坦的那三分之一很空，而且擦得很干净。他是我哥们儿，其中一个室友拍着特里斯坦的肩膀说。Yes, yes（是的，是的），特里斯坦说，he's my friend（他是我的朋友）。就是晚上不好过，他说，老有人大喊，还吵架打架。出门的时候，理查德看到门口放着一筐柏林蛋饼。无家可归的人也应该在狂欢节有一点乐子。特里斯坦不知道柏林蛋饼是什么——糖太多了！他说着，指着上边的糖霜。道别的时候，他和往常一样说了句take care（保重），然后回到了他的避难所，因为遭受了严重的心理创伤，他得以和瘾君子、疯子、走投无路和潦倒的德国人共享这个地方。

高个子伊桑巴在精神科待了几天，他坚持自己应该立刻被送回非洲。因为精神科医生的证明，他拿到了四周的容忍居留，或许能再延期几次，但并不能得到事先的保证。他被分到了那艘游船上。No good people（不是好人），他如此评论自己不得不与之同住的人。厕所几乎不能用，他说，很臭。

雷神因为心脏病和糟糕的精神状况，也得到了六个月容忍居留，还有一个位于工人福利院的房间。

理查德和西尔维娅、德特勒夫一起将书房的大圆桌移到靠边的位置。现在四个男人能睡在酒红色的波斯地毯上了。音乐室三角钢琴那儿有两个位置：下边能睡一个，旁边还能睡一个。理查德在储藏室找到了两个充气床垫，给其他人在地上铺了几层被子。两个人睡在拐角沙发上，一个睡在两把拼起来的椅子上。理查德跟阿波罗和伊桑巴一起，把妻子的床抬进客房，腾出了三个铺位。

德特勒夫和西尔维娅说，他家客房里有一个小炉子，如果他们想生火取暖，不嫌弃的话可以拿去。那三个打台球的人一点都不嫌弃。

在波茨坦开茶室的德特勒夫的前妻说：夜里茶室不开门，她完全不介意后屋睡一个人，但白天他不能总进进出出。她丈夫说，你可能因此丢掉生意。历史上有一段时间,德特勒夫的前妻说,私藏人是要判死刑的。那个男人说,你说的有道理。于是穿金鞋的赫尔墨斯住进了波茨坦的茶室。

阿里搬到安妮那里几乎是理所当然的事:他在我们这儿就像在家了,他把朋友约瑟夫带过来也不是什么大事。

连荷尔德林的读者安德里亚斯也说:是这样,我的房间没地方,但白天可以来一个人用我的电脑。

经济学教授托马斯说:我在普伦茨劳贝格区的一居室公寓可以住三个人,反正我们从不在那里过夜,我回头跟我太太说一下。

那位考古学家从二月起在埃及做客座教授,要待到五月,他跟理查德说:钥匙在邻居那儿。

他二十岁的女朋友玛丽说:啊,我们公寓的厨房里有沙发,要是有个人能睡那儿,一定很有趣。

例外:因为一些原因,没有人去问莫妮卡和大胡子约克。

就这样,476人中的147人现在有睡觉的地方了。

剩下的329人在哪儿,理查德不知道。

教堂从捐款中拨给自己教区的每个难民每天五欧,可若要去意大利取permesso(许可),这钱就不够了。如果理查德也给住在他家的男人每人每天五欧,每个月他需要付出一千八百欧。

其中一个去理查德一位朋友家帮忙打扫卫生，还有一个去建筑工地刷几面墙。第三个人为一个年纪大的邻居清扫门口的雪，第四个人帮忙伐木。但大多时候，别人面对理查德的询问时会说：没有证件？很遗憾这样不行。为了募集捐款，他每周跟安德里亚斯和德特勒夫的前妻一起，在她波茨坦的茶室里搞一次电影放映，映后提供非洲餐食，来此的观众可以享用一场电影、一份餐食和可乐、啤酒或葡萄酒，支付不超过五欧的费用。十五个观众就有七十五欧。扣除买饮料、大米、古斯米、蔬菜和牛羊肉的钱，伊桑巴和他的帮手每人能剩下不到十五欧甚至十欧。

托马斯终于帮理查德开了一个捐款账户。要是你证明不了钱去了哪儿，反洗钱法会是个问题，他说。是，是，理查德说，我知道。从此之后，理查德会告诉别人，他有一个捐款账户。大部分人都回答道：啊哈，有意思。有些人会问：你能开捐款收据吗？理查德说，开不了。如果不能用捐款去抵税，只有非常少的人愿意把钱捐到账户里。当然也有例外。总之，加在一起比没有强。

市政府唯一为这些根本不该还留在柏林的难民提供的资助是德语课。差不多五个月前，男人们还住在

养老院的时候,从这里开始学:

去,去了,去过了。

四个月前,他们搬到斯潘道,等待面谈的那段时间耽误了太多德语课,之后又从头开始了:去,去了,去过了。

他们的朋友登上房顶大概是在一个月前,大家去楼下的炉子旁看着屋顶,而不是去上德语课,之后,因为他们又差不多全忘了,还要再从头学:去,去了,去过了。

现在他们中只有少数几个人从自己的床垫出发,每周去上两次德语课。再一次从头学:去,去了,去过了。

卢弗坐在理查德的毕德麦式书架前,面前是一个打开的本子,说:Ich gehen(我去)。

理查德回头纠正道:不,应该是,ich gehe。

卢弗:Ich gehen。

理查德:不对,ich gehe!

卢弗:我要把德语的动词都打碎!

打碎是一个很美的动词,理查德说。

理查德让卢弗睡在书房,后来又加入了歌手阿不都拉沙木——他的名字本来在第一批名单上,他现在很高兴能从那个尼日利亚餐馆搬到理查德家——还有亚亚，在这里他不用担心警报会响，还有他的朋友穆沙，那个脸上有蓝色刺青的人。

不知父母身在何处的卡里尔和他的朋友，那个把裤腰拉低的穆罕默德，还有高个子伊桑巴——理查德把他从发臭的船上接了回来，负责给所有人做饭——他们一起住在客房。

阿波罗和卡隆睡在琴房，扎伊尔睡客厅的沙发——之前他和拉希德在一条船上。搬到理查德家，他又穿上了自己最好的衬衫。还有特里斯坦，理查德给社会服务处打了差不多二十五通电话，让他的房子得以被承认为宿舍，特里斯坦才能离开流浪者收容所搬过来。扎尼，那个经常在自己收藏的简报文件夹里浏览有关家乡屠杀的新闻的人，睡在两张拼起来的椅子上。

没有工作机会和会议的时候，这些非洲人睡很久，白天醒了也躺在床垫上打盹儿，玩手机，或者用理查德给他们的两台旧电脑上网看视频。他们有时候做祈祷，有时候进城见朋友。被问到感觉怎么样时，伊桑巴说：A little bit good（有点好）。有一次，卡里尔和穆罕默德带理查德去一家酒吧，里边有穿着短裤的六十多岁的女人和二十多岁的黑人在跳舞。一次，卡隆带理查德参加了一个加纳裔的柏林人的葬礼。作为难民和非亲属的卡隆坐在最后一排。

很有可能,在这里长大的人,不久后就不知道什么是 culture(文化)了,他说。文化?

良好的品行。

还有什么呢?每天晚上,伊桑巴把饭做好,端上桌,所有人到厨房集合。他感激地接受了理查德提供的餐饮费,表示自己能把购买一周食材的费用控制在五十欧以内。一开始,理查德是唯一用盘子和刀叉吃饭的人,别人都站在餐桌周围,从一个蛋糕盘里拿着吃。后来他也像他们那样:撕掉一块伊桑巴放在盘子上的米饼或薯饼,蘸进汤———一种用蔬菜炖得比较稀的汁,有时候加肉或者鱼——尝起来和他母亲做的牛肉汤没有太多差别,甚至更好吃。如果还剩一点汤,就用手把汤汁抿完。他是不是还从没用手吃过汤汁?

饭后,阿不都拉沙木他们几个有时候坐在凉爽的阳台上唱歌。勃兰登堡的夜晚从此会时不时响起一首描述离家去往异乡的游子的歌,名叫《阿布罗克里耶-阿布拉伯》(*Abrokyrie Abrabo*):

> 母亲啊母亲,你的儿子
> 经历了一场可怕的旅行。

我在另一个岸边搁浅,
四周环绕着黑暗。
没有人知道,我在孤独中
要承受什么。

未获成功的任务,是一种耻辱。
我该如何幻想?
你若失言,将没有孩子以你命名。
相比无尽的耻辱,
最好还是死去。

先人的魂,
先人的神,
请守护远在他乡的兄弟。
赐予他们幸福的还乡路。
生活在欧洲的人,
明白他们的怨言。

55

最早的几个暖日来临了,是时候烧掉去年秋冬风暴后剩下的小木柴了。妻子去世后,理查德再没过过生日,可今年他在威丁的非洲超市买了牛肉和羊肉香肠,自己做了土豆沙拉——把洋葱切成小块的最佳方法,他已经知道了。伊桑巴跟特里斯坦和亚亚在厨房,其他人前一天已经买好了古斯米、面饼和一大袋稻米。拉希德当然也收到了邀请,还有荷尔德林的读者安德里亚斯,经济专家托马斯,还有彼得的女友玛丽,彼得本人还在开罗。受邀的当然还有德特勒夫的前妻玛丽昂,带着赫尔墨斯一起,还有安妮、阿里和约瑟夫,德特勒夫、西尔维娅和那几个爱打台球的人。谁有那位埃塞俄比亚老师的电话吗?理查德不好意思向他们提出这个问题。几天前,奥萨罗伯的短信突然从天而降:Hi! How are you?(嗨!你好吗?)他的头像现在是一张餐桌和四把空椅子。或许之前理查德还没来得及搞清和他有关的那件事情，他就去了意大利？Fine, how are you?（很好，你好吗？）理查德回复得很快，却只收到这个回答：I am good（我很好）。这句话可以理解成各种意思。

难道消失的东西不会留下任何痕迹吗？

直到现在理查德才意识到，这片湖的风光已经与他对去年夏天在湖里死去的人的记忆密不可分了。它将永远是一个有人死在里边的湖，虽然依旧是一个很美的湖：晨雾氤氲其上，春天有鸭子夫妇带着几只小鸭划过湖水，新长出的芦苇年复一年地把棕色的茎压在水中；这样的一汪湖，岸边有蜻蜓穿行，湖底的沙地上有贝壳；一汪有水草的湖，鱼类漫游其间，那片绿色就像树林；一汪在阳光下闪耀、在暴雨中漆黑的湖，一汪每个冬天都会结冰，有时会落雪的湖，雪后它看上去就像一张白纸。或许到了夏天理查德会重新在这里游泳，但可以肯定的是，他会像过去的二十年那样，坐在岸边，为能看到这片湖的风景而感到幸福。拉希德跟理查德说过，和家人在一起的美好生活不能成为他的安慰，因为这段回忆如今只与痛苦和失落联系在一起，除此之外别无他物。最好能切断这段回忆，拉希德说。切断，切断。理查德想，一个被无法忍受的过去所充斥的空洞的当下，其未来也无法预见，这样的人生一定非常辛苦，因为可以说那里根本没有地方能靠岸。

理查德用保鲜膜盖住土豆沙拉，端到外边。

客人来之前还有很多事要做：穆沙修剪草坪，穆罕默德和卡里尔耙地，卡隆扫阳台，卢弗和阿不都沙拉木一起把很重的长椅抬到台阶上，等着做好的土豆沙拉冷却的时候，理查德和阿波罗一起从仓库搬出花园家具，清掉去年夏天以来桌子和长椅里留下的蜘蛛网和枯叶，抖开防尘罩，再叠好。火炬，理查德在储藏室最里边找到了它，这还是他和妻子一起买的，她去世后他再也没想过要用它。花园的水阀今年第一次打开了，可以在情况紧急时灭掉篝火。软管的接头在哪里？软管盘架掉了一颗螺丝。烤架上的铁锈要用金属刷子擦洗掉。得从楼上把碗盘、刀叉和垃圾袋拿到生火的地方。饮料要放进湖水里，湖面几天前才完全化开。餐巾纸够吗？番茄酱和蜡烛？面包、薯片、咸饼干和水果？卡隆在扫台阶。理查德往酒精灯里加上酒精，把它放到桌上。第一批客人已经穿过花园了。

火烧起来了，烧烤架也准备好了。理查德告诉他们，对，肉是"特别准备"的，因为他现在已经知道了。

吃饭，喝酒，分发纸巾和玻璃杯，两个人打羽毛球，几个人玩地掷球，这边有人在讨论这些非洲人里没人喝酒,那边的闲聊说的是害怕游泳的话题,另一边在讲怎么过复活节和圣灵降临节。天色开始黑了,理查德点亮桌上的酒精灯,拉希德喊道:就像在非洲!他拿着一个灯笼然后激动地挥舞着!——合影!摄影师安妮喊道,趁天还没黑透——拉希德手上拿着灯笼,蹲在高大的紫杉树前,其他人围着他形成一个半圈,雷神举着从建材市场买来的船灯,用它照亮了他周围黑色和白色面孔,感觉完全像是在自己家——那遥远的卡杜纳。这时,理查德短暂地转过身,检查合影的安排,才发现西尔维娅没有站在德特勒夫身边。她到底在哪儿呢?他这才意识到根本没在聚会上见到她。那德特勒夫呢?理查德看到德特勒夫在镜头前根本笑不出来。

拍完照,所有人再度围坐在火旁,火几乎燃尽了。有一个人说:晚上还是冷,另一个人说:我借你一件外套吧;第三个人问,还有葡萄酒吗?第四个人说:我再添点木柴。合完影,理查德坐到德特勒夫身边,在人们的细语中小声问他:西尔维娅怎么了?德特勒夫看着那个正在添木柴的人,看着木头被推进灰烬,火焰再次燃起时,他才回答理查德:她今天去做检查了。怎么样?他们立即让她留下了,他说,她看上去不太好。虽然他说话的声音很小,而且是用德语,周围却突然沉默了,似乎所有人都知道,对一个人的生命来说很沉重的一个句子刚刚被说了出来。

我的上帝啊,理查德说。

发生什么了?拉希德问。

他的妻子病得很重,理查德说。

I'm very sorry for you(我为你感到难过),拉希德对德特勒夫说。

谢谢,德特勒夫说,捅了捅火堆。

一个男人想起那个女人总是吻他的眼睛。

一个男人想起那个女人多么适合他的怀抱。

一个男人想起她用手抚摸他的头发。

一个男人想起她的脸紧贴着他的,呼吸的味道有多好闻。

一个男人想起她把舌头伸进他的耳朵。

一个男人想起她躺在他身边的时候,她的皮肤像是在发光。

一个男人在想她嘴唇的感觉。

一个男人在想她睡着的样子。

一个男人想到她有时是怎样朝他微笑的。

所有人都在这一刻想到了他们爱过的女人,她们也曾爱过他们。

我从意大利给一个不能和我在加纳结婚的女人打过两次电话，卡隆说，但之后我把她的号码扔掉了。

我死之前，很想再有一个孩子，拉希德说。

有一次，特里斯坦说，我在地铁上认识了一个德国女人。我们约了一起去散步聊天。然后我们又约了第二次，一起散步聊天。第三次见面时她问我，我是不是不愿意和她睡。我告诉她，现在不想，可能以后吧。My mind was not there（我的灵魂不在那儿）。下一次约她时，她没有再出现。It's not easy（不容易），特里斯坦说。It's not easy（不容易）。

一旦关系认真起来，卡里尔说，我们在这儿根本没有机会。我是从一个朋友身上看到的。总有一天女友会提分手，家人也反对。最后总会找一个德国男友。

伊桑巴说：对，就是这样。Nobody loves a refugee.（没有人会爱一个难民。）

没有人会爱一个难民？我不觉得，玛丽说。

真的，没有人会爱一个难民。

德特勒夫弯腰坐着，手里拿着葡萄酒杯，听着别人如何谈论爱情。

阿波罗说：我有个女朋友。但我不想结婚。

玛丽昂问：为什么？

如果我现在和一个德国女人结婚，她会想，我只是为了拿到身份。

你不会和相爱的女人结婚，只因为这让你看上去是为了拿到身份？

对，阿波罗说。

在边界，双方有时会演变为自己的对立面，理查德回忆起自己第一次去奥拉尼亚广场的想法。贫穷会转变和扭曲很简单的小事。维持尊严是难民每天不得不付出的劳作，甚至当他们躺在床上也不能放松。

就算你这样做只是为了证件，这有什么不好？理查德问。

那位律师的话还在耳旁：一个德国小孩！一个德国小孩，是唯一真正能帮上忙的！

你看，阿波罗说，凡事得有一个顺序：我必须先有工作，有住处，然后才能结婚生子。

除此之外，特里斯坦说，一个女人可以和任何一个男人怀孕，如果男人不好，至少那个孩子会在她身边。但如果你是一个男人，你必须找一个好女人，一个有了你的孩子还真的能和你在一起的女人。我在哪里能遇到一个好女人呢？

或许跳舞的时候会，理查德敷衍地说，他想起和他们一起在酒吧遇到的那些穿短裤的六十岁女人。

我不去夜店，特里斯坦说。

从没去过？

从没去过。

在这段对话平静展开的时候,拉希德一度睡着了,现在他正认真倾听,补充说:在尼日利亚,母亲帮儿子找妻子。她们知道哪些是好女人。在这儿呢?我不知道怎样的算好女人。我永远不会在这儿找。

你经常想起克里斯蒂尔吗?在克里斯蒂尔去世五年后,德特勒夫突然问他的朋友理查德。他们之前从未谈起这些事。

当然,理查德说。

具体想她的什么呢?

想她之前就站在那儿,抽烟。天热的时候,她用发夹把头发高高地夹起来。我会想起她的脚。

你想念她吗?

以前,有时我会觉得,如果她先走,我应该完全不会想她。

理查德试着回忆那段他认为自己不可能想念克里斯蒂尔的时光。

你知道的,她常常在晚上和我吵架,吵些无关紧要的。

你们为什么吵?特里斯坦问。

因为她喝醉了。酒精完全改变了她,特别是傍晚。

她为什么喝酒?伊桑巴问。

大概,我猜……因为她不开心,理查德说。

可她为什么不开心呢？伊桑巴问。

乐团，她之前待的乐团解散了，托马斯说着，抽了口烟。

而且理查德有个情人，安妮说。

她想要孩子，玛丽昂说。

她跟你说的？理查德问。

对，玛丽昂说。

但你说过，你们是一起决定的，扎伊尔说。很明显他还记得很久之前他们在斯潘道的那次谈话。

她怀过一次孕，理查德说，但当时对我来说太早了。我大学都还没上完。我说服她把孩子打掉了。

明白，扎伊尔说。

我只是那时候不想要孩子。

明白。

不过这在当时是违法的，所以她去了一个女人那里。是在厨房桌上做的。我站在楼下的院子里等。

理查德清晰地想起那个他等候时待的后院。三十摄氏度，他站的地方，炎热的影子，旁边的垃圾桶上盖着变了形的铁盖子。

她出来的时候，人几乎要垮了，我必须扶着她，她突然变得很沉。我们走了一会儿才到城铁站，上了车，我才看到血顺着她的腿流下来。我当时替她感到羞耻。我得照顾她，但我觉得很尴尬。

理查德摇着头,好像不敢相信自己刚说的话。

为什么你为你的女人感到羞耻?阿里问。

我觉得,其实我害怕了。

怕什么呢?

怕她会死——对,就是那一瞬间,我恨她,因为她可能会死。

我能理解,德特勒夫说。

我想我是在那个瞬间明白了,你能承受的东西只是你承受不了的东西的表面,理查德说。

就像在海面上?卡里尔问。

对,准确地说,就像在海面上。

致 谢

诚挚感谢以下人士,我与他们进行了许多有益的对话:

哈散·阿布巴卡尔(Hassan Abubakar)
哈散·亚当(Hassan Adam)
史蒂芬·阿玛克瓦(Stephen Amakwa)
马鲁·奥斯汀(Malu Austen)
易卜拉欣·伊德里斯·巴班基达(Ibrahim Idrissu Babangida)
萨勒·巴查(Saleh Bacha)
亚亚·法提(Yaya Fatty)
乌杜·哈鲁那(Udu Haruna)
纳斯尔·卡里德(Nasir Khalid)
亚当·科内(Adam Koné)
萨尼·阿西鲁·穆罕默德(Sani Ashiru Mohammed)
法陶·阿乌杜·亚亚(Fatao Awudu Yaya)
巴希尔·扎卡里(Bashir Zaccharya)

衷心感谢下列人士的支持、帮助和协作:

卡塔琳娜·贝玲（Katharina Behling）

英格丽·安娜·卡德（Ingrid Anna Kade）

库尔琳娜·劳弗尔（Cornelia Laufer）

马尔夫·利普曼（Malve Lippmann）和参·桑古（Can Sungu）

玛丽昂·维克托尔（Marion Victor）

沃尔夫冈·温根罗特（Wolfgang Wengenroth）

感谢给予我时间和自由写作空间的保罗-米歇尔·吕策勒教授（Prof. Paul-Michael Lützeler）、克尔斯汀（Kerstin）、尼尔斯（Nils）和帕斯卡尔·希尔比格（Pascal Helbig）。

感谢为我提供灵感、咨询和信息的 AKINDA 协会、泰纳·加尔特纳（Taina Gärtner）、丽雅·希尔坦-格林那（Liya Siltan-Grüner）、汉斯·乔治·奥登塔尔（Hans Georg Odenthal）和贝尔瓦德·奥斯特洛浦（Bernward Ostrop）。

感谢为我提供帮助的维尔拉·福尔斯特·冯德·鲁厄（Viola Förster v. d. Lühe）、弗劳科·固特贝尔勒特-柯尼斯（Frauke Gutberlet-König），贝德利耶和菲利克斯·汉森（Bedriye und Felix Hansen）、米莉亚·凯泽（Miriam Kaiser）、伊娃·克劳斯博士（Dr. Eva Krause）、桑德拉·史梅尔泽（Sandra Missal）、利森贝格博士（Dr. Riesenberg）、雷纳·斯布热斯尼（Rainer Sbrzesny）、塔布雅·史梅尔泽（Tabea Schmelzer）、尼尤勒·西德尔（Jule Seidel）、勒内·提德科（René Thiedtke）和瑞·维甘德（Rui Wigand）。

感谢我的父亲约翰·埃彭贝克（John Erpenbeck）给我的建议和灵感。

还要感谢我的丈夫和第一位读者，沃尔夫冈·伯茨克（Wolfgang Bozic），他总是用他的好奇、批评、坦诚以及行动支持和鼓励我写下这本书。